나는 될 놈이다

나는 될 놈이다 15

글쓰는기계 게임 판타지 장편소설

초판 1쇄 찍은 날 | 2020년 5월 12일
초판 1쇄 펴낸 날 | 2020년 5월 19일

지은이 | 글쓰는기계
펴낸이 | 예경원

기획 | 위시북스
편집책임 | 이은송
편집 | 위시북스

펴낸곳 | 예원북스
등록번호 | 제396-2012-000132호
등록일자 | 2012. 7. 25
KFN | 제1-534호

주소 | 경기도 고양시 일산동구 호수로 646-24 위너스21II빌딩 206A호 (우)10401
전화 | 031-819-9431 팩스 | 031-817-9432
E-mail | yewonbooks@naver.com

ISBN 979-11-365-2629-8 04810
979-11-6424-237-5 (Set)

※ 이 도서의 국립중앙도서관 출판시도서목록(CIP)은 서지정보유통지원시스템 홈페이지(http://seoji.go.kr)와 국가자료공동목록시스템(http://www.nl.go.kr/kolisnet)에서 이용하실 수 있습니다.

Wish Books
나는 될 놈이다
15 글쓰는기계 게임 판타지 장편소설
WISHBOOKS GAME FANTASY STORY

CONTENTS

CHAPTER 1 7
CHAPTER 2 63
CHAPTER 3 113
CHAPTER 4 172
CHAPTER 5 230
CHAPTER 6 293

나는 될 놈이다

CHAPTER 1

"멈춰라, 김태현! 멈춰라!!"

뒤에서 마법을 사용해 증폭된 목소리가 들려왔다.

태현은 손을 내밀었다.

"예?"

"증폭 마법 스크롤 내놔. 있을 거 아니야."

목소리를 크게 만드는 마법 스크롤은 가격이 쌌다. 대형 길드까지 안 가더라도 파티 많이 하는 플레이어라면 몇 개 정도는 갖고 다니는 아이템!

그걸 또 태현은 우드스탁 길드에서 뜯어서 썼다.

'남의 걸 자기 것처럼 쓰는 데에는 정말 도가 텄다!'

케인은 그걸 보며 감탄했다. 자기도 있는데 그걸 또 남한테서 뜯다니…….

[음성 증폭 마법 스크롤을 사용했습니다. 잠시 동안 목소리가 커집니다.]

"뭐냐, 쑤닝? 나 지금 운전하느라 바쁜데."

"당장 멈춰라!"

"네가 멈추라고 하면 멈추겠냐? 네가 뭐라도 된 줄 아는 건 아니지? 뭐지? 자기과시?"

태현의 말에 수레에 타고 있던 길드원들이 비웃음을 터뜨렸다. 쑤닝은 얼굴이 붉어져서 외쳤다.

"네가 지금 가고 있는 곳이 어디인 줄 아냐?"

"어…… 기억이 잘 안 나는데…… 내가 한 번 점령한 적이 있었던 거 같기도 하고……."

쑤닝은 확신했다. 태현은 애초에 이러려고 했던 것이다.

몬스터들을 잔뜩 모아서 쑤닝 길드의 영지에 뿌려 버린다!

"멈춰라, 김태현! 협상을 하자!"

"협상?"

"그래! 방향을 틀어라!"

"넌 협상의 뜻을 모르냐? 서로 이득이 있어야 협상이지. 너만 좋잖아!"

"방향을 틀면 거기 있는 다른 놈들을 안 건드리겠다!"

쑤닝은 이를 갈며 말했다.

태현은 여기서 빠져나갈 자신이 있더라도, 지금 여기에는 우드스탁 길드원들과 파워 워리어 길드원까지 있었다. 그들까지 지키면서 싸울 수는 없는 것이다.

이 정도면 받겠지!

"건드려!"

"……뭐?"

"건드리라고! 난 이놈들 별로 신경 안 써!"

쏘닝을 포함해서 수레에 타고 있던 모두가 태현을 쳐다보았다. 그러나 태현은 당당했다.

"얘네들 살린다고 나한테 경험치 하나 들어오는 거 아닌데 뭐 하러 그러냐? 다른 협상을 해봐! 좀 있으면 도착한다!"

"김태현! 이 정도면 충분히 많이 양보한 거다! 카달타 성에 도착하면 뭐가 달라질 거 같냐?"

"달라질 거 같은데?"

성질을 긁는 태현의 말에 쏘닝은 이성의 끈을 간신히 붙잡았다.

"그때와는 절대 다르다!"

"네가 성문 열고 나와서 빼겼던 그때?"

쏘닝 길드원들은 머리를 부여잡았다. 지금 이 주변에 있는 플레이어들이 한둘이 아닌데, 아주 공개적으로 개망신을 당하고 있는 것이다.

"그 악마 군세들을 데리고 가봤자 넌 성 앞에서 막힌다! 마지막으로 경고한다. 방향을 틀어라! 너는 몰라도 다른 놈들은 다 죽는다!"

"난 산다고? 그러면 됐네!"

"야, 야! 야!!"

태현은 더 이상 대답하지 않고 속력을 올렸다. 저 멀리 카달타 성이 눈에 들어왔다. 쑤닝이 귓속말을 보냈는지 성문이 닫히고 성벽 위에는 길드원들이 황급히 준비하고 있었다.

성 주변에 있던 플레이어들은 흥미진진하게 지켜보고 있었다. 과연 어떻게 될 것인가?

우드스탁 길마는 초조한 목소리로 말했다.

"야, 쑤닝이 저렇게 양보할 때 받는 게 낫지 않을까?"

"네가 그러니까 우드스탁인 거지. 이 케인보다 못한 놈아."

영문을 모를 욕이지만 뜻은 생생하게 전해졌다.

"적이 불리할 때 더 밟아줘야지. 진화타겁 모르냐?"

"아니, 그래도…… 저놈 말도 맞잖아. 카달타 성은 만만한 곳 아니라고. 거기서 버티면 우리가 포위당할 수도 있어!"

카달타 성은 예전의 부서지고 망가진 폐허가 아니었다. 이미 보강을 끝낸 상태!

그런 성에서 태현을 막고 버티면, 뒤에서 쫓아오는 악마들한테 역으로 포위당할 수 있었다. 그렇게 되면 대참사!

"성문을 깨뜨리면 되지."

"뭐? 성문을 뭐로 깨뜨리려고? 아, 폭탄?"

"폭탄으로 박살 내면 너희들은 무사할 거 같냐?"

"……."

"보고나 있어."

가까워지자 쑤닝 길드원들이 공격을 개시했다.

파파파파파팍!

쏟아지는 화살들과 마법 공격. 태현은 바로 맞받아쳤다.

-아키서스의 축복!

짧은 시간 태현의 행운을 공유하는 사기적인 단체 버프.

[회피에 성공합니다.]

"으아아아! 으아아아아아! 으아…… 어?"

비명을 지르던 우드스탁 길드원들은 공격이 다 빗나갔다는 걸 깨닫고 놀랐다.

'바로 지금!'

태현은 오토바이에서 빠르게 뛰쳐나갔다.

그림자 도약 스킬을 사용한 곳에!

전속력으로 달리는 탈 것에서 뛰쳐나가는 건 목숨을 걸 용기가 필요했다. 그러나 태현은 스스로를 믿었다.

손에 든 것은 고대의 망치. 이제까지 수많은 오브젝트들을 박살 낸 공성병기였다.

'자, 가자…… 어?'

태현은 멈칫했다. 성문 주변이 슬라임으로 덮여 있던 것.

'이게 뭔……?!'

쾅!

[대미지가 들어가지 않습니다.]

요란하게 들린 소리가 민망하게 느껴지는 메시지창이 떴다. 뒤의 수레에 있던 플레이어들은 아직 상황을 모르는 모양이었다.

"성문이 흔들렸어!"

"한 방만 더 때리면 깨질 거야!"

태현은 당황했다. 설마 이런 성문을 해놓을 줄이야!

요즘 건축가 플레이어들에게 유행하는, 성문의 물리 공격 내성을 올리기 위해 슬라임을 사용한 건축법이었지만, 그걸 태현이 알 리 없었다.

"음, 얘들아."

"……?"

"미안."

이렇게 된 이상 우드스탁 길드는 버릴 수밖에 없었다.

"뭐, 뭐라는 거야? 농담이지?"

"아니…… 나도 최선을 다했는데……."

정말 진심으로 미안해하는 태현!

폭탄을 설치하거나, 〈살아 움직이는 폭탄〉 스킬을 쓰거나, 뭘 하려고 해도 시간이 부족했다. 너무 아슬아슬하게 악마 군세를 몰아온 게 탈이었다.

이렇게 된 이상 수레를 끊고 하늘로 튈 수밖에!

덜커덩!

그 순간 성문이 열렸다.

-주인님!

"응??"

태현은 정말 놀랐다. 뭔 주인님?

"저, 저기요! 태현 님! 위에!"

이다비가 위를 가리켰다. 날개 악마가 성벽 위에 있던 쑤닝 길드원들의 공격을 피해서 날아오고 있었다.

-주인님!

-돌아오실 거라고 믿고 있었습니다!

"……내가 너희를 버릴 리 없잖아!"

이제까지 잊고 있었던 사람의 뻔뻔한 대답!

그러나 태현은 조금도 당황하지 않고 말했다.

"자! 들어가자!"

지금 필요한 건 스피드! 어떻게 된 상황인지는 나중에 들어도 됐다. 중요한 건 성문이 열렸다는 것!

"가자! 가자! 가즈아!"

뒤에서 따라오던 길드원들도 성문이 열렸다는 것에 기뻐하며 외쳤다. 쑤닝은 그 모습에 발악하듯 외쳤다.

"김태현! 멈춰라!"

"너 같으면 멈추겠냐!"

"그 안으로 들어가면 우리 길드뿐만이 아니라 다른 플레이어들도 피해를 본다!"

절박해진 쑤닝은 발버둥 쳤다. 어떻게든 태현이 들어가지 못하도록 마음을 바꾸게 만들어야 한다!

"그래?"

"그래! 성안에 있는 다른 플레이어들을 생각해 봐! 악마들이 들어오면 제작 직업이나 그런 플레이어들은 그냥 죽을 수도 있다고! 너 대장장이 좋아하잖…… 좀 멈추라고! 멈춰!"

아무리 말해도 태현은 멈추지 않았다. 게임 방송의 이미지 때문에 착각하기 쉬웠지만, 원래 태현은 자기 일 아니면 게임에서는 남들이 죽거나 말거나 신경 쓰지 않는 사람!

콰콰콰콰-

"안에 들어오잖아?!"

"어떤 새끼가 문 열었어?!"

"악마가 문 열었대!"

"뭔 헛소리를……!"

안에 있던 쑤닝 길드원들이 당황해서 외쳤지만 이미 열려 있는 성문이었다.

"와, 이 미친놈들. 성문을 세 개나 설치해 놨어?"

태현은 성문들을 빠르게 통과하며 어이없어했다.

이 정도로 성문을 설치하다니.

솔직히 오스턴 왕국에서는 이 정도로 성문을 설치할 필요가 없었다. 단단한 성문 하나만 있어도 성벽 위에서 공격을 퍼부으며 막을 수 있었으니까. 만약 상대가 성문 하나로 못 막을 적이라면, 성문 세 개여도 큰 차이가 없었다.

거의 집착이 느껴질 정도의 방어!

한 번에 열리지 않고 일일이 망치로 부숴야 했다면, 부술 수 있었어도 시간이 더 걸렸을 것이다. 뒤에서 쫓아오는 악마들을 생각해 보면 충분히 위험한 상황!

옆에 있던 이다비가 말했다.

"음, 저번에 그런 일을 당해서 그런 거 아닐까요?"

사람인 이상 눈 뜨고서 성을 뺏긴 일을 잊을 수는 없었다.

그 말을 들은 태현은 반성했다. 쑤닝을 너무 만만하게 보고 있었던 것이다. 그렇게 당했는데 이 정도는 하는 게 당연!

"뭐, 중요한 건 잘 풀렸다는 거지. 안 그래?"

"그렇죠!"

둘의 대화를 듣던 케인은 기막힌 표정으로 그들을 쳐다보았다. 왜냐면 뒤에서는…… 난장판이 벌어지고 있었으니까.

쿠당탕! 콰콰쾅!

"으아악! 뭐야?!"

"악마가 성안에 들어왔다!"

카달타 성안에는 쑤닝 길드원들만 있는 게 아니었다. 사냥을 오거나 퀘스트를 깨러 온 플레이어들도 많았던 것이다.

그 플레이어들은 멀리서 달려오는 악마 군세에 팝콘을 먹으며 지켜보고 있다가 성문이 열리는 걸 보고 기겁했다.

"뭐 하냐?! 왜 성문을 열었어!"

"쏘닝 길드 미쳤냐?!"

쏘닝 길드원들은 플레이어들의 항의에 대꾸할 정신도 없었다. 남쪽 성문으로 들이닥친 악마들이 날뛰기 시작한 것이다. 성문 근처의 가게를 부수고, 회복 효과가 있는 분수를 부수고, 버프 효과가 있는 조각상을 부수고…… 하여튼 돈 좀 되는 것들은 다 부수고 지나가는 악마들!

"막아! 막아야 해!"

쏘닝 길드원들은 비명을 지르며 성벽에서 내려왔다. 저 멀리 태현이 손을 흔들며 도망치고 있었지만 쫓을 엄두도 나지 않았다. 지금 중요한 건 어떻게든 악마들을 잡아서 상황을 수습하는 것! 그렇지 않으면 이 카달타 성이 완전히 거덜 나게 생겼다.

"1조! 1조는 이쪽으로 와! 대장간에서 물약 가게 거리를 막는다!"

"도울 수 있는 플레이어들은 와서 도와라! 너희도 퀘스트 떴잖아!"

쏘닝 길드원들은 다른 플레이어들에게 도와달라고 외쳤다. 성안에 있는 플레이어들이 도와준다면 큰 전력이 될 것이다.

그러나 그들은 별로 내키지 않는 기색이었다.

"아니…… 퀘스트 뜨기는 떴는데……."

"우리가 그걸 왜 해야 해?"

"맞아. 저 건물들이 우리 건물들도 아닌데."

"저거 망가지면 너희만 손해잖아. 우리는 그냥 성벽 위에서 화살이나 쏠게."

저기 저렇게 많은 악마들과 정면으로 붙기 싫다!

“뭐, 뭐라고?”

“못 들은 척하지 마. 정면에서 싸우기 싫다니까. 우리가 왜 그런 걸 해야 해?”

“하면 골드 주냐?”

“평소에 그렇게 세금을 빡세게 뜯으시던데 알아서 해봐.”

평소에 당했던 불만들을 쏟아내는 플레이어들!

“이, 이 자식들이 진짜! 지금 그럴 때냐!”

쾅! 콰쾅!

악마들이 불덩어리를 집어 던지자 광장에 있던 조각상이 하나 더 박살 났다.

“으악! 도망치자!”

“북쪽 성문에는 아직 악마들 없대. 그쪽으로 가자고!”

“그래!”

플레이어들은 우르르 도망치기 시작했다. 악마들이 날뛰고 있었지만 성안은 넓었고 도망칠 곳은 많았다. 싸움에 자신이 있는 플레이어도, 싸움에 자신이 없는 플레이어도 사이좋게 손을 잡고 도망쳤다.

멀리 있던 쑤닝은 울고 싶어졌다. 저 멀리, 카달타 성에서 불길이 솟구치고 연기가 올라오고 있었다. 악마들이 마법을 쓰는 소리와 건물들이 박살 나는 소리는 덤!

재산 피해가 현실 단위로 억은 가볍게 넘어갈 것 같았다. 현실과 차이점이 있다면, 이건 어디서도 책임을 져주지 않는다는 것!

"크으윽…… 크으으윽……!"

"길마님!"

쑤닝이 짐승 같은 소리를 내며 괴로워하자 길드원들이 달려들었다.

"당장…… 당장 가서 수습해! 수습 안 하면 귀찮아진다!"

"예!"

뒤늦게 쑤닝과 길드원들은 성안으로 돌격했다. 그러나 아무리 빨리 가도 이미 상황을 돌이키기에는 늦어 보였다.

♣

한참 카달타 성의 큰길을 질주하다가 방향을 꺾는 태현! 우드스탁 길마는 그런 태현을 가리키며 뭔가 깨달았다는 표정을 지었다.

"너, 너……!"

"……?"

"오스턴 왕국에 악마가 나타나는 게 너 때문이었냐?!"

우드스탁 길마의 의심은 당연했다. 갑자기 성문이 열리더니 날개 악마가 달려와서 태현에게 주인님이라고 하는 것이다. 아무리 봐도 오스턴 왕국에서 나타난 악마들과 연관성이 있지 않나 의심할 수밖에 없는 상황!

물론 두 악마는 전혀 상관이 없었지만…….

'어떻게 알았지?!'

우드스탁 길마의 속셈을 모르는 태현은 당황했다. 사실 정말로 태현 때문이었으니까!

마계에서 악마 아다드한테 친 사기를 알고 있는 사람은 얼마 되지 않았다. 그걸 우드스탁 길마가 깨닫다니.

'뭐지? 영원히 숨길 수 있다고 생각하지는 않았지만 벌써 들키다니. 어떻게 알아낸 거지?'

자칫하면 오스턴 왕국에 있는 모든 플레이어가 태현의 적이 되는 일이 생길 수도 있었다. 안 그래도 판온 1의 적들이 우글거리는데 거기에 더 적을 추가하고 싶지는 않았다.

태현이 망설이는 동안 대답한 건 이다비였다.

"무슨 소리를 하는 거예요? 이 악마는 에스파 왕국에서 데리고 온 악마들인데."

"아, 그거였나."

우드스탁 길마는 고개를 끄덕였다. 쑤닝이 개망신을 당했던, 에스파 왕국에서 일어났던 악마 에다오르 퀘스트는 그도 알고 있었다. 그때 남은 악마들이 분명했다.

"김태현!!"

뒤에서 악마보다 더 짙고 깊은 어둠의 목소리가 들려왔다. 물론 쑤닝이었다.

"네놈…… 네놈…… 설마…… 오늘을 위해서…… 그 악마들을 안에 숨겨놓은 거냐?"

쑤닝은 대체 멀쩡하던 성의 성문이 왜 열렸는지 길드원들에게 물어봤다. 그러자 돌아온 대답은…….

-갑자기 내성 쪽에서 조각상들이 깨어서 날아갔습니다!
-성문 개폐 장치에 가서 갑자기 성문을 열어버렸어요! 설마 여기를 노리는 놈이 있을 거라고는 생각을 못 해서 순식간에……!

성벽 위에서 막는 데에만 집중하던 쑤닝 길드는 그대로 허를 찔린 셈이었다.
그러나 쑤닝은 믿을 수 없었다. 대체 세상에 어떤 미친놈이 이런 순간을 위해 성에 부하 악마를 남겨 놓고 간단 말인가? 이건 큰 그림 수준이 아니었다.
"대답해라! 김태현! 이걸 노린 거였나?!"
"……물론 그렇지!"
물론 아니었다. 까먹고 있다가 날개 악마들이 소란을 듣고 알아서 튀어나온 것이었다. 그러나 상대방이 알아서 오해를 해주자 태현은 그냥 맞춰주기로 했다.
"말도 안 돼! 대체 어떻게!"
쑤닝 길드원들도 놀랐고,
"정말 이걸 예상하고 악마들을 대기시켜 놨다고?"
우드스탁 길드원들도 놀랐고,
"……너 저거 그냥 잊고 있었던 거 아니냐? 나도 잊고 있었는데."
케인은 믿지 못하겠다는 눈빛으로 태현을 쳐다보았다.

그러거나 말거나 태현은 몸을 돌렸다.

이미 원하는 건 다 이룬 상황! 카달타 성은 지금 악마들이 날뛰고 있으니 완전히 박살이 날 것이고, 쑤닝 길드는 수습하느라 쫓아오는 건 꿈도 꾸지 못할 것이다.

이제 유유자적하게 북쪽 문으로 도망치면 끝…….

"너, 너, 거기서 뭐 하는 거냐?"

"어르신?"

익숙한 목소리에 태현은 고개를 돌렸다. 유 회장이 처음 보는 중년 남자 한 명과 같이 악마들을 두들겨 패고 있었다. 아니, 정확히 말하자면 유 회장이 낚싯대를 휘둘러 악마의 목을 뎅겅뎅겅 베고 있었고, 같이 있던 남자는 히익거리며 뒤에 숨어 있었다.

유 회장이 같이 있던 남자를 쳐다보는 눈빛이 불만했다.

한심한 짐덩어리를 보는 눈빛!

"너, 설마 악마를 끌고 온 게……."

"저 아닌데요?"

"네놈이 아니면 누가 했겠냐?!"

"제 의견과 어르신 의견이 다르니 남은 건 법정에서 해결을 보죠. 그러면 이만!"

"같이 가자, 이놈아!"

유 회장은 덥석 수레에 올라탔다. 생각지도 못한 악마 군세 습격에 어떻게 해야 할까 싶었는데, 잘 됐다 싶었다.

"어르신, 실력이 좀 많이 느셨습니다?"

"흠흠, 내가 좀 늘었지."

태현의 칭찬에 유 회장은 나잇값도 못 하고 기뻐했다.

솔직하게 말해서, 정말로 기뻤던 것이다. 판온 내에서 따지면 태현은 이름만 말해도 다들 아는 실력자! 유성 그룹의 사원들도 '우리가 김태현을 어떻게 따라가요~' 할 정도의 실력자 아닌가.

그런 태현이 많이 늘었다고 하니, 뿌듯하고 기쁜 게 사실이었다. 이제까지 한 노력이 보상을 받는 기분!

"그런데 이 악마들은 왜 여기 온 거냐?"

"제가 싫어하는 놈 괴롭히려고 그랬죠. 그런데 이분은?"

"이야기하자면 긴데……."

수레에 탄 남자는 태현을 유심히 쳐다보았다.

'넌 누구냐'는 눈빛!

"내가 저번에 내려달라고 했었잖아?"

"네. 친구 만나야 한다고 하셨죠. 친구가 있으셨어요?"

꽈악!

유 회장은 낚싯대를 움켜잡았다. 그래도 이제 태현한테 한 방 정도는 먹일 수 있지 않을까?

"나, 나도 친구 하나 정도는……."

"판온 같이 하는 친구는 아버지 정도밖에 없어서 아버진가 싶었죠. 그런데 안 보여서 누구를 만나시나 했는데."

"응? 김태산 그 친구도 여기 있었나?"

"이 근처에 영지 있으니 찾아가시면 좋아하실걸요."

유 회장은 방금까지 태현이 김태산이 하던 일을 방해하고 도망쳤다는 걸 상상도 하지 못했다.

"어쨌든 자네들하고 갈라진 다음에, 나는 한동안…… 음……."

말하려던 유 회장은 멈칫했다. 비서실장을 시켜서 회사 사원들과 같이 파티 플레이를 했다고 말하는 건 민망했던 것.

'레벨 업 하려고 그렇게까지 해야 합니까?' 하는 눈빛이 돌아올 것 같았다.

"설마 사원들 불러서 같이 파티 플레이한 건 아니죠? 주말에 등산 가자고 하는 상사도 아니고 그러면 욕해요."

"……."

"……설마 진짜였습니까?"

농담 삼아서 한 말에 유 회장이 침묵하자 태현은 경악했다. 어쩐지 레벨이 팍팍 올라가 있다 싶었다.

"아, 아니야! 자기들도 다 하고 싶다고 했어! 수당도 제대로 챙겨줬……."

"유성그룹이 사원들 괴롭힌다!"

"야, 이놈아!"

유 회장은 황급히 태현의 입을 막으려 들었다.

"그래서 사원들하고 같이 레벨 업을 하셨다 이거죠? 그런데 걔네들은 다 어디 갔어요?"

"지금은 같이 안 다니지."

"……?"

"사원들도 자기 일을 해야 하지 않겠나."

"사원들 불러서 파티 플레이하셔 놓고 전혀 설득력이 없는……. 아, 알았다. 어르신이 더 이상 경험치를 못 받아서 따로 다니시는 거구나."

유 회장은 깜짝 놀랐다. 이놈이 어떻게 알았지!?

레벨이 낮았을 때에는 비교적 고렙인 사원들과 같이 파티를 하면 쭉쭉 경험치가 올랐다. 그렇지만 순식간에 레벨을 따라잡고 그들과 비슷해지자, 별로 이득이 없어졌다. 레벨이 비슷하면 온갖 현질한 장비로 중무장을 하고 있는 유 회장의 실력이 더 뛰어났다. 그래서…….

-회장님! 저희가 도와드리겠습니다!

-아, 아니야. 자네들도 일 봐야지. 나는 이만 혼자 하겠네.

-도와드리고 싶습니다!

-괜찮다니까!

유 회장은 도망치듯이 그들하고 갈라져 나왔다. 고마운 건 고마운 거지만 레벨 업을 위해서는 피도 눈물도 없다! 혼자서 경험치를 독점하고 말겠다!

그런 속마음을 들킨 것이다. 부끄러울 수밖에 없었다.

"크흠, 크흐흠……."

"그러면 여기는 악마 사냥하려고 오신 거네요."

카달타 성을 거점으로 이 주변의 악마들을 사냥하면 경험치가 쏠쏠하게 나올 것이다.

"그렇지."

"퀘스트는 깨고 있으시죠?"

"레벨 업을 우선시해야 하는 거 아니야?"

"레벨 업도 좋지만 퀘스트 깨는 것도 중요합니다. 어디서 누구한테 말을 들은 건지는 모르겠지만……."

다시 뜨끔!

유 회장은 태현을 쳐다보았다.

'이놈, 독심술이라도 쓰는 거 아냐?'

게임 관해서는 상대방이 무슨 생각으로 뭘 하고 있는지 다 맞춰 버리는 태현! 실제로 유 회장은 사원들과 정지용 비서실장의 조언대로 움직이고 있었다.

그리고 그들이 참고한 건 보통 판온 게시판의 공략 글!

-레벨이 깡패니 퀘스트보다도 효율 좋은 사냥터를 찾아서 올려라.

-스킬은 비교적 나중에, 레벨 업을 먼저.

물론 레벨을 올리는 건 정석 중의 정석이었지만, 태현은 생각이 좀 달랐다. 판온에서 스킬은 상당히 중요했던 것이다.

태현의 말을 들은 유 회장은 고개를 갸웃거렸다.

"그런데 퀘스트를 깨다 보면 레벨 업에 소홀해지지 않나?"

레벨 업을 하려고 효율 좋은 사냥터를 돌다 보면 필요한 퀘스트를 할 수 없었다. 그렇다고 퀘스트를 깨면 효율 좋은 사냥터에 비해 경험치가 떨어졌다.

서로 양립할 수 없는 문제!

그러나 태현은 뭐 그런 당연한 걸 묻냐는 듯이 대답했다.

"경험치를 엄청나게 많이 주는 퀘스트를 해야죠."

유 회장은 순간 '그걸 말이라고 하냐'라고 하려다 참았다. 태현은 실제로 그렇게 해왔으니까!

"그런 퀘스트를 어디에서 찾아?"

"하하. 어르신. 어르신 앞에 누가 있습니까?"

유 회장은 자신도 모르게 뒤로 물러섰다. 태현의 친절한 태도가 유 회장을 경계하게 만든 것이다. 저번에도 저 친절한 모습에 속았다가 지하 광산에 가서 용암 물고기들과 사투를 벌여야 하지 않았던가!

"저만 따라다니시면 아주 굵직굵직한 퀘스트를 원 없이 하실 수 있습니다. 아키서스 교단 공적치는 덤으로 나오겠네요. 하하."

"……생, 생각해 보지."

"그래서 저분은 누군데요? 어르신 회사 사원들도 아니면……."

"아. 저 사람."

정지용 비서실장도 보내고, 사원들도 보낸 유 회장은 혼자서 사냥에 몰두하고 있었다. 이미 풋내기 티는 예전에 벗어버린 유 회장이었다.

카달타 성의 성벽에 있다가, 악마들이 필드에 나타났다는 정보를 얻으면 바로 달려가서 사냥하고, 다시 카달타 성으로 돌아와 장비를 수리하고 아이템을 보충! 지금 유 회장은 효율적인 레벨 업에 목숨을 건 사냥 기계였다.

그런데 갑자기 누군가가 말을 걸어왔다.

"저, 회장님."

게임에서 그가 회장이라는 걸 아는 사람은 별로 없었다.

유 회장의 고개가 홱 돌아갔다. 말을 건 것은…….

"김 전무?"

"예! 알아보시는군요! 하하!"

"자네가 여기는 무슨 일로?"

"회장님께서 판온을 하신다는 말을 듣고 왔습니다! 혼자 하시면 적적하실 거 아닙니까! 제가 말동무라도 되어드리려고 합니다!"

"어…… 으음……."

유 회장은 말끝을 흐렸다. 김 전무의 모습을 보니, 아무리 봐도 판온에 대해서 아무것도 모르는 뉴비였다. 적적이고 말동무고 뭐고 아무 도움도 안 될 게 분명!

효율적으로 사냥하려고 데리고 다니던 고렙 사원들도 다 두고 왔는데 웬 짐덩어리가 나타난 것이다.

"……자네 레벨이 몇인가?"

"예? 잠깐만요. 1이군요!"

"……그래."

"회장님! 낚시하러 가신다면 가방을 들어드리겠습니다!"

유 회장은 한숨을 푹푹 내쉬었다. 김 전무가 나쁜 사람은 아니었다. 다만 눈치가 더럽게 없을 뿐!

판온에 대해서 전혀 모르니 유 회장을 도와준다는 소리를 하고 있는 것이다.

"그래서요?"

"그래서 계속 같이 다니고 있잖아!"

유 회장은 울컥해서 태현에게 외쳤다.

아까 악마들이 나타났을 때도 김 전무는 도움이 되지 않았다. '으악! 으아악! 으아아악! 회장님! 피하십시오!' 이런 소리만 하면서 발만 굴렀을 뿐. 실질적으로 악마들을 다 사냥한 건 유 회장이었다.

"쯧쯧. 도움이 안 되는 놈들은 빨리 잘라내셨어야……."

"그게 말처럼 쉽지가 않다, 이놈아."

유 회장은 입맛을 다시며 김 전무를 쳐다보았다.

눈치 없는 주제에 또 속은 좁아서 삐지면 오래 가는 놈! 능력이 없는 건 아닌데, 솔직히 상대하기 귀찮았다.

'김 전무하고 같이 어울려서 좋게 끝났던 적이 없어!'

둘이 대화하는 동안, 김 전무는 태현을 유심히 쳐다보고 있었다. 유난히 유 회장과 친하게 지내는 것처럼 보이는 저 청년! 대체 뭐 하는 사람이란 말인가?

'조사해 봐야겠군.'

게임에 대해 관심이 없는 김 전무는 태현이 뭐 하는 사람인지 하나도 모르고 있었다. 기본적으로 눈치 없는 새…… 아니, 눈치 없는 김 전무였지만 그도 느끼고 있었다.

유 회장이 판온을 정말 좋아하는구나!

가상현실을 체험하고 낚시나 하러 온 사람은 낚싯대를 휘둘러서 악마 모가지를 뎅겅뎅겅 날리지 않았다. 전투적으로 덤비는 유 회장은 낚시꾼이 아니라, 무슨 전쟁터에서 계속 구른 역전의 전사 같은 용맹한 모습!

정지용 비서실장이 생각했던 것처럼, 김 전무도 비슷한 생각을 하고 있었다.

'판온에 대해 조사하고 저 친구에 대해서도 조사하고…… 이걸로 두각을 드러내겠다!'

그러는 사이 태현이 이끄는 수레는 목적지에 도착했다.

우드스탁 길마와 나름 친한 길드의 요새였다.

"여기서 내려주면 되냐?"

"그, 그래. 고맙다."

우드스탁 길마는 태현의 손을 잡고 흔들었다. 오늘 하도 많은 일이 있어서 정신이 없었다.

요새를 뺏기고, 길드 연합한테는 배신당하고, 태현한테는 도움을 받고, 쑤닝한테는 공격을 받고…….

그래도 최악은 아니었다. 길마인 그를 포함해서 길드원들은 사망 페널티 없이 멀쩡했던 것이다.

피해는 크지만 어떻게든 다시 해볼 수 있다!

그렇게 생각하자 태현에게 고마운 마음이 물씬 치솟았다.

"정말 고맙다. 네 덕분에……."

"뭐, 더 고마워해야지."

'별걸 가지고', '고마워할 필요 없어' 같은 반응은 태현에게서 기대할 수 없었다. 더 고마워해라!

"……그, 그래."

우드스탁 길마는 떨떠름한 표정으로 고개를 끄덕였다.

그 순간, 자리에 있던 모두에게 퀘스트창이 떴다.

〈갈그랄의 강림-오스턴 왕국의 악마 군세 퀘스트〉

파괴와 혼돈은 악마들에게 좋은 먹잇감이다. 왕국이 불타고 혼돈으로 넘칠수록 더 많은 악마가 마계에서 넘어올 수 있는 것이다. 카달타성에 들이닥친 악마 군세는 강력한 의식을 통해 그들의 주인인 갈그랄을 불러냈다.

우두머리가 생긴 악마 군세는 한층 더욱 강력해질 것이다.

죽고 싶지 않다면 그들을 토벌해야 한다!

보상: ?

자리에 있던 모두가 태현을 빤히 쳐다보았다.

'이거 어떻게 할 거야'라는 눈빛!

악마 군세를 모아서 쑤닝을 괴롭힌 건 좋은데, 너무 막 나간 나머지 퀘스트 규모가 커진 것이다.

태현은 어깨를 으쓱거렸다.

"다른 왕국 가야겠네."

"……야!"

방금까지 고마운 마음이 싹 사라지는 태도!

그러나 태현도 속으로는 고민하고 있었다.

'갈그랄이면 그놈이지?'

마계에서 아다드 밑에 있던, 문지기 악마. 그 악마는 태현과 상성이 안 좋았다. 사람의 말을 아예 안 듣고 자기 할 것만 하니 화술 스킬이 잘 안 통하는 것이다.

그런 놈이 내려왔다니.

'무식하게 날뛰겠군.'

안 봐도 상상이 갔다. 닥치는 대로 '아키서스 나와라!' 하면서 부수고 다니겠지!

'아탈리 왕국까지 안 내려오게 하려면…… 오스턴 왕국에서 끝내야 한다!'

오크 대공세 때도 그랬지만, 태현의 약하고 갸날픈 영지를 지키기 위해서는……. 다른 왕국에서 싸워야 했다.

물론 다른 왕국 쪽의 플레이어들은 다르게 생각하겠지만!

일단 태현은 자리를 떠나려고 했다. 권능 스킬을 얻고 싶었던 것이다. 우드스탁 길드 앞에서 아이템을 사용하면 다른 사람들이 눈치를 챌 수도 있었다.

'어? 김태현 설마 아까 던전에서 갖고 나온 걸 쓴 건가? 그거 사실 좋은 거였나?' 같은 의심을 굳이 살 필요 없었다.

"뭐 나중에 보자고."

"잠, 잠깐만! 너도 악마 퀘스트 떴잖아!"

"떴지."

"같이 깨자! 이건 혼자서 무리라니까!"

"싫은데? 혼자 깰 자신 있는데?"

"아냐! 다시 생각해 봐!"

"다시 생각해도 깰 자신이 있군."

"아니라니까!"

우드스탁 길마는 태현의 바짓가랑이를 붙잡고 늘어졌다. 지금 요새를 날려 먹은 것 때문에 얻은 피해를 복구하기 위해서는 대박을 터뜨려야 했다.

저 갈그랄이라는 악마가 강림한 건 큰 위기였지만, 동시에 기회였던 것이다. 그렇지만 현재 피해를 입은 전력으로 싸우기에는 자신이 없었다. 게다가 쑤닝 길드는 우드스탁 길드에 이를 갈고 있을 것이다.

원인을 따져보면 쑤닝이 잘못한 거긴 했지만, 이미 눈이 뒤집힌 쑤닝에게 그런 말은 통하지 않을 게 분명!

남은 건 태현과 함께하는 방법밖에 없었다.

"내가 필요한 거 다 지원해 줄게! 너 폭탄 만드는 거 좋아하잖아! 내가 경매장에서 다 재료 사다 줄게!"

"누구를 테러리스트처럼 말 한다?"

'맞지 않나?'

케인은 속으로 생각했다.

우드스탁 길마는 이제 체면도 벗어던지고 달라붙었다. 기둥뿌리도 뽑아서 줄 것 같은 기세!

"음, 그러면 좀 생각해 볼까……."

태현은 못 이긴 척, 말끝을 흐렸다. 그 모습에 우드스탁 길마는 눈을 번쩍 떴다. 미끼를 문 것이다. 저렇게 말한다는 건, 그들이 어떻게 하느냐에 따라 같이 깰 수도 있다는 것!

♣

"와…… 태현이 이놈시키 진짜……."

김태산은 중얼거리며 영상을 보았다. 카달타 성이 불타고 있는 영상!

영지를 운영하는 입장에서 저런 걸 보니 등골이 서늘했다. 쑤닝은 아마 피눈물을 흘리고 있을 것이다.

김태산도 더 따라갔을 경우 크게 당했을 것이다. 태현은 수틀리면 악마 군세를 쑤닝이 아니라 김태산의 영지에도 풀 수 있는 놈이었으니까!

다행히 쑤닝이 있어서 대신 맞아준 거지, 아니었다면…….

'어떻게 복수를 해준다?'

김태산은 팔짱을 끼고 생각에 잠겼다. 오스턴 왕국에 영지가 있는 김태산은 아탈리 왕국에 영지가 있는 태현보다 불리했다.

오스턴 왕국이 더 적이 많고 치안도 안 좋은 것이다. 서로 영지를 공격하면 김태산이 손해를 볼 가능성이 컸다.

우우웅-

고민하는 동안 걸려온 전화. 모르는 번호였다.

김태산은 전화를 받았다. 전화 너머에서 긴장된 목소리가 들려왔다.

"안녕하십니까? MBS에서 PD로 일하고 있는 배장욱이라고 합니다."

"MBS?"

김태산은 고개를 갸웃거렸다. 예전에 한 번, 태현을 골려주기 위해서 게임 방송에 나간 적이 있었다. 실제 모습이 아닌 게임 캐릭터가 나가는 거니 거부감이 좀 적었던 것이다.

그때 고른 곳이 SBC 쪽의 게임 방송이었다. MBS와는 연이 없었던 김태산.

"MBS가 나한테는 무슨 일로? 아니, 그보다 내 번호는 어떻게 알았지? 태현이한테 들었나?"

"아, 그…… 배미나한테 들었습니다."

배미나, 배장욱의 동생. SBC의 PD였다. 한창 태현이 돌풍을 일으킬 때 그걸 보고 김태산을 섭외한 PD!

"음? 둘이 친한 사이인가?"

"제 동생입니다."

"흥. 나는 배미나 PD를 별로 좋아하지 않네."

김태산은 배미나 PD를 별로 좋아하지 않았다.

태현을 골려주기 위해서 나간 방송이었다. 그런데 배미나 PD는 훈훈한 부자(父子)로 컨셉을 잡고 방송을 진행한 것이다. 덕분에 김태산은 나와서 아들 자랑하는 팔불출 이미지를 획득! 실제로 방송을 본 사람들의 반응도 비슷했다.

-뭐야, 사이 좋잖아?

-아들 자랑하려고 나온 건가? 그냥 말로만 사이 안 좋다는 거네.

다른 사람들에게는 사이좋게 보일 수밖에 없는 둘의 모습!

어쨌든 방송의 반응은 좋았다. 시청률도 SBC에서 진행한 게임 프로 중 손가락 안에 꼽을 정도로. 당연히 배미나는 계속 방송을 진행하고 싶어 했지만…….

-내가 뭐 하러 태현이 놈 좋은 짓을 해! 안 해!

-출, 출연료를 올려 드릴…….

-필요 없어!

김태산에게는 돈이고 뭐고 아무 의미 없었다.

어떤 설득도 통하지 않는 최강의 상대!

결국 배미나는 눈물을 머금고 포기할 수밖에 없었다. 그리고 지금, 배장욱은 동생을 간신히 설득해 김태산의 번호를 얻어낸 상태였다.

목적은 바로…… 태현을 설득하는 것!

김태현이라는 성을 공략하기 위해서는 그 주변의 해자부터 공략해야 했다. 배장욱은 그렇게 생각했다.

그런데 대화 시작부터 배미나 PD한테 불만이 있다니.

등에 땀이 나기 시작했다.

어째서?

"어, 어째서인지 여쭤봐도 되겠습니까? 혹시 동생이 무슨 무례라도……."

"그런 건 아니고. 그놈을 너무 훈훈하게 만들어놨어."

배장욱은 순간 김태산이 농담하는 줄 알았다. 만약 배장욱이 그 프로를 담당했어도 배미나처럼 방향을 잡았을 것이다.

그만큼 완성도 높았던 방송!

'겉으로는 아웅다웅하지만 사실 사이좋은 가족'은 잘 먹히는 캐릭터였던 것이다.

"아, 그, 그렇군요."

배장욱은 당황한 마음을 수습했다. 일단은 김태산에게 동의를 해줘야 했다.

"그런데 무슨 일로 내 번호까지 알아냈나?"

"그……."

배장욱은 말끝을 흐렸다. 원래 김태산과 기분 좋게 대화를 나눈 다음, 바로 태현에 대한 화제로 들어가려고 했다.

김태산의 도움을 받아서 태현을 설득하려고 했던 것이다.

그러나 지금 분위기를 보니 김태산이 별로 협조를 해주지 않을 것 같았다.

'미나 때문에 협조를 못 받을 줄은 몰랐지!'

"뭐지? 왜 말끝을 흐리나? 나는 말을 돌리는 사람을 좋아하지 않네."

'에이, 모르겠다.'

배장욱은 포기하고 입을 열었다. 도움을 받지 못한다면 최소한 김태산의 분노만 사지 말자. 최대한 예의 바르고 공손하게 있었던 일들을 말하자!

"……그래서 연락을 드렸던 것입니다."

배장욱의 말을 들은 김태산이 멈칫했다.

"그러니까 태현이를 방송에 내보내고 싶다. 게임 캐릭터가 아니라 진짜 얼굴로 방송에?"

"예. 김태현 씨는 별로 관심이 없어 보여서 가족분들의 설득과 도움을 받으려고 했습니다. 그렇지만 김태산 씨께서 별로 내키지 않으시다면 도와주지 않으셔도……."

"무쓴 소리!"

발음이 틀릴 정도로 화끈한 김태산의 반응!

"내가 도와주겠네. 우리 지금 당장 만나지!"

배장욱은 아직도 어안이 벙벙했다. 김태산이 이렇게 적극적으로 나설 줄이야.

"자. 앉게. 커피?"

"아, 감사합니다."

서재로 들어온 배장욱은 긴장한 얼굴로 주변을 두리번거렸다. 이미 태현과 상대해 보면서 알고 있었지만, 이 집안은 정말 잘사는 집안이었다. 서울에 이런 대저택을 갖고 있다니.

배미나가 실패한 것도 이해가 갔다.

'이런 사람이라면 출연료는 거의 취미였겠군…….'

"커피 맛은 어떤가? 내가 직접 탔는데."

"맛있습니다! 평소 먹던 거랑 전혀 다른 고급스러운 맛……."

"그거 인스턴트인데……."

김태산은 측은한 눈빛으로 배장욱을 쳐다보았다.

'평소에 뭘 먹고 다니길래'하는 눈빛!

배장욱은 얼굴을 붉혔다.

드라마에서나 볼 법한 대저택에, 중후한 분위기의 서재. 그런 자리에서 고급스러운 잔에 주는 커피라면 당연히 뭔가 좀 고급스러운 커피 아닐까 생각하게 되는 게 사람 마음!

"방송국이 사람을 험하게 다루는 거 같군. 이런 커피라도 좋으면 더 타주겠네."

방송국 일이 힘들긴 하지만 배장욱이 인스턴트커피도 못 얻어먹을 위치는 아니었다.

"그…… 저는 드립 커피인 줄……."

"난 그런 거 할 줄 모르는데."

"저, 저기 게임 캡슐이 있군요! 두 개라니. 부자께서 같이하시는 건가요?"

배장욱은 급히 화제를 돌렸다.

"저건 아내하고 같이 하려고 놓은 거야."

"아, 그렇군요. 두 분이 같이 하시면 즐겁겠네요."

"아니…… 같이 하지는 않고 있지."

"……?"

"아내한테 길드원들 보이기가 좀 부끄러워서…… 그리고 아내가 들어오면……."

김태산은 말끝을 흐렸다. 오크 아저씨들을 데리고 다니면서 남의 요새 부수고 다니는 걸 윤희한테 보여주고 싶지가 않았던 것!

"흠흠, 어쨌든 지금 중요한 건 태현이 그놈 아닌가."

"네. 그렇습니다."

"태현이 그놈은 분명 방송에 나가라고 하면 싫어할 테지."

"예……."

"그러면 꼭 내보내 줘야지."

주먹을 불끈 쥐는 김태산!

그 모습에 배장욱은 어이가 가출하는 기분을 느껴야 했다.

대체 이 가족은 뭘까?

"아, 아니. 방금 태현 씨가 나오기 싫어한다고……."

"그래. 나오기 싫어한다고 들었네."

"그런데 도와주신다는 겁니까?"

김태산이 도와준다는데도 배장욱은 얼떨떨했다.

지금 제대로 이해하고 있는 거 맞지?

"당연하지. 저번에 태현이 놈이 뭘 했는지 아나? 나를 오토바이로 치고 튀었어!"

"괜찮으십니까?!"

배장욱은 깜짝 놀라서 물었다. 오토바이로 치였다면 여기서 이렇게 대화하고 있을 때가 아니라 병원에 가야 했다.

"아니, 게임에서."

"……."

"그런 못된 짓을 저질렀는데 저 정도는 해줘야지."

"그, 그렇군요. 그런데 어떻게 설득하실 생각이십니까?"

배장욱이 보기에 김태산이 말해봤자 태현은 들을 것 같지 않았다.

"후후. 놈에게도 약점이 있지."

무슨 자식이 아닌 원수를 대하는 것 같은 모습!

"그게…… 뭡니까?"

"바로…… 내 아내지!"

쿠궁!

엄청 비장하게 말했지만 별거 아닌 대답!

배장욱은 고개를 갸웃거렸다.

"윤희를 불러서 잘 말해보게. 그러면 한 방이야."

"……정말요?"

"그래. 내가 보장하지. 아, 그리고 태현이한테는 자네가 윤희를 만나서 설득했다는 이야기는 하지 말게. 그걸 알게 되면 태현이가 자네를 잡아먹으려고 할 테니까."

"하하, 농담도…… 농담 아니시군요."

"그래, 음……. 자네, 생방송에서 태현이가 '배장욱 PD ×××가 사람 속여서 강제로 계약시켰다!'라고 외치는 걸 상상해 보게."

오싹!

말도 안 되는 일이었지만 왠지 태현이라면 할 수 있을 것 같았다.

"태현이 그놈이 눈 돌아가면 무섭거든. 내 아들을 우습게 보면 안 돼. 애가 한 번 찍으면……."

"아, 알겠습니다. 절대 침묵하겠습니다."

"그래, 그래. 자네는 태현이를 만나러 왔다가 나를 만난 거고, 내가 윤희를 부른 거지."

"그런데 아내께서는 괜찮으실까요? 태현 씨를 방송에 내보내는 걸 좋아할지 안 좋아할지 모르잖습니까."

"뭐, 그거야 자네가 잘 설득해야지."

지금 태현은 게임 방송에서 활약을 보이는 것으로 정윤희에게 간섭을 받지 않고 있었다. 하라는 공부는 안 하고 휴학을 했어도 정윤희는 뭐라고 말을 하지는 않았다.

약속은 약속이었으니까.

그렇지만 정윤희는 속으로 여러 고민을 하고 있을 게 분명했다. 이대로 내버려 둬도 되는가? 계속 일생을 걸 만큼 저 게임에 가치가 있는 것일까?

그런 상황에서 배장욱이 태현이 나아가야 할 새로운 미래를 제시해 준다면? 무엇이든 간에 정윤희는 하라고 태현의 등을 떠밀 가능성이 충분했다.

'크핫핫핫핫핫핫! 태현이 네 이놈! 감히 하늘 같은 아버지를 오토바이로 치고 간 벌을 받아라!'

김태산은 속으로 웃어대며 커피를 마셨다.

오늘 커피 맛은 정말 달았다.

"나 방금 오싹했는데. 뭐지?"

"누가 너 욕하는 거 아냐?"

"누가 태현 님 죽이려고 계획을 짜는 거 아닐까요?"

"어떤 놈이…… 아니, 너무 많아서 추측할 수가 없네. 에잉."

태현은 고개를 갸웃거렸다. 뭔가 불길한 느낌이 스멀스멀!

어쨌든 간에 우드스탁 길드와 헤어진 상태였다. 우드스탁 길마는 마치 예전에 사귀었던 연인처럼 한 시간에 한 번씩 귓속말을 보내오고 있기는 했지만…….

-저기, 생각하고 있는 거 맞지?

-우리 연합할 수 있는 거지?

원래라면 차단했겠지만 태현은 인내했다. 아직 써먹을 수 있을 것이다.

'일단 권능부터 까고 보자.'

타르카 신의 권능이 담긴 스크롤:

타르카 신의 권능이 담겨 있는 스크롤이다. 사용할 경우 타르카 신의 권능 중 하나를 얻을 수 있다.

[현재 타르카 신전의 세력이 일정 수준 미만입니다. 타르카 관련 NPC들이 아키서스 교단으로 찾아올 수 있습니다.]

[타르카 신의 권능, <권능 복사>를 얻었습니다.]

<권능 복사>

다른 사람이 사용한 권능을 선택합니다. <권능 복사> 스킬이 그 권능으로 변합니다. 한 번 사용하면 다시 바꿀 수 없습니다.

권능은 꽝도 있었기에 태현은 별 기대를 하지 않고 사용했다. 그렇지만 나온 것은…….

'굉장하다!'

남의 권능을 그냥 하나 공짜로 얻을 수 있는 것!

권능을 얻기 위해 얼마나 개고생을 해야 하는지 생각해 보면, 이 권능이 얼마나 좋은 권능인지 알 수 있었다. 비록 눈앞에서 다른 사람이 사용한 권능을 봐야지 쓸 수 있다는 것과,

한 번 사용하면 그 권능으로 고정이 되니 두 번 사용은 못 한다는 단점이 있기는 했지만……. 그 정도 단점은 단점도 아니었다.

태현은 생각에 잠겼다. 이 스킬을 어떻게 써야 잘 썼다고 소문이 날까?

일단 사디크 교단은 제외였다. 어차피 사디크 교단은 계속 싸우고 박살 내다 보면 권능을 얻게 되어 있었다.

아키서스 교단도 물론 제외였다. 왜냐하면 아키서스 교단의 권능을 쓰는 플레이어는 태현 한 명밖에 없었으니까! 베끼려고 해도 베낄 곳이 없었다.

'음, 좀 찾아볼까?'

태현이 사디크 교단이나 아키서스 교단처럼 마이너하고 이단으로 취급받는 교단만 만나서 그렇지, 대륙에는 멀쩡하고 잘나가는 교단들이 많았다. 데메르 교단이나 타이란 교단처럼 플레이어들이 구름처럼 몰려드는 교단들!

[데메르 고위 성기사 제논의 권능 사용 영상! 언데드 상대로 1:100!]

[파이토스의 권능 대공개! 대장장이 루카스의 장비 축복! 경매장에서 10억에 팔린 바로 그 장비!]

태현은 딸깍딸깍하며 뭐 확 끌리는 게 없나 찾아다녔다.

"이, 이건……!"

-1위 랭커, 네크로맨서 이세연의 권능 스킬 공개! 낱낱이 해부해 본다!

"누가 1위야?"

싸워서 결정한 것도 아닌데 다른 사람들 멋대로 1위라고 하다니. 태현 입장에서는 뭔가 불쾌했다.

물론 이런 동영상을 올리는 사람들은 조회수를 많이 모아야 하니 자극적인 제목을 쓸 수밖에 없었다. 태현은 몰랐지만, 판온에서 태현을 본 플레이어들도 <1위 랭커 김태현의 스킬 공개?!> 같은 동영상을 올리고 있었다.

언제나 랭커들은 관심의 대상!

물론 불평은 해도 태현은 이세연의 영상을 볼 생각이었다.

권능 스킬을 갖고 있다니 흥미도 생기고…….

'네크로맨서니까 역시 죽음의 신 쪽 권능 스킬인가?'

이세연도 전설 직업 플레이어. 게다가 태현 못지않게 스킬과 퀘스트 관리를 꼼꼼하게 하는 플레이어였다. 아예 직업이 <아키서스의 화신>인 태현만큼은 아니어도, 권능 스킬을 얻어놨을 가능성이 충분했다.

-안녕하세요! 최민수입니다. 오늘 저는 우연히! 이세연 씨를 보게 되었는데요…….

'이건 넘어가고.'

동영상 시작할 때 왜 그리도 자기소개가 긴지!

그냥 이세연이 무슨 스킬을 쓰고 있고 이게 어떤 신의 스킬인지 바로 정리해서 말해주면 되잖아!

콰아앙-

이세연의 근처로 거대한 바윗덩어리가 날아왔다. 이세연은 눈 하나 깜박이지 않고 막아냈다. 동영상에 나온 이세연은 완전히 중무장을 하고 있었다.

'프리카 대륙인가? 아니, 중앙 대륙의 동쪽 끝인가.'

오크 대족장이 있는 우르크 지역에서 더 동쪽으로 가면 나오는 곳. 지금 우르크 지역도 플레이어들이 다 뚫지 못한 상황에서, 더 동쪽의 지역은 정말 몇몇 모험가 플레이어나 랭커들만 들락거리는 곳이었다.

그리고 이세연이 상대하고 있는 건 거인족이었다. 보통 종족보다 몇 배는 큰 덩치를 가진 거인족 몬스터들은 탱커에게는 재앙이었다. 한 대 맞으면 아무리 탱커라도 온갖 상태 이상에 빠지고 HP가 쫙쫙 깎이는 것이다.

그나마 상대하기 쉬운 건 공격을 회피하기 쉬운 계열의 직업이나, 아예 후방에서 원거리 공격을 퍼붓는 직업이었다.

그리고 이세연은 아예 다른 방식으로 상대하고 있었다.

-내…… 주인의…… 명을…… 받들리라!

거인을 잡아서 거인족 언데드 전사를 만든 것이다.

쾅! 콰쾅!

거인족vs거인족 언데드 전사!

두 덩치가 치고받으니 주변의 나무가 뒤집혀 날아가고 바위가 박살 났다. 처음에는 팽팽했지만, 거인족 몬스터들은 점점 밀리기 시작했다.

거인족 언데드 전사는 이세연의 각종 버프를 받는 것이다.

거인족 몬스터들에게는 다양한 저주를. 아군 거인족 언데드 전사들에게는 버프를. 어두운 오오라에 휩싸인 언데드 전사들은 거인족 몬스터들을 밀어붙였다.

-크와아앙!

궁지에 몰린 거인족 몬스터들의 눈빛이 붉게 빛났다.

그걸 본 방송 스트리머가 신나서 외쳤다.

-네! 지금 거인족 몬스터가 광폭화 스킬을 사용했습니다. HP가 일정 수치 밑으로 내려가면 자동으로 사용되는 스킬인데, 이 상태에서는 방어력과 공격력, 스킬 사용 속도가 올라가고 받는 대미지도 크게 감소한다고 합니다.

HP가 떨어진 거인족 몬스터들은 무섭게 반격에 나섰다. 동영상으로 봐도 이렇게 압도적인데, 실제로 저걸 당하면 공포스러울 것 같았다.

'나야 회피율이 있어서 상성이 좋다지만, 케인 같은 중갑옷 전사들에게는 지옥 같겠군. 그나저나 이세연은 어떻게 하려나?'

이대로 내버려 두면 밀릴 게 뻔한 상황. 이세연이 가만히 있을 리 없었다. 무슨 수를 쓸 것이다.

스으으으-

거인족 언데드 전사들의 몸이 어두운 오오라에 휩싸인 것을 넘어 완전히 새카맣게 변했다. 칠흑처럼 어두운색!

'뭐지?'

광폭화 상태에 빠진 거인족 몬스터들은 거칠게 몽둥이와 도끼를 휘둘렀다.

깡, 깡, 깡!

그러나 새카맣게 변한 거인족 언데드 전사들은 꿈쩍하지 않았다. 방어력이 오르거나 그런 수준이 아니었다. 아예 공격 자체가 안 통하는 수준!

'저건 무적 상태다!'

대미지가 조금이라도 들어갔다면 다른 반응이 보였을 것이다. 그러나 거인족 언데드 전사들은 미동조차 안 하고 덤벼들었다.

태현은 깜짝 놀랐다. 정확한 건 이세연만이 알고 있겠지만, 지금 겉으로 본 것만 봤을 때 저 스킬은 일정 시간 동안 무적으로 만들어주는 스킬!

'저런 스킬을 갖고 있었단 말이야?'

게다가 이세연 본인도 완전히 새카맣게 변해 있었다. 네크로맨서가 부리는 언데드 몬스터한테만 적용되는 게 아닌, 아군 전체에게 적용시킬 수 있는 스킬이 분명했다.

-네! 지금 이세연 씨가 사용한 스킬이 바로 <죽음을 거부하다> 스킬입니다. 이 스킬은 죽음의 신 타나스의 권능 스킬이라고 알려져 있는데요. 이세연 씨를 제외하고는 아무도 얻지

못했다고 알려져 있습니다. 그만큼 강력하고 희귀한 스킬이라고 할 수 있겠네요.

타나스. 죽음과 네크로맨서의 신. 당연히 네크로맨서들이 많이 믿는 신이었다. 딱히 신전이나 사제들이 있지는 않지만 얻을 수 있는 스킬들은 강력한 게 많아 찾아다니는 네크로맨서들의 숫자가 꽤 될 정도로.

'좋아. 결정했다!'

태현은 마음을 정했다. 많은 권능 스킬이 있었지만 지금 이세연이 쓴 스킬만 한 건 찾기 힘들 것 같았다.

태현이 사용한다면……. <죽음을 거부하다>+<아키서스의 축복>으로 상대방 입장에서는 욕이 나오는 생존기 콤보가 가능했다.

'그런데 이걸 이세연한테서 어떻게 뜯어낸담?'

권능을 복사하려면 일단 이세연이 먼저 태현의 눈앞에서 저 스킬을 사용해야 했다. 당연히 저런 스킬은 아무 때나 쓰지 않았다.

태현이 <아키서스의 축복>의 쿨타임 때문에 아껴두듯이, 이세연도 당연히 아껴둘 것! 이세연이 저런 스킬을 쓰게 만들려면 그럴 만한 상황이 필요했다.

'음. 으음, 으으음…….'

태현은 고민에 빠졌다. 스킬은 뜯어내고 싶었지만 마땅한 방법이 떠오르지 않았던 것이다. 아니, 정확히 말하자면 떠오르지 않는 건 아니었다.

떠오르긴 떠올랐지만……. 이세연에게 연락해서 친한 척을 해야 하는 게 괴로운 것!

원하는 걸 얻기 위해서라면 태현은 얼마든지 가식적으로 굴 수 있었다. 그렇지만 이세연에게는 왠지 그러고 싶지 않았다. 쓸데없는 자존심!

'끄으으응…….'

"뭘 그렇게 보세요?"

"아. 권능 정리한 동영상."

"어라? 이거 올린 거 우리 길드원……."

"나 잠깐 귓속말 좀 하고 올게."

끙끙대던 태현은 마음의 다짐을 하고 일어섰다. 어차피 할 거라면 빨리 하는 게 좋았으니까.

-지금 시간 괜찮니?

-말도 안 돼! 김태현이 나한테 먼저 귓속말을 보내다니! 말도 안 돼!

이세연은 태현에게 귓속말을 받자 놀라는 척을 했다.

자신을 놀리는 게 뻔히 보였지만 태현은 참았다.

원하는 걸 얻어내기 위해서!

-……내가 먼저 귓속말을 할 수도 있지. 왜 그런 걸 가지고…….

-김철수 씨도, 케인 씨도, 음, 케인 씨는 좀 귓속말을 많이 보내긴 하

지만, 어쨌든 심지어 도동수까지도 나한테 귓속말을 보낸다고. 대회에 나가는데 팀이 이 정도는 대화는 해야지. 네가 제일 말이 없어!

-그래서 연락한 거잖아.

-정말로?

-정말이지.

-못 믿겠는데?

'젠장!'

태현은 이를 갈았다. 이세연은 눈치를 챈 게 분명했다. 평소에는 이세연을 피하던 그가 먼저 연락해 왔을 때에는 그럴 만한 이유가 있을 것이라는 걸!

'후…….'

태현은 마음을 다잡았다. 이세연을 상대할 때에는 허투루 상대하면 안 됐다.

-그럼 믿지 말던가.

태현은 승부수를 던졌다. 권능 스킬을 얻지 못하는 한이 있더라도 이세연에게 끌려다닐 수는 없다!

-기껏 연락했는데 됐어. 그럼 끊는다.

-잠깐, 잠깐만! 미안해. 하도 연락 안 하다가 연락해서 내가 좀 신이 났나 봐. 그래. 무슨 일로 귓속말을 한 건데?

-지금 오스턴 왕국인데, 시간 되면 같이 파티 좀 하자고 하려고 했지.

-오스턴 왕국? 무슨 일이…… 응? 악마 갈그랄이 강림? 악마들이 좀 나타나기 시작했다는 건 들었지만 이 정도로 심해질 줄은 몰랐는데. 무슨 일이 있었던 거지?

-난 잘 모르겠네.

뻔뻔함의 극한! 물론 이세연은 태현의 말을 믿지 않았다. 바로 검색 후 동영상을 찾아냈다.

태현이 오토바이 뒤로 악마들을 모으고 다니는 영상!

-김태현 미친놈이 악마들 모아서 카달타 성에 뿌렸다!

-아니, 아무리 그래도 그렇지 저건 좀 심하지 않냐? 나 카달타 성에서 장사 하다가 바로 뛰어나왔잖아.

-저 정도는 할 수 있다고 본다.

-맞아. 쑤닝 놈들 세금 더럽게 세게 물던데 솔직히 좀 고소하더라.

-피해는 내가 봤는데!

-그게 다 쑤닝 놈들이 김태현 쫓아다녀서 김태현은 어쩔 수 없이 한 거라니까?

-맞아. 김태현이 원래라면 저런 짓 할 사람 아니지.

놀랍게도 그런 깽판을 치고서도 태현에 대한 여론은 좋은 편에 가까웠다. 파워 워리어 길드원들이곳곳에서 실드를 치기는 했지만, 그것 때문만은 아니었다. 태현의 이미지 덕분!

대형 길드와 싸웠던 전적들이 있으니 사람들이 저 정도는 관대하게 이해해 주는 것이다.

-장난해? 너 때문이잖아!

-카달타 성에서 강림했으니 쑤닝 때문 아닐까?

-아, 그렇구나…… 라고 할 줄 알았어? 어쨌든 너 때문에 악마들이 모여서 이 난리가 났고, 그래서 파티하자는 거야?

-그래.

-왜?

-……왜라니. 뭐가 왜야?

-넌 저 악마 꼭 잡을 필요 없지 않아? 그냥 다른 곳 가도 되잖아.

-책임감을 조금 느껴서.

-정…… 말?

이세연은 태현이 책임감을 느꼈다는 것에 매우 놀라워하고 있었다. 판온 1의 태현이라면 '하하 오스턴 왕국의 길드 놈들 다 망해라' 하면서 다른 곳으로 떠났을 테니까.

'쓸데없이 예리하기는.'

-정말이라니까. 그래서 가능하면 잡아보려고 했지.

-그래?

-그래. 그리고 합을 맞춰볼 기회도 될 테니까.

-그렇게 말하니까 조금 고민이 되네.

이세연은 잠시 뜸을 들였다.

-그래도 이건 내가 네 부탁을 들어주는 거잖아.

-……그래서?

-그러면 너도 나중에 내 부탁을 하나 들어줄 수 있지?

-물론이지!

-생각 좀 하고 말해. 속 뻔히 보이거든?!

태현이 나중에 모르는 척할 게 뻔히 보였다. 이세연은 어이가 없어서 다시 말했다.

-음, 으음, 으으으음…….

-나한테는 부탁하면서 내 부탁은 그렇게 들어주기 싫어?

아무리 이세연이라도 이건 살짝 상처였다.

그렇게 싫나? 아니, 그녀가 무슨 죽으라는 부탁을 할 사람도 아니고…….

그리고 태현은 과하게 솔직한 사람이었다.

-응!

-……×××.

-뭐라고?

태현은 개로 시작해서 끼로 끝난 단어를 들은 것 같았다.

-아무것도 아니야. 어쨌든 가는 게 있으면 오는 게 있어야지. 받아들이지 않으면 파티는 없어.

-악마들에게 고통받는 오스턴 왕국의 플레이어들이 불쌍하지 않…….

-안 불쌍해.

-대회 시작하기 전에 합을 맞춰봐야…….

-너 그런 거 신경 안 쓰잖아.

-젠장. 알겠어. 들어주면 되잖아. 대신 무리한 거면 안 돼.

-그런 건 시킬 생각도 없었어.

태현은 입맛을 다셨다. 분명 이득이기는 했다. 이세연의 권능 스킬을 얻고, 그녀의 협력을 얻어서 태현의 원수인 악마 갈그랄도 사냥할 수 있었다. 게다가 말하는 걸 보니 랭커 사제 플레이어인 김철수도 덤으로 올 것 같았다.

그럼에도 왠지 모르게 느껴지는 찜찜함! 자기도 모르는 함정에 발을 한 발짝 디딘 느낌이었다.

그러나 태현은 알지 못했다. 저택의 다른 곳에서 지금 겪은 것보다 몇 배는 더 큰 폭풍이 준비되고 있다는 것을.

캡슐을 열고 나왔을 때, 태현은 저택이 묘하게 조용하다는 걸 느꼈다. 마치 태풍 전의 고요 같은 조용함!

'……뭐지?'

1층으로 내려갔을 때, 거실에 아버지 김태산이 팔짱을 끼고 웃고 있었다. 그걸 본 태현은 가슴이 덜컥 내려앉았다.

큰일 났다! 저 웃음은 분명 사악한 계획을 이미 다 꾸며놓고 짓는 자신감 넘치는 웃음!

태현한테 오토바이로 치었으니 당연히 쪼잔하게 복수에 나서리라고 예상은 했지만, 생각보다 너무 빨랐던 것이다.

"하하! 태현아! 여기로 잠깐 와보렴!"

태현은 창문을 열고 밖으로 도망치려고 했다. 그러나 김태산은 이미 그걸 눈치채고 가까이 다가와 있었다.

탁!

"왜 그러니. 아들아?"

"갑자기 운동이 하고 싶어져서 달리고 오겠습니다."

"그래. 그래라! 조금만 이야기하고 가렴!"

질질질.

김태산은 태현을 질질 끌어서 소파에 앉혔다. 앞에는 정윤희 여사가 조용히 앉아 있었다.

"어머니!"

"왜 그러니?"

"아버지가 무슨 소리를 하셨든 간에 그 소리에 넘어가시면 안 됩니다!"

김태산은 짜게 식은 눈으로 태현을 쳐다보았다. 물론 그가 태현을 괴롭히기 위해 이걸 꾸미기는 했지만, 말도 듣기 전에 이렇게 나오다니.

"그래? 나는 괜찮다고 생각했는데."

"예? 뭐가요?"

김태산이 무슨 말을 했는지 모르는 입장에서, 정윤희가 괜찮다고 말을 하니 보통 무서운 게 아니었다.

"네가 연예인을 한다며?"

"……예?"

태현은 망치로 뒤통수를 한 대 세게 얻어맞은 표정을 지었다. 방금 뭐라고?

"네??"

"흠흠. 내가 설명을 해주마."

김태산이 손짓했다. 기분 좋아 죽겠다는 표정!

"자, 태현이 지금 너를 봐라. 게임 방송으로 어느 정도 인기를 끌었고 대회에도 출전했으니 또 한 번 화제가 되겠지."

태현은 말없이 김태산을 쳐다보았다. 그의 아버지는 이 정도로 사람을 괴롭히지 못하는 사람이었다. 대체 어느새 이렇게 성장했단 말인가!

태현의 속마음과 상관없이 김태산은 설명을 이어갔다.

"그렇지만 그런 인기는 언젠가 끝이 있게 마련이다. 꾸준히 인기가 있기 위해서는 관리가 필요해. '너'라는 상품을 조금 더 강력하게 어필을 해야 한다 이 말이야. 지금 게이머 아닌 사람

중에서 네 이름을 아는 사람들이 얼마나 되겠냐!"

김태산은 무릎을 탁 치며 분하다는 듯이 외쳤다.

태현은 어이가 없어서 되물었다.

"아니, 왜 일반인들이 제 이름을 알아야 합니까?"

"인마! 한번 시작했으면 끝을 봐야지! 개인 방송이나 그런 것도 연예인과 비슷한 거 아니겠냐! 똑같은 방송이잖아!"

"전혀 다르거든요? 뭔 말 같지도 않은 소리를……."

방송계는 장난이 아니었다. 자기만의 방송국에서 개인 방송을 잘 진행하던 사람들은 많았지만, 그 사람 중에서 공중파 방송에, 아니, 케이블 방송에라도 나가서 살아남은 사람은 극히 드물었다.

판온 붐이 일어나자 게임 방송으로 흥한 스트리머 중 몇몇이 방송국의 제안을 받고 도전을 한 적이 있었다. 물론 그들 대부분은 처참하게 실패!

"어쨌든 너는 지금 정체되어 있다. 대회에 나간다지만 지금 상태로는 그 대회에서 우승해도 써먹기 아까울 뿐! 더 크게 판을 벌이고 더 사람들에게 네 이름을 알려라!"

"지금 제가 하기 싫어하는 거 알고 이러시는 거잖습니까!"

"하하! 안 들린다, 요놈! 날 치고 가지 말았어야지!"

태현은 침착을 잃지 않고 말했다.

"그리고 방송은 아무나 합니까? 나가고 싶어도 기회가 없으면 못 나가는 게 방송인데. 제가 판온에서나 유명하지 공중파에 나간다고 하면 방송국에서 잘도 OK 하겠습니다."

"하하! 그 문제도 해결했지, 요놈!"

김태산은 좋아 죽기 직전이었다.

"해, 해결했다고요?"

"그래. SI 엔터에서 연락이 왔지. 너와 계약하고 싶다고."

"아니, 어떤 미친놈들이?!"

"나도 그렇게 생각하지만 뭐 세상에는 미친 놈들이 많지 않냐? 아마 그런 놈들인가 보지."

SI 엔터 입장에서 들으면 기가 막힐 소리였다. 이종국 국장에게 진지하게 추천을 받아서 나름 고민하고 고민해서 태현을 받아들인 것이었는데!

"나는 좋다고 생각한다."

"어머니……!"

"네가 말했잖니? 이 게임으로 네가 갈 길을 보여주겠다고. 그렇다면 멈추지 말고 더 나아가야지. 나도 찾아봤는데, 예전에 프로게이머 출신으로 방송인이 된 사람들이 있더구나."

자식의 일이라면 관심을 많이 가지는 정윤희 여사께서 사전 조사를 좀 한 모양이었다. 판온 이전의 프로게이머들이 연예인으로 전환을 한 경우를 들고 온 것!

물론 태현에게는 기가 막힌 일이었다.

"그건 아무나 하는 게 아니에요! 그 사람들은 몇백분의 일을 뚫은 거고요!"

"너라면 할 수 있지 않겠니? 그리고 실패하면 뭐 어떠니. 우리가 있는데. 부끄러운 건 시도도 안 하는 거란다."

그냥 판온에 집중하고 싶을 뿐이었는데!

태현은 고개를 숙이고 이를 악물었다. 오랜 게이머로서의 감이 말하고 있었다. 이 함정은 절대 빠져나갈 수 없다고!

“후. 알겠습니다.”

빠져나갈 수 없다면 받아들일 뿐.

태현은 빠르게 감정을 추스르고 받아들였다. 그걸 본 김태산은 입맛을 다셨다.

‘내 아들이지만 참 이런 거 보면 무섭다니까.’

안 되는 걸 알면 빠르게 포기하고 다음 전략을 고민한다. 프로게이머로서의 자질이라고 볼 수 있었다.

“그래, 아들아. 잘 생각했다. SI 엔터와 약속을 잡자!”

“……근데 SI 엔터가 뭐 하는 곳이죠? 제가 잘 몰라서.”

“음. 나도 잘…….”

오히려 정윤희가 SI 엔터에 대해서는 더 잘 알고 있었다.

“아이돌이나 배우 데리고 있는 엔터테인먼트 회사잖니.”

“어머니는 어떻게 아셨어요?”

“보는 방송에 나오는 배우가 거기 소속이거든.”

태현은 고개를 끄덕이고 다시 김태산을 쳐다보았다.

“지금 이걸 보고서도 계약을 해야 할까요? SI 엔터가 뭔지도 모르는 제가?”

“난 모르겠다. SI 엔터도 생각이 있으니까 너한테 접촉을 해온 거겠지.”

태현은 혀를 찼다. 김태산은 씩 웃으며 태현의 어깨를 두드렸다.
“걱정 마라! 내가 좋은 친구 소개시켜 줄 테니까. 같이 가면 될 거야.”
“누구요?”
“정준식이.”
“변호사는 왜?”
정준식. 김태산의 친구로 국내 대형 로펌 B&A 소속 변호사였다.
“그래야 사기를 안 당하지!”
“SI 엔터가 그런 곳이었어요?”
“아, 아니. 알아보니까 아주 멀쩡하고 좋은 곳이더라고.”
태현이 무슨 핑계를 댈지 몰라 김태산은 급히 말했다.
“그렇지만 계약은 함부로 하는 게 아니고 이런 건 변호사 한 명 데리고 가야 좋은 거니까 말이야.”
“준식이 아저씨가 참 좋아하시겠네요.”
태현은 한심하다는 듯이 김태산을 쳐다보았다.
김태산은 멋쩍은 얼굴로 고개를 돌렸다. 예전부터 김태산은 쓸데없는 걸로 정준식을 괴롭혔던 것이다.

-준식아! 내가 지금 경찰서인데! 어! 아니! 술 먹고 진상 부리는 놈들하고 싸웠거든! 많이 맞았냐고? 아니! 나는 안 맞았는데! 상대는 몇 명이냐고? 다섯 명! 응? 상태가 어떠냐고? 다 쓰러져 있어서 물어볼 수가 없는데!

-준식아! 혹시 PC방 랜선 끊고 도망치면 법적으로 어떻게 문제가 되냐?

-준식아! 소매치기 잡았는데 얘가 숨을 안 쉬는 거 같아! 아니다! 숨을 다시 쉰다! 이런, 경찰이다! 준식아! 경찰서로 좀 와줘라!

주로 김태산이 사고를 치면 정준식을 부르는 식!

태현이 보기에, 정준식이 김태산과 아직도 친하게 지낸다는 건 불가사의였다.

"어쨌든 같이 가겠습니다. 저야 뭐 손해 볼 거 없으니."

"그래라! 크핫핫."

김태산은 기뻐하며 태현의 등을 두드렸다.

"……아무래도 악마를 더 뿌려 버려야겠어."

"너 방금 뭐라고?"

CHAPTER 2

건물은 회사의 얼굴이었다. 그런 면에서 강남 한가운데에 자리 잡고 있는 SI 엔터의 현대식 건물은 SI 엔터가 어떤 회사인지 바로 말해주고 있었다. 나 이렇게 잘나간다!

"건물 좋네요?"

"저 건물보다 네 아버지 건물이 더 비싸다."

"에이, 기분 푸세요."

"그래…… 네가 뭔 잘못이겠냐."

정준식은 한숨을 푹푹 쉬었다.

"할 일 많아 바빠 죽겠는 사람한테……."

"그러면 혹시 판ㅇ……."

"판온의 '판' 자라도 꺼내면 너를 고소해 버릴 거다."

"……."

"네 아버지가 맨날 연락해서 '준식아! 판온하자!' 이러는 걸 내가 얼마나…… 아니다, 됐다.”

정준식의 얼굴에는 깊은 피로감이 가득해 보였다.

태현은 저런 얼굴을 어디서 많이 본 것 같았다.

‘왜 갑자기 케인이 떠오르지?’

“어쨌든 오기 전에 잠깐 확인해 봤다. SI 엔터는 괜찮은 회사야. 아니, 괜찮다는 표현은 좀 부족하겠군. 탑급 배우나 가수 데리고 있고 적어도 내가 파악한 수준에서는 계약 관련해서 불만이나 문제 사항도 없었어. 그래서 이렇게 잘나가는 거일 수도 있겠군. 네 롤모델 비슷한 사람도 있고…….”

“제 롤모델이요? 누구요?”

정준식이 태현의 질문에 대답하기 전에 다른 사람이 끼어들었다. 정장을 입은 남자가 기다리고 있었던 것이다.

“어서 오십시오. 기다리고 있었습니다. 김태현 씨 맞죠?”

“예.”

“이쪽 분은?”

“변호사요.”

“……네?”

“처음 만나는데 변호사를 데리고 오다니 좀 특이하죠? 저도 그렇게 생각합니다.”

“어, 어쨌든 따라오시죠.”

남자는 핸드폰을 들어 태현이 왔다고 위로 연락한 다음 카드를 댔다. 문이 열리고 건물 안의 모습이 눈에 들어왔다. 엘리베이터까지 걸어가면서 몇몇 눈에 띄는 사람들이 보였다. 일반인치고는 지나치게 화려한 모습을 가진 사람들. 딱 봐도 연예인들이라는 걸 알 수 있었다.

태현은 휘파람을 불었다.

"왜 그래? 아는 사람이라도 봤냐?"

"아뇨. 정말 하나도 모르겠어서요."

정준식은 태현을 보며 다시 한숨을 쉬었다. 방금 지나오면서 본 연예인 중에서는 정준식도 아는 연예인이 있었다. 그런데 젊은 놈이 모르다니.

'아버지고 아들이고 진짜 부자가 게임 폐인이야…….'

김태산이 한다니 도와준다지만, 정말 태현이 방송에서 잘해 나갈 수 있을까? 불안한 미래밖에 보이지 않았다.

-김태현. 방송에서 욕설 파문 '네가 그렇게 싸움을 잘해! 밖으로 나와 ××야!'

-김태현, 동료 연예인 김 모 씨와 주먹다짐…… 몇 번째 폭행 사건인가?

'아, 아니야. 태현이 저놈은 태산이보다는 낫겠지!'

셋은 엘리베이터를 타고 맨 위층으로 올라갔다. 남자는 사장실의 문을 조심스럽게 두드렸다.

"들어오게."

남자는 문을 열고 비켜섰다. 태현과 정준식은 안으로 들어갔다.

"어서 오시게, 김태현…… 이 아니잖아. 옆의 분은 누구?"
"변호사십니다."
"……내가 뭔 잘못이라도 했나?"
천하의 SI 엔터 대표도 첫 만남에 변호사를 데리고 오는 모습에 당황한 것 같았다. 정준식은 수습하기 위해 말했다.
"친구 아들이라, 부탁을 받고 같이 왔습니다. 얘가 법적인 문제는 잘 모를 것 같기도 해서. 여기 명함입니다."
"아. 감사합니다."
정준식의 명함을 받은 대표는 눈을 크게 떴다. 명함에 적혀진 신분이 평범하지 않았던 것이다.
"어쨌든 다시, 어서 오시게. 김태현 선수. 내가 SI 엔터 대표 이동팔이야."
이동팔은 잘생긴 중년 남성이었다. 잘생긴 것도 여러 종류가 있다지만, 이동팔은 좀…….
'느끼한데?'
처음 만나자마자 외모를 평가하며 실례를 저지르고 있는 태현! 분명 잘생기긴 했지만 느끼하다는 느낌!
그런 주제에 이름이 '이동팔'이라니. 책상 위에 놓인 명패에 이동팔이라고 쓰여 있는 게 어색하게 느껴졌다. 프랑스 이름이 쓰여 있으면 차라리 안 어색했을 것 같았다.
오늘도 어김없이 터져 버리는 주인공의 인성!
"내 명패를 보고 있군. 어떻게 생각하나?"
"뭐가 말입니까?"

"이름을 보고 어떻게 생각했지? 솔직하게 말이야."

이동팔은 짓궂은 웃음을 지으며 물었다. 보통 이런 질문을 하면 상대방은 '괜찮은 이름이라고 생각했습니다', '독특하고 좋은 이름이네요'라고 말하곤 했다. 그는 어쨌든 대표였고 상대방은 그와 계약하러 온 사람이었으니까!

그러나 태현은 이동팔의 예상을 가볍게 뛰어넘었다.

"촌스럽다고 생각했는데요?"

정준식도 경악해서 태현을 쳐다볼 정도의 솔직한 대답!

쿡, 쿡-

정준식이 팔꿈치로 태현의 옆구리를 찔렀지만 태현은 눈 하나 깜박하지 않았다.

"프하하하핫!"

이동팔은 폭소를 터뜨리며 책상을 손바닥으로 내리쳤다.

"촌, 촌스럽…… 그런 대답을 한 사람은 처음이야!"

"화가 나고 모욕적이지는 않으세요?"

태현은 기대하듯이 물었다. 그 눈빛은 '이런 무례한 놈과 계약을 할 수는 없지 않을까?' 하고 말하고 있었다.

그러나 이동팔도 태현의 예상을 가볍게 뛰어넘었다.

"아니, 오히려 좋은데? 솔직해서 좋군. 말로는 다들 '나는 솔직해', '저는 솔직한 성격이에요'라고 하지만 실제로 정말 솔직한지 따져보면, 솔직한 사람은 찾기 힘들거든. 그런 면에서 그쪽은 정말 솔직해서 좋군."

태현의 표정이 살짝 일그러졌다. 1차 계획 실패!

"내가 계약을 할 때 뭘 가장 우선시하는지 아나?"
"잘 모르겠습니다?"
"바로 느낌이야!"
"어, 가장 나오면 안 되는 대답 아닌가요, 그거?"
"알 게 뭐야! 난 이렇게 해서 성공해 왔는데!"
이동팔은 연극배우처럼 두 팔을 벌렸다. 태현은 슬그머니 의자를 뒤로 뺐다. 약간 이상한 사람을 보는 눈빛!
"그런 내가 그쪽을 보니 딱 느낌이 왔어. 흥할 거 같다고. 통할 거 같다고!"
태현은 정준식의 귀에 대고 속삭였다.
"아저씨, 이거 약간 사짜 느낌 나지 않아요?"
"태현아, 제발 입 좀 다물고 있으렴."
둘의 대화에 아랑곳하지 않고 이동팔은 신나서 말을 이어갔다.
"내 느낌은 틀린 적이 없지."
"정말 없나요? 착각이 아닐까요?"
"으, 으윽. 틀린 적이 조금은 있을지도……."
"바로 그겁니다. 오늘 판단도 틀렸을 수 있……."
뭔가 주객이 바뀐 것 같은 대화!
"아냐! 오늘 느낌은 정확해!"
이동팔은 태현을 손가락으로 가리키며 말했다.
"내 앞에서 주눅 들지 않는 당당함, 솔직함, 여유로운 태도까지…… 난 그쪽이 통할 거라고 확신해. 이종국 국장님이 추천하긴 했지만 직접 보니 더 확실해지네!"

"뭔 국장? 누굽니까 그거?"

"MBS 국장, 모르나? MBS 쪽에서 게임 방송 좀 했다고 들었는데?"

"MBS에는 별로 안 가봤으니 모르죠."

태현은 마음속에 '이종국'이라는 세 글자를 새겨놓았다.

나중에 만나면 두고 보자!

"뭐 어쨌든 간에! 나는 확신했고 그게 중요한 거지."

정준식은 궁금하다는 듯이 물었다.

"태현이의 뭘 보고 그렇게 확신하시는 겁니까? 느낌 말고요. 저는 얘가 방송에서 잘나갈지 확신이 안 섭니다만."

"음, 느낌이 아니라 구체적으로 말씀을 드리자면……."

이동팔은 자리에 앉았다. 방금까지의 과장된 모습은 어디로 가고 침착한 사업가의 모습이 나타났다.

태현은 속으로 생각했다.

'약간 아프신가?'

그러거나 말거나 이동팔은 침착하게 설명에 들어갔다.

"일단 판온 최상위권의 플레이어라는 게 큽니다. 지금 판온 2의 인기는 압도적이고, 앞으로도 더 커질 전망입니다. 향후 10년간은 적대할 게임이 안 보일 수준이죠. 그런 판온의 최상위권 플레이어라는 건 아주 큰 요소예요. 일단 판온에 관심 있는 층은 모두 알 거 아닙니까."

정준식은 고개를 끄덕였다. 김태산한테 귀에 딱지가 듣도록 들어서 태현이 얼마나 판온을 잘하는지는 알고 있었다.

"사실 진작 프로게이머가 나왔어도 이상하지 않을 인기입니다. 판온 1때 처참하게 망하고, 개인 방송 위주로 판이 형성되어서 그렇죠. 하지만 2에서는 그러지 않을 것 같습니다. 분명 프로 리그가 형성됩니다. 몇몇 관계자한테 들어보니 벌써 접촉을 해오는 기업들도 있더군요. 팀이 생길 거예요."

이동팔은 종이에 슥슥 그려가며 설명을 계속해 나갔다.

"지금 MBS가 주도하는 대회는 사실 이벤트성이 강한, 단발성 대회죠. 그런데도 해외에서 벌써 뜨겁게 관심을 보여 오고 있어요. 이 대회가 끝나면 분명 제대로 된 프로 리그가 열립니다. 판온 회사 측에서 주최하는 프로 리그. 그런 프로 리그가 시작되면? 이제 판온 프로게이머들의 시대가 오는 거죠. 그런 시대가 오면 누가 가장 뜰 거 같습니까?"

"뛰어난 판온 플레이어?"

"예! 바로 그겁니다. 저는 김태현 씨가 그런 축에 속할 거라고 믿어 의심치 않습니다. 실력도 되고, 방송에 맞는 캐릭터도 되거든요. 맞다, 김태현. 대회는 우승할 수 있지?"

"누가 들으면 맡겨놓은 줄……."

"에이, 그 정도는 할 수 있잖아! 그 정도는 해야 해. 내가 짠 계획이 대회 우승을 전제로 하고 있단 말이야."

"……??"

"먼저 간단한 방송에 나가서 이미지를 살짝 쌓은 다음, 대회에서 우승하는 걸로 화제를 확실하게 모으는 거지. 그걸 기반으로 방송에서 착실하게 키워 나가는 거고."

계약서도 안 썼는데 벌써 북 치고 장구 치고 미래 계획까지 다 짜놓은 이동팔!

태현은 최대한 저항하려고 애썼다.

“저 게임해야 해서 방송은 많이 못 나가는데요.”

“걱정 마. 다 같이 하면 되니까. 스케줄 조절하고서 하면 불가능이란 없더라.”

“아니, 뭔…….”

태현의 말은 귓등으로 흘려보내고 이동팔은 정준식에게 계약서를 건넸다.

“이거 한번 보고 뭐 이상한 점 있으면 말해주시죠.”

“……이거 정말 괜찮은데요?”

“그렇죠? 저희 회사가 좋다니까요.”

“정말 좋네요. 이 정도로 조건이 좋을 줄은 몰랐습니다. 탑급 연예인들을 어떻게 모았나 싶었는데…….”

“하하. 아무나 들여보내 주지 않아요.”

갑자기 느껴지는 소외감! 결국 태현은 흐름에 휘말려 아무 방해도 하지 못하고 계약서에 사인을 해버렸다. 계약서에 사인을 하자, 이동팔은 핸드폰을 들고 누군가에게 연락했다.

“어, 그래. 그래! 그럼~ 물론이지! 잘됐어! 들어와도 되냐고? 물론! 들어와도 된단다!”

친근감 넘치는 태도로 통화하는 이동팔을 보고 둘은 고개를 갸웃거렸다. 누구랑 통화하길래?

덜컥-

문을 열고 들어온 건…… 이세연이었다.

"아, 이분이 김태현? 와! 게임이랑 그대로야!"

"……함, 함정?"

"사람을 보고 함정이라고 하는 건 좀 심하지 않아?"

이세연은 태현을 어이없다는 듯이 쳐다보았다.

실제로는 처음 만나는 둘이었다. 둘 다 게임에서 외모 커스텀을 거의 안 하다 보니, 딱 봐도 서로란 걸 알 수 있었다.

'정말 양아ㅊ…… 아니, 날카롭게 생겼네!'

속으로 생각할 때도 예의를 지키는 이세연!

'정말 사악하게 생겼군.'

다른 모든 사람이 예쁘다고 환호를 해도 혼자 꿋꿋하게 사악하게 생겼다고 우기는 태현!

"네가 여기에는 왜 있는 거지?"

"그야 난 여기 소속 연예인이니까?"

"그리고 내 조카지."

이동팔은 친절하게 부연 설명을 해주었다. 그리고 마지막은 정준식이 장식했다.

"아. 아까 말한 롤모델이 저 이세연 씨다!"

"……앞으로는 좀 빨리 말합시다."

정준식은 태현을 위해 이것저것 찾다가 발견한 것이다.

SI 엔터 소속. 판온 1 프로게이머 출신으로 성공적으로 안착한 연예인! 바로 이세연이었다.

아까 듣지 못한 롤모델이 이세연이었다니. 태현은 머리를 감싸 쥐고 괴로워했다.

"왜 이러는 거지?"

"가끔 이러니까 신경 안 쓰셔도 괜찮아요, 삼촌."

이세연은 고개를 숙인 태현의 어깨를 두드렸다.

"반가워. 앞으로는 자주 보겠네?"

"……."

"내가 선배니까 어려운 거 있으면 말해."

"난 죽음을 택하겠다!"

"헛소리하지 말고. 방송 보통 어려운 거 아니다?"

이세연은 가볍게 말했지만, 실제로 방송계는 살벌한 곳이었다. 여기까지 오기 위해 최선을 다한 것이다.

정준식은 그걸 알기에 속으로 생각했다.

'잘됐군. 태현이에게 저런 좋은 선배가 생기다니.'

이세연은 이른바 완성형 연예인이라고 볼 수 있었다. 약점 없는, 어떤 프로그램에 나가도 대응할 수 있는 전천후 연예인! 그런 사람이 저렇게 친절하게 도와준다고 하니 보통 행운이 아니었다.

물론 태현에게는 전혀 행운으로 느껴지지 않았지만.

"후……."

태현은 오랜만에 김태산에게 제대로 패배감을 느꼈다.

연속 공격 후 마무리 일격까지!

이동팔은 태현이 좌절하거나 말거나 계약서를 탁탁 정리해서 파일에 끼워 넣으며 말했다.

"추후 스케줄은 매니저를 통해 연락을 주지. 내가 좋게 평가를 하고 있기는 하지만 그래도 무리한 걸 시킬 생각은 없으니 안심하고. 일단은 대회에나 좀 집중했으면 좋겠는데 말이지. 대회 우승할 수 있지? 우승해라."

"삼촌, 이게 5:5라서 저 혼자 잘하거나 김태현 혼자 잘한다고 되는 게……."

"몰라. 너랑 김태현이 있는데 잘 하겠지. 믿는다, 조카야! 우승컵을 따와! 둘이 같이 나올 인터뷰 프로 잡아줄 테니까!"

"그건 좀 많이 끌리네요. 생각해 볼게요."

이세연은 태현 앞으로 다가가서 멈췄다. 그리고 빤히 쳐다보았다. 무언가 말하려는 거 같기도 한 의미심장한 눈빛이었다. 태현은 기운이 빠진 목소리로 물었다.

"왜?"

"실제로 얼굴 한번 보고 싶었거든. 그래서 다시 한번 보고 있었어."

"감상이라도 들려주려고?"

"날카로운 거 빼고는 인상 괜찮은데?"

"괜찮다고?"

"정말로?"

이동팔과 정준식이 동시에 반응했다.

태현은 정준식을 쳐다보았다.

"아저씨, 아저씨가 저를 어떻게 생각하시는지 아주 잘 알았습니다."

"흠흠. 태현아. 내가 널 많이 아끼지만 변호사로서 덕목은 사실을 냉정하게 판단하는 거라……."
이동팔은 정준식보다 더 솔직했다.
"무섭게 생기지 않았나?"
"저는 자주 봐서 그런지 별로요?"
"내 조카의 단점이 하나 나오네. 눈이 너무 낮아. 나처럼 좀 눈을 높게 하고 다니렴."
"저, 눈 높은데요?"
둘의 대화를 듣던 태현은 고개를 저으며 자리에서 일어섰다. 계약도 끝냈고, 앞으로의 지시 사항은 따로 연락을 받을 테니 이 자리에 더 있을 이유가 없었던 것이다.
솔직히 그냥 떠나고 싶기도 했고!
"가려고?"
"집에 가서 게임이나 하려고."
"와, 분명 당연히 해야 하는 거긴 한데, 저렇게 들으니까 뭔가 되게 인생 폐인처럼 사는 그런 느낌이야."
"프로게이머하고 게임 폐인하고 좀 아슬아슬한 영역에 있긴 하지. 오스턴 왕국에서 보자."
"응. 오스턴 왕국에서 봐."
태현과 정준식은 곧바로 떠났다. 둘만 남자, 이동팔은 이세연에게 물었다.
"저 친구 잘할 거 같아?"
"삼촌의 감을 믿는다면서요?"
"믿지. 그래서 언제나 불안해하잖아."

이세연은 웃었다. 그러고는 말했다.

"김태현은…… 뭐든 잘하겠죠. 뭘 못하는 게 상상이 잘 안 가네요."

"그 정도야? 방송 만만하지 않은 거 알지?"

"그걸 감안하고서 말하는 거예요. 정말 이렇게 만나게 될 줄은 몰랐는데."

"저 친구한테 약간 감정이 있는 거 같은데? 나중에 잘되면 둘이 광고 찍게 해줄까? 물론 네가 많이 아깝겠지만."

"글쎄요. 금세 따라오지 않을까 싶은데요……."

이세연은 작게 말끝을 흐렸다. 덕분에 이동팔은 듣지 못한 듯했다.

"응? 뭐라고?"

"아무것도 아니에요."

삼촌과 조카가 흉흉한 대화를 하는 동안, 태현은 집으로 돌아왔다. 김태산이 아닌 척하면서 힐끗힐끗 보고 있었다.

"왜 그러십니까, 아버지?"

"너 진짜 악마 더 풀 거냐?"

복수는 좋았지만 이제 다시 태현의 차례가 돌아오니, 김태산도 슬슬 겁이 나기 시작한 것이다. 오스턴 왕국에 갈그랄이 강림한 것도 이미 충분히 문제였다. 주변의 영지를 갖고 있는 길드들은 벌써 비상이 걸린 것.

쏘닝 길드의 카달타 성과 가까운 곳은 필사적으로 공성 준비에 들어갔고, 좀 거리가 있는 곳들도 불안한 눈으로 쳐다봤다. 몇몇 길드는 아예 선제공격으로 레이드를 가자고 제안했지만 거기에 쉽게 나서는 곳은 없었다.

그랬다가 지기라도 하면 잃는 게 너무 많았던 것!

"하하. 마계의 문을 아예 오스턴 왕국이랑 연결시켜 버릴 생각인데요. 어디가 좋을지 지금 생각하고 있었습니다."

"야, 야!"

"아랄타 성이 그렇게 마계랑 풍수지리적으로 좋다는데."

"아니야! 아랄타 성은 안 좋아!"

최강지존무쌍 길드가 점령해서 골드와 현질로 번성시켜 나가고 있는 아랄타 성! 그런 성에 태현이 마계의 문을 연결시켜 버린다고 하니 김태산은 애가 탈 수밖에 없었다.

물론 태현은 그럴 생각이 조금도 없었다. 마계의 악마를 더 불러와 봤자 결국 나중에 위험해지는 건 태현이었으니까.

지금 당장 갈그랄도 위험해 보여서 처리하려고 이리 뛰고 저리 뛰고 이러고 있는데…….

물론 그것과 별개로 김태산을 괴롭히는 건 할 생각이었다.

"아이고. 오늘 SI 엔터 갔다가 들은 말 때문에 생긴 마음의 상처가 너무 아파서……."

"뭔 마음의 상처?! 내가 준식이한테 물었는데?!"

SI 엔터 쪽에서 태현을 모욕하는 말이라도 했다면 김태산이 먼저 달려가서 난리를 쳤을 것이다. 그러나 정준식의 말을 들어보니, SI 엔터는 할 수 있는 최고의 조건을 태현한테 내민 모양이었다.

-태현이의 뭘 보고 저렇게 좋은 대우를 해주는지 모르겠다니까? 난 도저히 이해가 안 가더라.

정준식이 거짓말할 리는 없으니, 지금 저건 태현의 엄살!

"와. 지금 아들은 못 믿고, 다른 사람 말은 믿는다는 겁니까? 저 기분 상했습니다. 마계 문이나 열어야지."

"아니야! 마음의 상처를 많이 받았구나, 아들아!"

"할 거 다 하셔놓고 엄살은……."

태현이 SI 엔터에 가서 계약서 찍기 전까지는 가만히 있다가, 다 끝나고 나니 이제 와서 잘 타일러 보려는 저 뻔한 속셈이 얄미웠다. 간장 종지보다 얄팍한 속셈!

"그러면 뭐 악마 사냥하는 거나 도와주세요."

"응?"

"갈그랄 잡으러 갈 거거든요."

"어……."

"뭐, 싫어요? 싫으면……."

"아냐! 도와줘야지! 아들이 이렇게 열심히 한다는데!"

김태산은 태현의 등을 치며 호탕하게 외쳤다.

'이 자식이 갈그랄 잡으면 그건 그거대로 불길한데…….'

김태산은 찜찜했다. 태현이 악마를 잡는 건 잡는다고 쳐도, 더 강해지면 김태산이 게임 내에서 위험했던 것이다.

그렇지만 지금은 발을 뺄 수 없었다. 그의 아들이지만 태현은 충분히 마계의 문을 요새 가운데에 열어버릴 사람이었다.

능력도 되고 의지도 강한 또라이!

"음. 아버지가 제 욕을 속으로 하고 계시는 것 같은데……."

☘

접속하자, 이다비가 신이 나서 만세 자세로 폴짝폴짝 뛰고 있었다.

"……재 왜 저래?"

"직접 물어봐라."

케인은 어깨를 으쓱거리며 빠졌다. 이다비는 신난 목소리로 외쳤다.

"대박 났어요!"

"네가 그러면 되게 무서운 거 알지? 제발 내가 없는 사이에 사고 쳤다고는 하지 말아줘."

"그런 거 아니거든요? 저번에 악마들 난리 치고 나서 바로 파워 워리어 길드원들 시켜서 대(對) 악마용 아이템들 싹 모으라고 했었거든요. 가격이 오를 거 같아서."

"그 와중에 그런 생각을 했다고?"

"제 직업이 상인이잖아요."

이다비는 '엣헴' 하는 표정을 지으며 자랑스러워했다. 계산이 정확히 맞아떨어진 것이다. 갈그랄과 악마 군세를 대비해야 하는 길드들은 소모품을 싹 긁어모으기 시작했던 것!

케인은 궁금하다는 듯이 물었다.

"넌 근데 접속 안 하고 뭐 했냐? 원래 이 시간에는 접속해 있었잖아."

"아버지 때문에 속아서 SI 엔터랑 계약한 다음 또 속아서 이세연한테 호구 잡히고 왔다."

"……뭐? 내가 잘못 들었나 봐. 다시 말해볼래?"

"됐어, 인마. 뭐 좋은 거라고 다시 들으려고 그러냐."

"방송 나가세요!?"

이다비는 눈을 반짝거리며 태현을 쳐다보았다.

"지금 당장은 아니고……."

"무슨 방송이요? 너네 결혼했어요, 같은 방송?"

"너 미쳤니?"

"……농담 한번 한 건데……."

"농담도 할 농담이 있고 하지 말아야 할 농담이 있는 법이지. 거기에 게임만 할 줄 아는 내가 나가서 뭐 해?"

옆에서 듣던 케인이 끼어들었다.

"맞아. 그리고 상대는 또 무슨 잘못이…… 컥!"

이다비는 이세연을 꺼내려다가 말았다. 꺼내면 정말 태현이 PK를 할 것 같았던 것이다.

"에이, 그래도 태현 님은 할 줄 아는 거 많잖아요."

"어떤?"

"남 파악하는 거, 남 괴롭히는 거, 남 부수는 거, 남 삥 뜯는…… 아! 아야야!"

태현은 이다비의 양쪽 볼을 손으로 잡아 늘리며 입을 다물게 만들었다.

"뭐, 방송에 나가서 몇 번 실패하면 회사에서도 '아, 내가 사람을 잘못 봤구나' 하고 후회하겠지. 내가 알 바 아냐."

"그렇다고 억지로 망하게 하시면 안 돼요!"

"내가 애냐? 그런 짓은 안 해. 방송이 장난도 아니고, 내가 열심히 해도 안 먹히겠지."

"전 먹힐 것 같은데요……."

"넌 날 너무 고평가할 때가 있단 말이지. 그리고 보통 그런 고평가를 할 때는 나한테 뭘 부탁하려고 하더라고."

"방송 나가서 게임 이야기할 때 제 이야기도 해달라고요!"

"알겠다. 꼭 해주마."

이다비는 손뼉을 치며 기뻐했다. 공중파든, 케이블이든, 정규 방송은 그 파급력이 차원이 달랐다. 개인 방송에서 뭘 하든 간에 결국 대다수의 사람이 보는 건 정규 방송!

거기에 태현이 나가게 된다니. 이다비에게는 기쁠 수밖에 없는 상황이었다.

"그나저나 어르신. 저희와 같이하실 겁니까?"

"물론이지. 그런데 날 끼워줘도 괜찮겠나?"

유 회장은 이미 어엿한 게이머가 되어 있었다. 갈그랄 토벌 같은 큰 퀘스트에 참가하지 않을 이유가 없었다.

"회, 회장님. 낚시를 하러 가시려는 게 아니었……?"

유 회장이 낚시는 안 가고 또 사냥을 가려 하자 옆에 있던 김 전무가 당황해서 물었다. 그러자 바로 쏟아지는 호통!

"가만히 있게, 이 사람아! 낚시는 나중에 해도 돼! 악마를 잡고 대륙을 지킨 다음에 해도 되는 게 낚시야! 대륙이 악마에게 짓밟혀도 낚시 이야기를 할 생각인가 자네는!"

"예, 예…… 죄송합니다……."

김 전무는 얼떨떨한 표정으로 고개를 끄덕였다. 뭘 잘못했는지는 모르겠지만 유 회장이 말하는 걸 보면 무슨 천하의 대역죄인이 된 기분이었다.

둘의 대화를 미묘한 표정으로 지켜보던 태현은 어깨를 으쓱거리며 말했다.

"어르신이야 이제 한 사람 몫은 넘치도록 하시니 저는 같이 해주시면 좋죠."

레벨도 레벨이지만 각종 현질로 맞춘 장비는 눈이 부실 정도였다. 그런 장비를 상황에 따라서, 기분에 따라서 몇 종류씩 세트로 갖고 있었다.

이다비가 그걸 보고 '심, 심장 마비가 올 거 같아요……!' 같은 반응을 할 정도!

"후후. 달라진 내 실력을 보여주마. 저번처럼 눈 뜨고 코 베일 일은 없을 거다."

'저번에 눈 뜨고 코 베인 건 결국 김태현 때문 아니었나?'

케인은 그렇게 생각했지만 말하지 않았다. 말해봤자 구박만 쏟아질 테니까!

"그런데 언제 출발할 거냐? 다른 놈들이 악마를 먼저 잡아버리면……."

"그럴 일은 없을 테니 걱정 안 하셔도 됩니다."

태현은 여유만만했다. 주변에서 갈그랄에게 먼저 레이드를 걸러 가는 파티나 플레이어는 없다고 확신했기 때문이었다.

갈그랄은 알려진 정보가 거의 없는 보스 악마 몬스터. 이런 보스 몬스터를 공략하는 데에는 보통 몇 개의 파티가 희생되게 마련이었다. 몇 개의 파티가 먼저 들어가서, 보스 몬스터의 정보를 알아내고, 이런 정보들을 기반으로 공략 방법이 만들어지는 것!

즉 처음에 레이드를 시도하는 파티는 어지간히 겁이 없거나, 정말 욕심이 많은 파티 정도뿐이었다.

'아니면 자신이 있거나.'

태현은 마지막 경우에 속했다.

이세연과 그. 게다가 랭커 사제인 김철수도 오고, 피해가 컸지만 나름 규모가 있는 우드스탁 길드의 지원도 뜯어낼…… 아니, 받아낼 수 있었다. 갈그랄이 아무리 강해봤자 마계에서 대륙으로 오는 악마는 약해져 있게 마련!

'갈그랄을 오스턴 왕국에서 처리하면 추후 내 영지로 오는 걸 막을 수도 있고, 퀘스트 처리도 가능하다. 아무리 생각해도 지금이 적기야.'

악마 에슬라의 봉인을 해제하는 퀘스트! 강력한 악마의 세 징표를 모아야 하는 초 고난이도의 퀘스트였다.

현재 태현이 갖고 있는 건 <에다오르의 뜨겁게 끓어오르는 진홍빛 대검> 하나뿐. 갈그랄이 무기 하나를 드랍해 준다면 2/3를 채우는 셈이 된다.

그리고 태현은 갈그랄의 무기를 뜯어낼 자신이 있었다.

아이템 드랍이라면 행운 스탯이 활약하는 영역!

'마지막으로 이세연이 권능 스킬을 쓰도록 만들어서 그것까지 복사한다!'

일석이조가 아닌 일석삼조까지 노릴 수 있는 완벽한 계략!

태현은 주먹을 불끈 쥐었다.

먼저 온 건 김철수였다. 서글서글한 인상의 사제 플레이어가 와서 꾸벅꾸벅 인사를 하자 유 회장은 관심을 보였다.

"꽤 인상이 괜찮은 청년이로군."

"그렇죠."

"그에 비해……."

유 회장은 시선을 돌렸다. 그 시선을 느낀 태현은 유 회장을 쳐다보았다.

"뭡니까?"

"아, 아니야. 아무것도."

"오랜만이에요, 태현 씨!"

"반갑습니다. 도와주러 오셔서 고맙네요."

태현과 김철수는 악수를 나눴다. 사실 이세연과 달리 김철수는 여기 올 이유가 없는 사람이었다.

여기 온 이유는 순전히 태현의 부탁 때문!

'같은 팀인데 이번에 합 맞춰서 퀘스트 깨보죠~ 도와줘요~' 라는 말에 그냥 와준 것이다.

정말 보기 드문 착한 사람!

'남자 주현영이군!'

태현은 빠르고 간단하게 김철수의 판단을 끝냈다.

"이야, 지금 다들 갈그랄 레이드하는 걸 꺼려 하고 있는데 이렇게 와주시다니."

"별거 아닙니다. 이세연 씨나 태현 씨가 있는데 레이드를 겁낼 이유가 없지요. 이 전력으로 못 깨면 다른 파티로도 절대 못 깨지 않을까요?"

둘이 대화하는 도중, 지나가던 플레이어들이 김철수를 알아보고 수군거렸다.

"어, 저거 김철수 아냐?"

"그러면 옆에 있는 건…… 케인? 김태현이잖아!"

"와, 오스턴 왕국 왔다고 했는데 정말이었어? 처음 봐!"

태현과 달리 김철수는 그를 알아보는 플레이어들에게 친절하게 인사를 해줬다.

"모두들 안녕하세요."

"안, 안녕하세요! 여기는 무슨 일로?"

"갈그랄 레이드를 하러 왔습니다."

별생각 없이 인사를 건넸던 플레이어들은 충격을 받은 표정으로 김철수를 쳐다보았다.

설마 설마 했는데, 정말 갈그랄을 잡으러 가는구나!

김철수 정도 되는 랭커가 태현과 케인하고 모여 있으면 당연히 무슨 목적이 있을 수밖에 없었다. 그래도 갈그랄을 바로 잡으러 가다니. 제대로 된 정보가 없어서 다른 길드들도 망설이고 있는 지금에!

그리고 이 사실은 빠르게 퍼졌다.

-김태현이 갈그랄 잡으러 간다는데?

-김철수도 부르고 아예 작정을 했나 봐.

-와, 역시 일반 플레이어들 생각해 주는 건 김태현밖에 없지 않냐? 주변 길드 놈들은 영지에서 세금은 오지게 뜯어가면서 이런 일에는 안 나서요.

다들 망설이는데 먼저 레이드를 하러 간다는 게 워낙 임팩트가 커서 다른 사실이 묻히고 있었다. 애초에 갈그랄이 나타난 건 태현 때문이었다는 사실!

-아니, 이 자식들은 머리가 없나?! 애초에 갈그랄 나타난 게 김태현 때문이잖아!!

사고는 태현이 치고 욕은 다른 길드들이 먹는 이 상황에, 쏘닝은 분노했다. 그러나 여론은 언제나 논리적으로 흘러가는 게 아니었다. 기세를 타면 뭘 해도 잘 되는 수준!

평소 영지의 발전을 위해 세금을 빡세게 걷느라 다른 플레이어들의 원한이 쌓인 대형 길드. 그에 비해 대형 길드들을 엿 먹이고, 다른 길드들이 망설이는 동안 갈그랄 레이드를 바로 준비하는 태현. 비교될 수밖에 없었다.

-이거 어쩔 거야? 내가 이 꼴을 계속 봐야 하나?

-지금은 할 수 있는 게 없습니다. 참으셔야 합니다!

-지금 카달타 성을 저놈들이 날려 먹었는데 참으라고?!

쑤닝 길드가 확보한 영지 중, 카달타 성은 가장 알짜배기 영지였다. 그런 성이 통째로 박살 난 것이다.

그 생각만 하면 자다가도 이불을 발로 뻥뻥 차는 쑤닝!

'왜 나쁜 짓은 김태현 저놈이 했는데 욕은 우리가 다 먹는 거냐고!!'

울분에 찬 울부짖음! 그러나 할 수 있는 게 없었다.

-놈들을 방해하는 건? 만약 갈그랄을 저놈들이 잡아버리기라도 한다면…….

-방해하는 건 위험하지 않겠습니까? 이세연도 있고 김철수에…… 게다가 방해하면 다른 플레이어들이나 길드들이 우리를 곱게 안 볼 텐데요…….

갈그랄 레이드는 다들 망설이고 있었지만, 모든 사람이 '빨리 누군가 잡아줬으면' 하고 있는 상태였다. 갈그랄 같은 악마는 어디로 튈지 모르는 것!

사실 아키서스를 찾아 여기에 온 것이었지만, 대다수의 사람들은 그 사실을 몰랐다. 그렇기에 그 레이드를 방해하면 다른 길드들이 쏘닝에게 항의를 해올 수 있었다.

-네가 잡을 것도 아닌데 왜 방해냐!

-네가 방해했으니까 네가 잡아라!

이번 일로 확실하게 알 수 있었다. 길드 연합이라고 하지만, 결국 언제라도 깨질 수 있는 얄팍한 동맹!

우드스탁 길드와 쏘닝 길드만 봐도 확실했다. 무슨 일이 생긴다면 얼마든지 서로 붙을 수 있는 것이다.

쏘닝은 생각에 잠겼다.

'내가 잘못 생각하고 있었어. 이놈들은 김태현 같은 적을 상대하는 데 도움이 안 돼. 자기들한테 방해되지만 않으면 가만히 있으니…….'

자기한테 피해만 안 끼친다면 다른 길드에게 피해를 끼치는 건 오히려 속으로 좋아하는 게 대형 길드들! 게다가 태현은 얄밉게도 대형 길드들 전부에게 시비를 거는 게 아닌, 쏘닝처럼 이미 확실하게 적인 놈들만 공격하고 있었다.

태현이 이렇게 나오니 길드 연합의 힘을 전부 동원해서 공격하는 것도 불가능해 보였다.

"도움이 필요하신가 봅니다?"

"뭐야?"

쑤닝은 낯선 목소리에 고개를 돌렸다. 문 앞에 어디서 본 것 같은 얼굴이 보였다.

"뭐 하는 놈이야? 저놈 누가 들여보냈어?"

"아, 길마님을 뵙고 싶다고 해서…… 제카스입니다. 모르십니까?"

제카스. 유명한 모험가 플레이어. 그리고 역병 저주 퀘스트를 깨다가 태현의 정체가 판온 1의 태현이라고 확신한 플레이어!

태현은 그 소문을 파워 워리어 길드로 잠재우고, 찾아온 암살자들은 강제 퀘스트를 걸어서 제카스한테 돌려보냈다.

'김태현!! 용서하지 않겠다!!'

판온 1의 증오에 추가로 증오를 얹어주는 태현! 덕분에 제카스는 지금 방송도 잠깐 멈추고 숨어다니고 있었다.

"제카스라면 들어본 적 있지. 여기는 무슨 일로? 모험가면 지금 저 멀리 가야 하지 않나?"

"김태현 때문에 왔습니다."

쑤닝은 눈을 크게 떴다.

"김태현 때문에 왔다?"

"쑤닝 님, 우리 둘 사이에 공통점이 하나 있습니다. 뭐일 거 같습니까?"

"……김태현을 싫어하는 거?"

"바로 그겁니다!"

사람은 서로 싫어하는 게 있으면 빠르게 친해지게 마련이었다. 그런 면에서 쑤닝과 제카스는 눈빛만 봐도 통했다.

“새끼가 진짜, 어! 투기장에 악마 나오고 뭘 했는지 아냐?”

“저는 더합니다! 사디크의 화염 퀘스트를 깨러 갔는데……”

1시간 동안 태현의 욕만 주야장천 한 그들! 대화가 끝나자 그들은 뜨거운 우정을 갖게 되었다.

덥석! 서로 강하게 악수한 그들!

“지금 김태현이 또 오스턴 왕국에서 날뛰고 있다고 들어서 왔습니다.”

“그래. 그랬지. 아주 진짜 바퀴벌레 같은……”

쑤닝은 이를 갈았다. 특히 카달타 성 안에 악마를 숨겨놓고 이제까지 기다린 그 끈기는 소름이 돋을 정도였다. 아무리 적이라지만, 이런 방법에 당하니 화보다는 두려움이 먼저 생겨났다. 솔직히 상대할 자신이 없어졌다!

“김태현이 왜 강한지 아십니까?”

“……?”

“상대의 약점을, 상대가 싫어하는 걸 정확하게 읽어내고 노리기 때문입니다. 그런 놈을 상대하려면 우리도 놈이 싫어하는 곳을 노려야 합니다.”

“놈의 영지?”

“아뇨. 한 번 찔러봤는데 무리더군요. 그건 놈도 이미 알고 있어서 무리일 겁니다.”

제카스는 태현의 영지를 떠올리며 고개를 절레절레 흔들었다. 오스턴 왕국에 있는 길드들의 영지에 비교한다면, 태현의 영지는 부족한 게 많았다.

아키서스의 교단에 특화된 영지! 그런 주제에 방어력은 어마어마했다.

저번 습격 때 나타난 귀족의 기사단이 아직도 영지에 있다는 걸 확인하자, 제카스는 습격을 포기했다. 저 귀족 기사단은 플레이어들 몇으로 될 수준이 아니었던 것.

“그러면?”

“놈이 싫어하는 건 소문입니다. 판온 1 때의 소문!”

“아, 나도 그건 들었는데…… 그거 진짜 맞나?”

태현이 판온 1의 랭커 사냥꾼 김태현이라는 소문. 그 소문은 이제 하도 많이 퍼지고 반박당해서 진지하게 믿는 사람이 별로 없었다. 심지어 쑤닝도 긴가 민가 하고 있었다.

“놈이 맞습니다! 제가 확신합니다!”

박력 넘치게 화를 내는 제카스!

“어, 어…… 그래…….”

쑤닝은 당황해서 고개를 끄덕였다. 그만큼 제카스의 기세가 무서웠던 것이다.

“이 소문은 이상할 정도로 묻혔습니다. 분명 놈이 손을 쓴 겁니다.”

‘……그놈이 그럴 능력이 되나?’

쑤닝은 고개를 갸웃거렸다. 태현의 뒤에 있는 파워 워리어 길드까지는 읽어내지 못한 것이다.

“그 소문이 뭐라고 그렇게 겁을 내?”

"판온 1때 김태현이 밟고 뭉갠 적들을 생각해 보면 당연한 일이죠. 그때 플레이어 중 판온 2를 하는 플레이어들이 얼마나 많은데요. 그 플레이어들이 절반만 쫓아와도 김태현은 판온을 접어야 할 겁니다."

과장된 감이 있었지만, 완전히 틀린 말은 아니었다.

"으음…… 그래. 그건 확실히 겁이 날 만하겠군. 그런데 진짜 그놈들이 다 김태현을 쫓아올까?"

쓰닝은 회의적이었다. 실제로 대형 길드 연합도 '우리의 적을 같이 밟아버리자!'라며 만들어졌지만, 실제로 적이 생기면 온갖 핑계를 대며 자기만 빠져나가려고 들었다.

자기의 이익 앞에서는 한없이 약해지는 게 사람!

아무리 원한이 있더라도, 굳이 태현 같은 강한 적과 싸우려고 할까? 아무것도 남는 게 없는데?

"쫓아옵니다."

제카스는 단호하게 말했다.

"진, 진짜?"

"당한 사람들은 압니다. 쓰닝 님이 지금 당한 것의 열 배를 당해보십시오. 기분이 어떠실 거 같습니까?"

"어…… 음……."

생각만 해도 끔찍! 쓰닝은 말을 잇지 못했다.

"그런데 다음 게임에 김태현이 나타났습니다. 안 쫓아가실 겁니까?"

"……쫓아갈 거 같군."

"바로 그겁니다."

쑤닝은 속으로 어이없어했다. 그가 당한 것도 지금 솔직히 <판온의 호구 TOP 10>을 만들면 상위권에 들어갈 것 같았다. 그런데 그보다 열 배를 당한 놈들이 그렇게 많다니. 믿기지 않았다.

'그게 말이 되나?'

"그 소문을 진짜로 만들어야 합니다."

"어떻게?"

"후후…… 제게 계획이 있습니다."

멀리서 흉흉한 계획이 세워지는 것도 모르는 채, 태현은 김철수와 계속 이야기하고 있었다.

"태현 님! 여기 질문에도 대답을 해주실 수 있나요?"

김철수는 개인 방송을 켜놓고 있는 상태였다.

덕분에 김철수의 방송을 보고 있던 시청자들이 태현을 발견하고 맹렬하게 질문을 날려오고 있던 것!

다른 유명 플레이어들과 달리, 태현은 말을 걸거나 궁금한 걸 물어볼 방법이 거의 없었다.

그나마 있는 곳이 파워 워리어 길드뿐!

파워 워리어의 이미지를 생각해 본다면, 태현에게 뭔가를 물어보는 건 거의 방법이 없다고 봐야 했다.

-역병 저주 퀘스트는 어떻게 깬 건가요?

-직업이 라제단 대장장이 맞나요?

-대장장이인데, 기계공학 위주로 키워도 될까요? 솔직히 태현 님 말고 기계공학 제대로 한 대장장이를 본 적이 없어서…….

우르르 쏟아지는 질문에 태현은 질린 표정을 지었다. 여기까지 와준 김철수를 생각한다면 안 해주기도 뭐했던 것이다.

"잠깐, 잠깐만요! 태현 님은 저희 길드 쪽에서 질문을 받으시는데요!"

'잘한다, 이다비!'

태현은 이다비를 속으로 응원했다.

역시 이럴 때 나서주는 게 이다비!

김철수는 그 말에 당황한 표정으로 대답했다.

"아, 그런가요? 죄송합니다. 그걸 모르고……."

"괜찮아요! 모르고 하신 일인데요. 다음에 저희 길드 방송에 나와 주시는 걸로 퉁치도록 해요!"

"그거면 되나요? 그렇게 하겠습니다."

"이다비?!"

알아서 막으려는 줄 알았더니 거래를 하고 오는 이다비!

"네?"

"난 네가 막아주려는 줄 알았는데……."

"……아하하……."

이다비는 그제야 태현이 뭘 기대했는지 깨닫고 도망치려고 몸을 돌렸다.

"늦었어. 인마."

태현은 이다비를 붙잡아서 못 도망치게 한 다음 질문에 대답하기 시작했다.

"역병 저주 퀘스트 어떻게 깼냐고? 잘. 제카스 그놈은 도움이 진짜 안 되더라. 방해만 한 걸 내가 억지로 깼다. 그런 주제에 퀘스트 뺏겼다고 가짜 소문이나 퍼뜨리고 다니고 아주 나쁜 놈이야. 그치? 라제단 대장장이 아님. 기계공학 위주로? 별로 추천은 안 해. 할 거면 절망과 슬픔의 골짜기로 가는 게 좋을걸. 그나마 거기에 기계공학 대장장이들 많으니까."

태현이 대답할 때마다 채팅창에서는 폭발적인 반응이 터져 나왔다. 일시적으로 렉이 걸릴 수준!

하도 질문이 많이 나와서 김철수가 고르기 힘들 정도였다.

"으, 으으…… 죄송합니다. 지금 너무 질문이 많이 나와서…… 이상한 건 또 걸러야 하고요."

"이상한 거? 에이, 그런 게 재미있지."

상식인인 김철수와 달리, 태현은 불 지르는 걸 좋아했다.

"어떤 게 있는데? 나도 좀 보자."

"앗. 그건……."

-지금 프리카 투기장 대회에 나가는 5명 팀원 중에 누가 가장 강해요?

그 질문을 본 순간 주변의 플레이어들이 멈칫했다.

이 무슨 싸움 나기 좋은 질문! 게다가 플레이어의 강함은 누가 강하다, 딱 정하기 어려웠다.

그래서 김철수는 그냥 넘어가려고 한 것이었지만…….

태현은 바로 대답했다.

"나지."

-ㅋㅋㅋㅋㅋㅋㅋㅋㅋㅋㅋㅋ

-김태현 '내가 제일 세다'고 밝혀…….

-지금 1초도 고민 안 하지 않았냐?

케인과 김철수 모두 어이없다는 듯이 태현을 쳐다보았다. 아니, 무슨 저런 질문에 일일이 대답을 해준단 말인가!

"야, 뭐 하러 저런 거에 대답을 해줘?"

"내가 너보다 강하니까?"

"……그건…… 그렇지만……!"

케인은 반박 못 할 사실로 명치를 두들겨 맞은 기분!

"그 말에는 동의할 수 없네."

"?!"

"제일 강한 건 나야."

-이세연이다!

-이세연이다!!

-와! 이세연!

김철수의 방송 화면에 이세연이 나타나자 채팅창은 다시 한 번 끓어올랐다.

태현과 이세연은 서로 쳐다보았다. 허공에서 부딪히는 두 눈빛! 그리고 둘은 동시에 어깨를 으쓱거렸다.

"뭐, 지금 가릴 수는 없으니까."

"나중에 결판이 나겠지."

서로 우선시해야 할 게 무엇인지 알고 있었기에 둘은 더 이상 싸우지 않았다. 지금 결판을 낼 수도 없었으니까.

둘이 싸우지 않자 이다비는 놀란 목소리로 물었다.

"더 안 싸우세요?"

"……넌 내가 싸우기를 원했냐?"

"아, 아뇨. 그런 건 아니지만 싸울 줄 알았어요."

이다비가 본 태현의 성격이라면 보통 여기서 끝까지 날을 세웠을 것이다. 그런데 둘 다 서로 한 걸음씩 물러선 것이다.

신기할 수밖에 없었다.

"무슨 일이라도…… 아, 이세연 씨하고 실제로 만나서 그런 거군요! 아, 아야! 아야야!"

"시끄러."

태현은 더 이상 떠드는 걸 멈추고 진지하게 갈그랄 레이드에 대해 이야기하려고 했다. 그런데 그 순간 김철수의 방송 채팅창에 나온 질문 하나가 눈에 들어왔다.

-그러면 5명 중 가장 도움이 안 된다 싶은 멤버는요?

"도동수!"
"야!"
이세연은 화들짝 놀라서 태현을 말리려 들었지만 이미 태현은 말한 상태였다.
"싸움 만들지 말자니까!"
"사실을 말했을 뿐인데?"
"사실이라도 그걸 대놓고 말하면 안 되지!"
"저, 저기. 두 분 대화 다 들리는데……."
김철수의 말에 이세연은 아차 싶은 표정을 지었다.
안 그래도 도동수가 팀 내에서 불만이 많은 멤버인데, 실수로 이세연까지 불을 질러 버린 것이다.
태현은 웃음을 참는 얼굴로 말했다.
"이번엔 네가 말했다?"
"……너 진짜!"
"괜찮아. 도동수 없어도 이길 수 있을 거야."
이세연은 한숨을 쉬더니 고개를 저었다. 어차피 지나간 일. 이제 와서 후회해 봤자 달라지는 건 없었다.

-김태현, 이세연 둘 다 '도동수가 가장 멤버 중 떨어지는 전력'…….

-김태현, '도동수 같은 놈이 뽑힌 게 이해가 안 된다. 방송국 놈들이 머리가 없는 거 같다'.

-이세연, '도동수는 구멍이다.'

안 했던 말까지 덧붙여져서 빠르게 퍼지고 있는 중!

이걸 도동수가 못 들을 리 없었다.

태현은 살이 덧붙여진 소문들을 보고 고개를 갸웃거렸다.

"얘네들은 내 속마음을 어떻게 알았지?"

"시끄럽고! 갈그랄 이야기로 돌아오자. 자!"

이세연은 손뼉을 치며 주의를 끌었다.

"갈그랄은 일단 정보가 엄청나게 부족해. 갈그랄에 대해 알고 있는 건……."

태현에게 모이는 눈빛!

"왜 날 쳐다봐?"

"여기서 마계 갔다 온 건 너밖에 없잖아. 아는 거 없어?"

"음……."

아는 수준이 아니라, 직접 사기를 쳤지만…… 그걸 여기서 말하면 '저 갈그랄이 나온 게 너 때문이었냐!'까지 이어질 테니 말할 수 없었다.

"마계에서 돌아다닐 때 정보를 좀 들었지. 일단 머리가 안 좋은 놈이야."

"머리가 나쁜 보스 몬스터인가."

이세연은 고개를 끄덕거리며 정보를 정리했다. 보스 몬스터라고 꼭 지능이 높고 교활한 놈들만 있는 게 아니었다. 아예 지능이 없거나 멍청한 보스 몬스터들도 많았다.

초보자들은 지능이 없으면 공략이 쉽지 않을까 생각했지만, 그건 착각이었다. 보스의 강함은 지능과 상관이 없었다.

"머리가 나쁜 만큼 육체 능력은 셀 테고, 악마 군세를 이끌고 있으니까 마법 쓰는 악마들도 있을 거고……."

"언데드 군단을 이끌고 정면으로 부딪치는 건?"

태현은 은근슬쩍 말을 꺼냈다.

이세연의 언데드 군단과 악마 군세가 정면으로 부딪친다면, 이세연이 권능 스킬을 쓸 가능성도 높아졌다.

그러나 이세연은 고개를 저었다.

"제대로 파악도 안 된 상태에서 전면전 거는 건 너무 손해 보는 짓이야."

"쳇."

"응?"

"아무것도 아니야."

"우드스탁 길드원들도 있고 하니, 견제용으로 잠깐 공격하는 것도 나쁘지 않을 거 같은데. 적들의 전력도 파악할 겸."

현재 카달타 성은 갈그랄과 악마 군세에게 점령된 상태.

그 주변에 얼쩡거리는 간 큰 플레이어들은 없었다.

기껏해야 떨어진 곳에서 악마 무리를 사냥하는 정도.

"원래 이런 거 잘하는 직업이 도적인데."

이세연의 말에 김철수가 머뭇거리며 말을 꺼냈다.

"도동수 씨를 부를……."

"아니요."

"그건 좀 아닌 거 같네요."

"내가 봐도 그건 좀 아니다."

"앗, 네……."

모두가 고개를 젓는 도동수! 그나마 챙겨주려던 김철수는 멋쩍어져서 손을 내렸다.

"그러면 잠깐 갔다 와볼까. 같이 갈래?"

"네크로맨서가 정찰에 뭐 하러 나가?"

이세연은 의아해하며 물었다. 본격적으로 싸우는 게 아닌데 굳이 같이 갈 이유가 없었던 것이다.

"쯧."

"이야, 진짜 대단하네! 이세연이나 김철수까지 오다니. 정말 대단해! 역시 김태현이야! 그렇게 말할 수밖에 없어!"

"길, 길마님……."

우드스탁 길마가 태현 옆에서 손바닥을 비비며 노골적인 아부를 하자, 길드원들은 얼굴을 붉혔다.

"왜 그래?"

"너, 너무 노골적이지 않……."

아부를 해도 세련되게 해야지, 저렇게 대놓고 하는 게 어디 있단 말인가!

실제로 케인과 이다비는 '뭐 저런 사람이 다 있냐'하는 차가운 눈빛으로 뒤에서 쳐다보고 있었다.

그러나 우드스탁 길마는 당당했다. 자기가 얼마나 노골적으로 아부를 하고 있는지 못 깨닫고 있었다.

"왜 그러냐! 이 정도는 해야지! 정말 대단하잖아!"

"내가 좀 대단하지."

그들은 지금 카달타 성으로 향하고 있었다.

-크르르릉…….

카달타 성의 근처에는 악마 무리가 돌아다니고 있었다.

"더 가까이 다가오면 싸움 날 거 같은데. 어쩌지?"

"내가 끌고 오마!"

유 회장은 기다리느라 좀이 쑤신다는 표정으로 낚싯대를 들어 올렸다.

아까 젊은 놈들이 떠드는 동안에는 끼어들지 못해서 기다리느라 심심했던 것.

"아니, 아니. 좀 잠깐만요."

태현은 유 회장을 붙잡아 말렸다. 아직 발견 안 된 상황에서 굳이 싸움을 걸고 싶지 않았던 것이다.

"왜 말리는 거냐! 난 저놈들과 싸우고 싶단 말이다!"

"어르신 언제부터 그렇게 변하셨……."

태현은 황당한 눈빛으로 유 회장을 쳐다보았다. 고고하게 낚시만을 하겠다고 하던 사람은 어디로 갔단 말인가!

"그보다 지금 싸우는 건 나쁘지 않은 선택인 것 같은데. 어차피 싸워서 간 좀 봐야 하잖아. 근처에 악마들도 별로 없으니까 지금 잡아서 반응을 보는 게 좋지 않나?"

"으음…… 그게 좀……."

태현은 말끝을 흐렸다.

적들이 점령한 곳을 공략할 때는 저런 식의 방법이 정석적이기는 했다. 주변에 돌아다니는 약한 적부터 하나씩 잡으면서 반응을 보는 것!

그러나 태현은 갈그랄이 어떤 악마인지 알고 있었다. 저런 식의 방법은 통하지 않을 것 같았다.

"엇! 저기!"

"뭐야? 누구야?"

반대쪽 평원에서 파티 하나가 나타났다. 처음 보는 파티였다. 그걸 본 우드스탁 길마가 분노해서 말했다.

"이런 치사한 놈들이……! 김태현이 레이드 준비한다는 걸 듣고서 주워 먹으러 왔네!"

태현이 랭커들을 모아 갈그랄 레이드를 준비한다는 건 이미 퍼진 사실이었다. 그걸 들은 플레이어들이 '어? 그러면 지금 파티 짜서 붙으면 우리도 좀 챙겨 먹을 수 있지 않아?' 하며 파티를 짜온 것이다.

케인은 그걸 듣고서 '저런 미친놈들이 있나' 싶은 표정으로 말했다.

"죽고 싶어서 환장했군."

"저기 악마들 정도는 처리할 수 있지 않나?"

"아니, 김태현한테 죽고 싶어서 환장했다는 소리였는데……."

케인에게 말을 건넸던 우드스탁 길드원은 조용히 입을 다물었다.

"그래서. 잡으러 가냐? 잡으러 갈 거지?"

"응? 내버려 두자고."

케인은 깜짝 놀라서 태현을 쳐다보았다.

"야, 야! 네가 레이드 하려는데 붙어서 날로 먹으려는 놈들이라니까?!"

"날로 못 먹으니까 이러지. 알아서 먼저 나서준다는데 감사히 지켜보자."

태현 파티는 잠시 멈춰서 멀리서 움직이는 파티를 지켜보았다. 그들은 평원에서 돌아다니는 악마 몇 마리에게 싸움을 걸고, 이겼다.

그걸 본 케인이 불평했다.

"봐봐. 저 정도는 이긴다니까? 저런 치사한 놈들을 내버려 두면…… 어?"

쿠르릉-

카달타 성의 성문이 열리더니, 거대한 덩치를 가진 악마가 전력 질주로 달려 나오기 시작했다.

"어, 어, 어?"

갈그랄이었다.

"어어어어어?!!"

케인도, 우드스탁 길마도 당황했지만, 평원에서 갈그랄과 마주친 파티만큼 당황한 건 아니었다. 시작하자마자 보스 몬스터가 직접 달려오는 게 어디 있단 말인가!

"갈그랄이 여기 왜 나와?!"

"도망쳐! 도망!!"

-내 주인께서 명령하셨다, 침입자는 죽이라고!

[갈그랄의 포효를 들었습니다. 저항에 실패했습니다. 움직일 수 없습니다.]

콰직!

갈그랄은 멈춘 플레이어들을 일격으로 날려 보냈다.

순식간에 회색으로 변해서 사라지는 플레이어들!

"아……."

"미친…… 저건……."

자리에 있던 모든 사람이 입을 다물었다. 성안의 보스 몬스터가 저렇게 반응하면, 탐색이고 견제고 뭐고 불가능했던 것이다. 먼저 접근했던 파티가 아니었다면 그들도 저 꼴이 났을 것이다. 그렇게 생각하니 등골이 오싹!

태현만이 혼자 태연하게 고개를 끄덕이고 있었다.

"역시 저렇게 나오나."

"알고 있었냐?!"

"아니. 알고 있었던 건 아니고, 워낙 단순무식한 악마다 보니까 괜히 견제다 뭐다 건드리면 바로 반격하지 않을까 싶었지…… 저렇게 본인이 나올 줄은 몰랐고."

평원에 있던 파티 하나를 눈 깜박할 사이에 갈아버리고 돌아가는 갈그랄.

그 위풍당당한 모습에 플레이어들은 웅성거렸다.

"어떻게 하지?"

"이동 속도 빠르고 바로 몸 뺄 수 있는 사람들만 모아서 가보는 건?"

"네가 가볼래?"

"나, 나는 좀…… 자신이 없어서……."

"좋아. 잠입한다."

태현의 말에 웅성거리던 사람들이 모두 멈추고 태현을 쳐다보았다.

"잠입?"

"은신하고 들어가려는 건가?"

"은신 스킬 높은 플레이어들을 모을까요?"

"아냐. 필요 없어."

"혼자서…… 들어가겠다고? 역시 김태현!"

"김태현! 김태현!"

겁먹었던 우드스탁 길드원들은 태현의 말에 환호했다.

혼자서 들어가다니, 역시 김태현이야!

그러나 태현은 그들의 기대를 배반했다.

"응? 나 혼자서 갈 생각 없는데?"

태현의 말에 우드스탁 길드원들은 혼란스러워했다.

"어, 어? 우리도 같이 가나?"

"저희는 은신 스킬이 낮아서 방해만 될 거예요!"

"얘는 은신 스킬이 그나마 높아요! 저는 아닙니다!"

"너 이 자식!"

태현은 다투고 있는 그들을 말렸다. 그러고는 말했다.

"하하. 괜찮아. 싸울 필요 없다."

"……?"

"다 같이 가면 되니까."

우드스탁 길드원들은 순간 귀를 의심했다.

"아니, 이건 좀 아니지 않나요?"

"……."

"길마님! 이건 좀 아니지 않나요?!"

"닥쳐."

우드스탁 길마는 길드원들의 아우성을 무시했다. 이제 와서 태현의 말을 듣지 않기에는 너무 멀리 왔던 것.

죽이 되든 밥이 되든 끝까지 간다!

그들의 눈앞에서, 태현은 걸어가고 있었다.

카달타 성의 정문으로 당당하게. 날개 악마들과 함께!

그 모습을 본 우드스탁 길드원들은 다시 난리를 쳤다.

"아니, 아니, 아니! 진짜 이건 좀 아니죠!"

"시끄럽다!"

뒤에서 그러거나 말거나 태현은 아무렇지도 않았다.

판온의 몬스터는 각자 특성이 달랐다. 그중 하나가 '대화가 가능한가'였다.

어떤 몬스터는 지능이 너무 낮아서 대화가 불가능했다. 그러나 어떤 몬스터는 지능이 높아도 대화가 불가능했다.

악마 계열 몬스터는 후자에 속했다. 플레이어를 하찮게 취급하기에 대화를 받아주지 않는 것이다. 그래서 플레이어들도 대부분 '악마와는 대화가 불가능하다'고 생각하고 있었다.

그러나 태현은 아니었다. 대화가 불가능한 몬스터는 없다! 그저 방법을 찾지 못했을 뿐! 악마에게는 악마에게 맞는 방법이 있었다.

"안녕하십니까! 존경하는 갈그랄 님의 군세에 들어가고 싶어서 찾아왔습니다!"

"넌 인간이잖아?"

성문에 있던 악마 전사가 어이없다는 듯이 태현을 쳐다보았다. 인간을 우습게 보는 악마 입장에서 태현의 말은 같잖게 들릴 뿐이었다. 화술 스킬이 아니었다면 바로 악마들에게 공격이 나왔을 것이다.

"제법 혓바닥은 쓸 만한 거 같지만 인간 놈은 우리 군세에 들여보내지 않는다. 죽어라."

"잠깐!"

태현이 데리고 온 날개 악마들이 나섰다. 같은 종족이라는 걸 알아본 악마 전사가 멈칫했다.

“이 인간은 우리와 같이 카달타 성의 성문을 열어서 갈그랄 님이 강림할 수 있도록 협조한 인간이다. 악마 군세에 들어갈 자격은 충분하다고 생각한다!”

“뭐라고? 카달타 성의 성문을 연 게 너희들이었나?”

[성문을 지키는 악마 전사들이 당신에게 호감을 가집니다.]

카달타 성문을 열고 생지옥으로 만든 걸 이렇게 써먹는 태현!

악마 전사는 잠시 고민하다가 고개를 끄덕였다.

“좋다! 군세에 들어오는 걸 허락한다. 위대하신 갈그랄 님의 이름으로!”

“위대하신 갈그랄 님의 이름으로!”

[갈그랄의 악마 군세에 들어갑니다. 악명 스탯이 크게 오릅니다. 신성 스탯이 내려갑니다.]

[스킬 <악마 군세의 일원>이 걸립니다. 군세에서 나올 때까지 해제할 수 없습니다. 이 사실이 알려질 경우 다른 NPC들에게 분노를 살 수 있습니다.]

[갈그랄에게 당신이 <아키서스의 화신>인 걸 들킨다면 갈그랄이 극도로 분노할 것입니다.]

“아. 그리고 저 뒤에 같이 악마 군세에 들어오려는 인간들이 있습니다. 허락해 주십시오!”

"좋다!"

뒤에 있던 플레이어들은 얼떨떨한 표정으로 걸어 나왔다. 악마 군세에 들어가게 됐다는 메시지창들이 뜨자 그제야 진짜라는 걸 느낄 수 있었다.

"악, 악명이 너무 높게 오르는데……?"

"이거 어떻게 수습하지?"

악마 군세에 들어간 덕분에 악명이 치솟아 버린 것. 태현이야 높은 명성 스탯으로 억누르고 있었지만 다른 사람들은 그게 안 됐다.

"일단 앞으로 걸어가. 멈추지 말라고! 악마들이 보잖아!"

그렇게 그들은 당당하게 정문으로 들어갔다.

"잠깐……."

악마 전사 중 하나가 케인을 붙잡았다. 케인은 깜짝 놀라서 태현을 쳐다보았다. 그걸 본 태현도 가슴이 덜컥했다.

'아차. 케인은 두고 왔어야 했나?'

태현이야 〈마르덴 후작의 살아 움직이는 가면〉을 쓰고 있으니 신성력을 숨기는 게 가능했지만, 케인은 들킬 수도 있었다. 그러나 케인은 들키지 않았다.

"네 코와 귀가 마음에 드는군. 인간 주제에!"

"……감, 감사합니다?"

케인이 착용하고 있는(강제로) 〈못생긴 악마의 귀와 코〉 때문에 악마들이 말을 건 것이었다. 말을 건 것은 그 악마 전사뿐만이 아니었다.

"오, 인간 주제에 괜찮은 코와 귀를 갖고 있는데?"

"악마의 피가 섞이기라도 했냐? 괜찮은 코와 귀군."

지나갈 때마다 말을 걸어오는 악마들!

케인은 복잡한 표정을 지었다.

"응? 성안으로 들어갔다고? 대단한데?"

이세연은 놀란 표정을 지었다. 잠입을 성공하다니.

성안에는 레벨 높은 악마들이 우글거릴 텐데, 그런 악마들을 속이고 은신 스킬을 쓴다는 건 보통 난이도가 아니었다.

그러나 거기서 끝이 아니었다.

"우드스탁 길드원들도 데리고 들어갔다고!? 어떻게?!"

이쯤 되자 어떻게 데리고 간 건지 궁금해질 정도였다. 그리고 사정을 전해 들은 이세연은 할 말을 잃었다.

-뭐 하는 거야?! 탐색하라고 보냈더니!

-탐색하려면 성안에 들어가야 할 거 아냐.

-그거 말고도 방법이 있었겠지!

-없더라고. 갈그랄이 워낙 이상한 놈이라서 다른 식으로 건드릴 방법이 없었어.

-너 혼자 들어가도 되지 않았어?

-하하. 혼자 들어가려니까 좀 무서워서.

말 같지도 않은 태현의 말에 이세연은 멈칫했다.

무슨 속셈이지?

태현의 속셈은 간단했다.

'여차하면 <살아 움직이는 폭탄>을 써서 혼란을 만들어야지.'

태현 혼자 들어왔을 경우, 만약 갈그랄한테 발각되거나 다른 악마들에게 공격당할 경우 할 수 있는 게 너무 없었다.

우드스탁 길드원들을 데리고 온 이유는 바로, 여차할 때 쓸 수 있는 인간 폭탄이기 때문!

'그리고 이세연 성격이면 나는 몰라도 우드스탁 길드원들이 여기에 다 들어왔는데 가만히 두고 보지는 않을 테니까.'

태현이 카달타 성안에서 위기에 빠진다면? 이세연은 '너라면 알아서 잘할 수 있겠지'라는 반응을 보일 것이다.

그러나 다른 길드원들까지 데리고 가서 위기에 빠진다면, 이세연은 마지못해 나설 것이다.

-위험한 짓은 하지 말고 정보만 얻어! 알겠지?

-물론이지!

전혀 신뢰가 안 가는 태현의 대답이었다.

CHAPTER 3

"이야…… 악마들 진짜 많네."

카달타 성 구석에 자리를 잡은 태현 파티!

온갖 종류의 악마들이 돌아다니고 있었다.

그들은 방금 들어온, 따지자면 군세의 가장 밑바닥! 세력 소속에서 어떤 공적도 못 세운 이상 가장 밑바닥일 수밖에 없었다.

"그러고 보니 태현 님도 악마 소환 스킬 있지 않았나요?"

"있어. 근데 못 쓰고 있는 거지."

"……?"

"마계에 나하고 원수진 악마들이 있는데 그쪽 계열 악마들이 소환되면……."

"아……."

기껏 얻어놓고서 스킬을 안 쓰는 데에는 이유가 있었다. 이다비는 이유를 듣자 안쓰러운 눈빛으로 쳐다보았다.

우드스탁 길마는 주변을 두리번거리며 물었다.

"이제 어떻게 할 거지?"

길마의 목소리에는 불만이라고는 전혀 느껴지지 않았다.

솔직히 감탄한 것이다. 성공하다니!

처음에 당당하게 정문으로 걸어갈 때는 '저거 미쳤나' 싶었지만, 이렇게 결과를 보여주자 생각이 완전히 바뀌었다.

아, 이래서 김태현이 그 굵직굵직한 퀘스트들을 깨왔구나!

남들과는 전혀 다른 방식으로 퀘스트를 깰 줄 아니 지금 저 정도 위치에 있는 것이다.

'이대로 김태현이 하라는 대로만 하면 갈그랄을 잡을 수 있을 거다! 분명!'

"여기서 기다린다."

"……어? 그냥 기다린다고? 가만히?"

"기다리다 보면 빈틈이 나오겠지. 갈그랄이 여기 가만히 있을 악마도 아니고. 그동안 갈그랄 주변에 있는 악마들 같은 거 체크나 하라고. 레이드 뛸 때 필요하니까. 그리고 가만히는 못 있을걸."

"……?"

"군세에 들어갔으니 악마 군세 퀘스트가 나올 테니까."

"악, 악마들이 내려주는 퀘스트를 깨라고?"

"깨는 시늉만 하던가. 어쨌든 하는 척은 해야 해. 안 그러면 쫓겨날 수도 있거든."

어떤 세력에 들어가서 가장 밑바닥인데 퀘스트도 제대로

못 깬다면 쫓겨날 수도 있었다. 그 세력이 악마의 세력이라면 더더욱 엄격할 것!

우드스탁 길마는 혼란스러운 얼굴로 케인을 쳐다보았다.

"악마가 내려주는 퀘스트를 깨도 되나?"

"뭐 못 깰 거 있나?"

이미 케인은 이런 퀘스트에 익숙해져 있었다.

그러자 길마는 이다비를 쳐다보았다.

"악마 퀘스트는 좀 아니지 않나?"

"뭐 어때요! 누구든 보상만 제대로 주면 그만이죠!"

'애도 제정신은 아닌 거 같아!'

우드스탁 길마는 멀쩡한 사람을 찾아 주변을 두리번거리다가 유 회장을 발견했다.

"악마가 주는 퀘스트를 깨는 건 좀 아니지 않습니까?"

"경험치가 안 나오나?"

"경험치야 당연히 나오겠지만……."

"그러면 됐네. 깨야지!"

'내가 이상한 건가?!'

우드스탁 길마는 다른 사람들의 반응이 믿기지 않았다. 악마 군세에 들어간 것만 해도 벌써 페널티가 만만치 않았다.

악명부터 시작해서 강제 스킬 적용까지.

그런데 악마 군세 퀘스트까지 깨자니.

지금은 몰라도 나중에 가면 뒷감당이 어려울 수도 있었다.

'얘네들은 페널티 신경을 안 쓰나?'

띠링-

〈요새를 공격하라-악마 군세 퀘스트〉

갈그랄 밑에 모인 악마들은 뛰어난 전공을 세워 갈그랄에게 그들의 능력을 증명하려고 한다. 새로 들어온 당신은 그 누구보다도 능력의 증명이 필요하다. 인간이 악마 군세에 들어온 이상 제대로 된 능력을 보이지 못한다면 공격당할 수도 있다.

제난 요새를 공격해서 함락시켜라. 실패하면 죽음뿐이다.

보상: 악마 군세 내에서 공적치 포인트. 악마 군세 내에서 평가 상승. 악명. ?, ??

-실패할 경우 악마 군세 내에서 평판 급하락.

주변 요새 공략 퀘스트. 무난한 퀘스트였다. 보아하니 갈그랄은 직접 안 나서고 주변의 부하 악마들이 자기의 능력을 보여주려고 나서는 것 같았다.

"제난 요새가 어디더라?"

"이 근처에 있는 요새에요. 쑤닝 길드가 갖고 있을걸요."

"아이고, 쑤닝이 또. 내가 진짜 쑤닝을 안 괴롭히려고 하는데 이게 어쩌다 보니 매번 일이 이렇게 된다니까?"

"태현 님은 착하신 게 탈이에요!"

"하하. 내가 좀 그렇지."

우드스탁 길마는 멍한 표정을 지었다. 그걸 본 태현이 말을 걸었다.

"악마 퀘스트 깨는 게 영 불편하면 안 해도 돼. 우리들로만 깰 수 있으니까. 그냥 참석만 해도 평판 떨어지는 건 막아질걸? 페널티 무서우면 자리에만 있으라고."

"……아니! 쑤닝 길드라면 당연히 공격해야지!!"

우드스탁 길마는 돌변했다. 페널티고 뭐고 쑤닝 길드의 영지라면 공격하겠다! 내 영지가 박살 났으니 네 영지도 좀 박살 나 봐라!

그걸 본 태현은 속으로 생각했다.

'딱히 내가 뭘 안 해도 둘의 사이가 미친 듯이 나빠지네.'

태현 입장에서는 손 안 대고 코 풀 수 있으니 편한 일.

계속 싸워라!

"애들아! 준비해라! 쑤닝 길드 치러 간다!"

"와아아아아!"

갑자기 기세가 오른 우드스탁 길드원들을 보고 이다비는 작은 목소리로 말했다.

"그런데 우드스탁 길드의 영지를 친 건 결국 <최강지존무쌍>길드 아닌가요? 왜 저렇게 쑤닝을 싫어하죠?"

"원래 종로에서 뺨 맞으면 한강에서 화풀이하는 법이지. 내버려 둬. 알아서 잘하는데."

이세연과 김철수, 그리고 남은 길드원들은 멀리서 움직이는 악마 떼를 보며 어이없어했다.

-쑤닝을 공격하는 것도 좋지만 그걸 꼭 지금 해야 해?

-내가 고른 거 아니거든? 악마들이 근처 요새라고 알아서 공격 퀘스트 뜬 거야.

태현도 진심으로 억울했다. 딱히 쑤닝을 노리고 한 건 아니었지만, 이번 퀘스트가 끝나면 분명 다들 이세연처럼 생각할 것 아닌가. 김태현이 악마들을 선동해서 쑤닝을 공격했다!

"넌 진짜 대체 뭐 하는 놈이냐?"

요새의 장벽 위에서 쑤닝 길드원들이 태현을 보며 말했다. 그들의 얼굴에는 기가 막힌 감정이 그대로 드러나 있었다.

갈그랄 레이드한다던 놈이 갑자기 악마들과 함께 요새로 쳐들어오다니! 대체 뭔 일이 있었길래 저렇게 된단 말인가?

게다가 혼자 있는 게 아니었다. 옆을 보니 우드스탁 길마와 길드원들도 있었던 것이다.

"우드스탁 길드 미쳤냐! 악마하고 같이 여기를 치러 와?!"

"닥쳐! 도와주지도 않은 놈들이!"

우드스탁 길마와 쑤닝 길드원들이 서로 날 선 대화를 하고 있는 동안 태현은 제난 요새를 훑어보았다.

'……어렵겠는데?'

제난 요새는 작은 요새치고 엄청나게 튼튼하게 준비가 되어 있었다. 갈그랄이 떴다는 소식에 급하게 준비한 게 분명했다.

게다가 요새에는 이상하게 플레이어들이 많았다. 쑤닝 길드원들만 있는 게 아니었던 것.

'근처 플레이어들도 모였군.'

악마를 사냥할 수 있는 건 좋은 기회였다. 갈그랄의 군세가 다른 곳을 습격하지 않을까 걱정하는 길드들에게도 이 요새는 기회! 남의 길드 요새를 빌려서 악마 숫자를 줄여놓자!

서로의 이해가 맞아떨어진 것이다.

그에 비해 요새로 쳐들어온 악마들은 비교적 약하고 급이 낮은 악마들이었다. 대(對) 악마 준비를 끝낸 플레이어들이 있는 요새로 돌격했다가는 그대로 녹아내릴 것이다.

'음? 잠깐. 시간 끌면 갈그랄이 직접 나오지 않으려나?'

갈그랄의 성격을 떠올려 보자 은근히 그럴 거 같았다. 부하들이 요새 하나 점령 못 하고 갈려 나간다면 갈그랄 같은 악마는 분노해서 직접 달려 나올 가능성이 큰 것이다.

태현은 주먹을 쥐었다. 이대로 내버려 두면, 악마들은 알아서 요새에 꼬라박다가 쓰러져 나갈 것이고, 갈그랄이 나타날 테니…….

'잘하면 날로 먹겠는데?'

태현이 갈그랄을 잡겠다고 나선 건, 갈그랄을 상대할 자신이 있기 때문이었다. 이세연이나 김철수 같은 랭커들이나, 우드스탁 길드의 지원 때문은 아니었다.

그런 건 언제 어떻게 달라질지 모르는 것!

태현이 믿는 건 오로지 스스로의 실력뿐이었다.

'〈왕가의 오리하르콘 화살〉이 하나 있으니까…….'

최악의 경우 일이 다 틀어져도 〈오스턴 왕가의 오리하르콘 석궁〉으로 새로 만든 오리하르콘 화살 하나를 쏠 수 있었다. 행운으로 대미지 버프가 들어가는, 지금 태현이 갖고 있는 최강의 폭딜 수단!

그렇지만 태현은 이걸 쓰고 싶지 않았다. 안 그래도 태현 죽이겠다는 놈들이 많아서 고민인데 갈그랄한테 쓰고 싶지는 않았던 것이다. 가능하면 안 쓰고 잡는 게 최선!

그래서 이세연도 부르고 김철수도 부르고, 이런 식으로 어려운 길을 가는 것이었다. 거기에 다른 대형 길드까지 엮어 넣을 수 있다면 화살을 쓰지 않고 갈그랄을 잡을 가능성은 더욱 올라갔다.

'다른 길드들로 갈그랄의 힘을 빼고, 갈그랄이 적당히 지치고 다치면 이세연과 내가 나서서 공격에 나선다. 그 와중에 이세연의 권능 스킬도 뽑아내고…….'

빠르게 계산을 마친 태현은 손을 흔들며 외쳤다.

"모두 총공격! 저 요새를 박살 내자! 위대한 갈그랄 님의 이름으로! 갈그랄 님 만세!"

[현재 세력에서 당신의 위치가 낮습니다. 페널티를 받습니다.]

냉정하게 뜨는 메시지창!

태현은 어깨를 으쓱거렸다. 어차피 이 정도는 예상하고 있었다. 세력 내에서 위치가 낮으니, 무슨 말을 해도 악마들에게 효과가 약한 것이다.

'요새를 점령하려고 하는 게 아니라, 여기 있는 악마들을 소모시켜서 갈그랄을 불러내려고 하는 거니까.'

악마들에게 버프가 적게 들어가도 별 상관없는 것!

그러나 태현은 한 가지를 놓치고 있었다. 스스로가 얼마나 이런 상황에 잘 어울리는 스킬들을 갖고 있는지!

[칭호: 악마의 혓바닥을 갖고 있습니다. 악마들을 설득하는 데 보너스를 받습니다.]

[칭호: 악마를 속인 자를 갖고 ……]

[고급 화술 스킬을 갖고 있습니다. 악마들을 설득하는 데 보너스를 받습니다.]

[중급 전술 스킬을 갖고 있습니다. 악마들을……]

[높은 행운 스탯으로 악마들을 지시할 때 추가 보너스를 받습니다. 악마들이 완벽한 공격을 준비합니다.]

"어, 어?"

다 읽기도 힘들 정도로 많은 보너스 메시지창이 끝난 후, 요새 앞의 악마들이 빠르고 정확하게 움직이기 시작했다.

"악마들 왜 저래?"

"버프 들어갔다!"

요새 위의 플레이어들은 악마들의 모습에 경악했다. 저 모습은 분명 광역 버프 마법을 썼을 때나 보여주는 모습!

악마들 주변에서 붉은색 오오라가 뿜어져 나오고 마치 톱니바퀴가 돌아가는 것처럼 착착착 공격을 준비하기 시작하자 요새 위 플레이어들은 당황했다.

"뭐야? 어떤 놈이 버프 거는 거야?"

"마법 쓰는 거 안 보였는데?"

악마 중 광역 버프 마법을 쓴 놈이 있다면 바로 저격에 들어갈 생각이었다. 그러나 그런 마법은 보이지도 않았다.

그들은 태현이 혓바닥 하나만으로 이렇게 광역 버프를 주리라고는 상상치도 못한 것이다. 정작 태현도 예상하지 못하고 있었으니 어찌 보면 당연했다.

"뭘 했는데 악마들이 이래요?!"

"아, 아니. 그냥 빨리 죽지 말라고 말 한마디 한 건데……."

"대체 화술 스킬을 얼마나 올린 거예요?!"

이다비의 말에 태현은 당황해서 대답을 하지 못했다.

정말 이 상황은 태현의 예상 밖!

콰콰쾅!

비행 기능이 달린 악마들부터 공격을 개시하기 시작했다. 허공을 날아다니며 요새 위로 지옥화염탄을 퍼붓는 악마들!

흔히 이 주변 필드에서 볼 수 있는 무질서한 공격이 아니었다. 1열, 2열, 3열로 나뉘어져서 치고 빠지고 치고 빠지는 폭풍 같은 연속 공격!

요새 위의 플레이어들은 갑자기 달라진 악마들의 공격에 기겁해서 몸을 숙였다.

쾅! 콰콰쾅!

"쉴드 좀 더 주세요! 요새 위에 난리 났어!"

"궁수들! 날아다니는 놈들부터 먼저 쏴! 이러다가 설치해 놓은 거 다 날아가겠어!"

"지금 악마들 버프해 주는 거 누구야?! 왜 못 찾아?!"

설마 이 상황이 화술 스킬과 관련되어 있다고는 아무도 생각지 못했다. 고급 화술 스킬과 각종 관련 칭호들을 합치면 이렇게 무서운 시너지 효과가 나온다! 그걸 여기 있는 사람들이 알 방법이 없었다.

그래도 답을 맞힌 사람이 있기는 했다.

"김태현 아냐?"

"김태현 저기 있잖아! 뭘 쓴 거 아닐까?"

일단 수상하면 김태현을 의심해라! 케인이나 제카스가 듣는다면 '그거참 좋은 방법이다' 하고 박수를 쳤겠지만, 아직 요새에 있는 플레이어들은 상식이 남아 있었다.

"김태현이 마법사냐?! 마법 쓰는 놈 찾으라고!"

"마법 쓰는 악마는 방어력이나 체력이 낮을 테니 분명 은신 같은 걸 쓰고 있을 거야! 스크롤 찢어! 찾아내야 해!"

있지도 않은 마법사 악마를 찾는 플레이어들! 그러는 사이 악마들은 차근차근 요새를 갉아먹기 시작했다.

캬아아아악!

하늘 위에서는 비행 악마들이 연달아 공격을 퍼붓고.

크르릉, 크르릉!

요새의 벽 밑에서는 땅을 파고 들어갈 수 있는 악마들이 흙 밑으로 잠수를 시도했다. 동시에 덩치 큰 악마들은 벽에 달라붙어서 묵직한 일격을 날렸다.

정신없는 연속 공격!

요새의 플레이어들은 악마들이 퍼붓는 이런 완벽한 공격을 처음 겪어 보았다. 그리고 그걸로 끝이 아니었다.

"가자! 가즈아! 쑤닝 놈들도 같은 꼴로 만들어주자!"

우드스탁 길마의 외침이 떨어지자 우드스탁 길드원들도 신이 나서 달려들기 시작한 것이다.

"야! 그냥 시간만 끌어도 돼! 오바하지 마!"

그러나 태현의 말은 주변이 시끄러워서 그들에게 제대로 들리지 않았다.

우드스탁 길마는 길드원에게 물었다.

"김태현이 뭐라고 한 거냐?"

"힘내서 요새를 점령하라고 한 거 아닐까요?"

"그래? 좋아! 이번에 우리 길드가 어떤 길드인지 김태현에게 제대로 보여주자!"

더욱 기세가 오른 우드스탁 길드원들!

그 모습에 태현은 이마에 손을 올렸다.

"이런 ×대가리들이……."

시간 좀 끌다가 악마들이 녹아내리면 갈그랄이나 불러올 생각이었다. 그런데 왜 쓸데없이 잘 싸운단 말인가!

악마들도 우드스탁 길드도 둘 다 평소 자기 능력을 100% 넘게 발휘하고 있었다.

'아니, 아니야. 저놈들이 정신을 차리고 요새에서 버티면 상황은 달라진다!'

악마들이 정신없이 몰아붙이는 것 같았지만, 냉정하게 생각해 보면 요새 쪽도 승산이 있었다. 정신을 차리고 요새에서 버틴다면 분명 그들이 유리한 위치!

그러나 요새의 플레이어들은 태현의 기대를 배반했다.

"이런 곳에서 더 어떻게 싸우냐! 난 튄다!"

"같이 가!"

가벼운 마음으로 왔다가 상황이 불리하게 돌아가자 바로 도망치기 시작하는 플레이어들! 처음에는 아무 길드에도 소속되지 않은 한두 명의 플레이어였지만 시간이 지나자 다들 슬슬 눈치를 보기 시작했다. 그만큼 분위기에 안 좋은 영향을 끼친 것이다. 그뿐만이 아니었다.

"저기 악마들 사이에 버프를 걸고 있는 놈들이 있어! 잡으러 간다!"

"김태현 때문이야! 저놈을 공격하면 버프도 끊길 거야!"

요새에서 버티고 있어야 할 때에 오히려 공격을 하려는 플레이어들! 초조함을 견디지 못하고 폭발해 버린 것이다.

물론 원인은 정확하게 맞췄지만!

"뭐라는 거야! 말려! 지금 나가면 박살 난다!"

"말, 말려도 안 듣습니다!"

다른 길드원들이 말리는 걸 무시하고, 몇몇 플레이어들은 성문을 열고 돌진했다.

타타탕! 타탕!

기사 직업을 가진 플레이어가 가장 앞에서 〈위대한 가호의 돌격〉을 사용하자 주변 악마들이 튕겨 날아갔다.

"김태현!"

"애들아! 좀 진정……?!"

태현은 성문이 열리는 걸 보고 눈을 깜박였다.

'미쳤나?'

이 상황에서 왜 성문을 열고 돌격을?

이해가 가지 않고 혼란스러웠지만, 나온 플레이어들은 태현을 향해 달려오고 있었다.

-행운의 일격, 행운의 일격, 그림자 잠수, 강격, 폭탄 사용, 질주하는 질풍의 원!

1초도 망설이지 않고 튀어나오는 스킬 콤보!

머리와는 별개로 태현의 몸은 정직했다.

적을 보자 가장 효율적으로 움직이는 것이다.

"크아아아악!"

기사의 방어력을 믿고 덤벼들던 플레이어 하나가 그대로 무너졌다. 태현은 쓰러지는 기사의 어깨를 밟고 허공으로 뛰어오르며 계속해서 공격을 퍼부었다.

-사디크의 화염 화살!

빠르게 날아가는 화염 화살. 거리가 있어서 안심하고 있던 플레이어가 치명타가 떴다는 메시지에 비명을 질렀다.

"김태현! 이 ×××야! 대체 우리한테 무슨 원한이 있어서 아발랍에서부터 이러는 거냐!"

한이 맺힌 쑤닝 길드원의 목소리! 그 목소리를 듣자 태현도 살짝 미안해졌다.

아발랍 시에서 에다오르를 속여서 악마 군세를 이끌고 쑤닝 길드와 다른 길드를 쳤었다. 그런데 또 오스턴 왕국에서 갈그랄을 속여 악마 군세로 쑤닝 길드를 치고 있는 것이다.

한 번 당해도 가슴을 치고 평생 이불을 뻥뻥 찰 일을 두 번이나 당한 쑤닝 길드!

"아니, 나도 이번에는 그냥 시늉만 하고 도망가려고 했는데! 진짜야!"

태현은 말하면서 또 한 명의 플레이어를 PK했다.

"그걸 말이라고…… 크아악!"

입으로는 변명하면서 손으로는 PK! 그 모습에 케인과 이다비는 어이없다는 듯이 태현을 쳐다보았다.

"그냥 조용히 죽이는 게 낫지 않을까요?"

"상대 더 열 받으라고 저러는 게 분명해!"

잘 버텼으면 승산이 있었을 텐데, 일부는 도망가고 일부는 성문을 열고 나와서 싸우는 바람에 요새는 완전히 혼란에 빠졌다. 열린 성문으로 들어간 악마들이 날뛰기 시작하자, 점점 도망치는 플레이어들이 많아졌다. 결국…….

[제난 요새를 함락했습니다. 군세 내에서 공적치 포인트가 오릅니다. 악마들 사이에서 당신의 소문이 퍼집니다. 갈그랄이 당신을 부를 수 있습니다.]

[보상으로 <악마의 기운>, <악마화> 스킬을 받습니다. 악마 군세에 소속되어 있을 때만 쓸 수 있습니다.]

<악마의 기운>

갈그랄의 기운을 받아 능력을 증폭시킨다. 사용할 경우 악명이 올라간다.

<악마화>

갈그랄의 기운을 받아 악마로 변신한다. 사용할 경우 악명이 올라간다.

우드스탁 길드원들은 냉큼 스킬을 사용했다. 순식간에 그들의 몸이 불끈불끈해지며 종족이 악마로 변했다.

"이거 봐! 능력치 쫙 올랐어!"

"악마 종족 능력치 장난 아니다!"

그걸 보고 태현은 한숨을 푹푹 내쉬었다.

"……생각 좀 하고 스킬을 써라!"

"예?"

"어, 악마가 되면 좋은 거 아닌가요? 악명 페널티가 있긴 한데 이미 군세에 들어왔으니…… 차라리 능력치가 더 높아지는 게 좋지 않습니까?"

"갈그랄하고 싸울 때 악마 종족이면 무슨 페널티를 입을 줄 알고? 군세에 오래 있을 것도 아니잖아. 갈그랄하고 바로 싸울 수도 있는데."

"아……!"

그제야 깨달았다는 듯이 탄성을 내뱉는 길드원들!

태현은 우드스탁 길마를 쳐다보며 물었다.

"너희 길드원들은 왜 이렇게 생각이 부족……."

우드스탁 길마는 어색하게 태현을 쳐다보았다. 가장 먼저 악마로 변한 우드스탁 길마였다.

"아, 아니. 꼭 악마 종족이 됐다고 해서 갈그랄 상대할 때 페널티 입으란 법은 없잖아……."

"불확실한 요소를 없애야지, 늘릴 생각을 하냐? 넌 머리를 폼으로 들고 다니냐? 내가 케인보다 머리 못 쓰는 놈은 오랜만에 본다."

순식간에 쏟아지는 구박!

우드스탁 길마는 입이 열 개라도 할 말이 없었다. 쑤닝 길드에게 통쾌하게 복수를 했다는 기쁨에, 나온 보상 스킬을 냉큼 받아서 사용한 것이다.

"악마 놈들이 얼마나 특이하고 괴상한 스킬들을 많이 쓰는데…… 나중에 페널티 받고서 울지나 마라."

태현은 아직 아발랍 시에서 있었던 일들을 기억하고 있었다. 총독으로 위장한 악마가 준 술을 마셨다가 강제로 코가 꿰였던 플레이어들! 판온에서 그런 사기는 충분히 일어나는 일이었다.

-김태현, 뭐 해? 거기는 왜 점령한 거야?

멀리서 상황을 관찰하고 있던 이세연이 귓속말을 보내왔다. 처음에는 '김태현이 악마를 다른 곳으로 공격을 보내서 소모를 시키려는 건가?' 싶었다. 갈그랄의 군세니, 어쨌든 소모시키면 갈그랄이 약해지는 것 아닌가.

그런데 악마들이 묘하게 잘 싸운다 싶더라니 요새를 점령해 버렸다.

'무슨 생각이지?'

도저히 알 수 없는 태현의 계획! 그러나 이세연은 태현을 믿었다. 판온 1때도 다른 사람들이 보지 못하던 길을 찾아내던 태현이었으니, 분명 이 요새를 점령한 것도 계획 중 하나이리라.

-어, 그게…….

-무슨 계획이야? 저 요새를 점령하면…… 아, 설마 그런 건가?

태현은 고개를 갸웃거렸다. 뭐가 그런 거?

그러나 생각과는 상관없이 이세연은 말을 이어갔다.

-아, 그래서 요새를…… 그런 거구나? 그러면 저렇게 할 수밖에 없겠네.

-……그렇지!

원래라면 그냥 '내 화술 스킬이 너무 세서 이렇게 됐다'라고 말했을 것이다. 그러나 이세연을 상대할 때는 언제나 쓸데없는 자존심이 나왔다.

-그래. 그러면 믿고 기다리고 있을 테니 빨리 끝내.

-그, 그래.

'뭘 끝내라는 거야?'

태현은 당황했지만 이미 엎질러진 물이었다.

"이세연 씨예요?"

"응."

"뭐래요?"

"……빨리 끝내라는데?"

"뭘요?"

태현은 대답하지 못했다.

'아니, 괜찮아. 여기 요새는 좀 허술했으니 그렇지, 다른 곳으로 가면 이 정도 악마들은 막힐 거야. 그러면 갈그랄도 기어

나올 거고.'

[요새를 함락했습니다. 군세 내에서 공적치 포인트가 오릅니다. 칭호: 공성의 달인을 얻었습니다.]

[악마들 사이에서 당신의 소문이 확고하게 퍼집니다. 갈그랄이 당신을 주목합니다.]

[<악마를 지휘하는 인간 지휘관> 직위를 얻었습니다.]

[몇몇 악마들이 당신의 지휘를 받고 싶어 합니다.]

[중급 전술 스킬이 고급 전술 스킬로 변합니다.]

[<직감과 행운의 지휘> 스킬을 얻었습니다.]

[<화신의 함성> 스킬을 얻었습니다.]

[레벨 업 하셨습니다.]

태현은 눈을 감았다.

와! 레벨 업 했다! 신난다!

'……가 아니지!'

레벨 업은 분명 생각지도 못한 보상이긴 했다. 그렇지만 지금 상황이 문제였다. 첫 번째 요새는 뚫었지만 다음 요새에서는 막힐 줄 알았다. 플레이어들도 바보는 아니니까.

그런데 뚫었다. 두 번째 요새를 뚫긴 뚫었지만 다음 성에서는 막힐 줄 알았다. 플레이어들도 바보는 아니니까!

그런데 또 뚫렸다! 그리고 지금.

'……내가 악마들이랑 너무 상성이 좋아!'

이제까지 얻은 칭호들과 쌓아 올린 칭호들. 존재만으로도 악마들에게 버프를 더해주는 수준!

게다가 악마들 사이에서 소문이 돌기 시작하자, 악마들이 직접 와서 지휘해 달라고 아우성이었다.

설상가상으로 퀘스트까지 떴다.

〈진정한 마계의 주인 아다드의 강림-악마 군세 퀘스트〉

오스턴 왕국에 나타난 악마들의 주인, 아다드는 마계에서 침략의 순간만을 기다리고 있다.

그러나 아다드를 대륙으로 불러내는 건 어려운 일. 수많은 희생과 제물만이 아다드를 불러낼 수 있을 것이다.

피와 제물로 아다드를 대륙으로 강림시켜라!

보상: ?, ??, ??

이대로 계속 잘 싸워내면 아다드가 온다! 갈그랄 하나만으로도 머리 아파 죽겠는데 갈그랄의 주인인 아다드까지 온다면……. 생각만 해도 골치가 아파왔다.

'지금 부릴 수 있는 악마들로 공격에 들어가야 하나?'

아발랍 시와 비슷한 상황이었지만 차이점이 있었다. 갈그랄을 잡는다고 해도, 이 주변 악마들은 태현의 부하가 되지는 않을 것이다. 왜냐면 아다드가 있으니까!

애초에 태현에게 분노한 아다드가 보낸 악마들이니만큼, 태현의 정체가 알려진다면 태현에게 덤벼들 것이다.

'그리고 갈그랄 잡으면서 아키서스 관련 스킬을 안 쓸 자신은 없고…….'

태현의 정체가 드러나기 전에 악마들을 최대한 소모시키고, 갈그랄도 약하게 만든 다음, 가능한 전력을 모두 동원해서 레이드! 그나마 지금 가능한 방법 중 가장 좋은 방법 같았다. 원래 하려던 방법도 비슷하기는 했다.

태현이 너무 악마들을 잘 몰아서 이 꼴이 났지만…….

"근데 걔네들은 누구냐?"

못 보던 플레이어들이 요새 주변에 얼쩡거리고 있었다. 그들은 우드스탁 길드원들을 보더니 우르르 달려와서 말을 걸기 시작했다.

"아. 지금 이거 보고 찾아온 사람들이에요."

"응?"

"태현 님이 악마 데리고 이 주변 돌고 있잖아요. 그거 때문에 악마 군세 가입하고 싶어 하는 사람들도 꽤 있거든요."

"……내가 갈그랄 잡는다고 말하지 않았었나? 근데 내가 군세에 있다고 들어와?"

태현이 '갈그랄을 잡겠다!' 선언하고 레이드 파티를 모았는데, 태현이 악마 군세에 들어갔다고 따라 들어온다니.

보통 '어? 뭔가 이상하지 않나? 김태현이 뭘 꾸미는 거 같은데?' 하며 수상해해야 하지 않나?

"사람은 원래 자기가 원하는 대로 받아들이잖아요. 그리고 악마화 스킬이 워낙 효과가 괜찮아서 그런 거 아닐까요?"

우드스탁 길드 때문에 악마화 스킬이 얼마나 괜찮은 스킬인지, 악마 종족이 얼마나 좋은 종족인지 정보가 빠르게 돌고 있었다. 신성 공격만 주의한다면 안 하는 게 이상한 선택!

"꼭 들어가고 싶습니다!"

"나도 받아줘! 악마 종족 해보고 싶다고!"

"어떻게 하면 들어갈 수 있는 거야! 우리는 안 받아준다고!"

주변에 모인 플레이어들은 우드스탁 길드원들에게 아우성을 쳤다. 이 주변에서 악마 군세에 들어간 건 태현 일행과 그들뿐! 그러나 태현에게는 저런 식으로 말을 거는 게 무서웠다. 최상위권 랭커에게 저렇게 뻔뻔하게 굴 수 있는 플레이어는 많지 않았다. 결국 만만한 건 우드스탁 길드원들!

"아, 아니…… 이게 아무나 들어갈 수 있는 게 아니라서……."

"그러니까 어떻게 들어갔냐니까!"

"이 자식들이 우리한테 맡겨놨냐? 어디서 난리야?"

"쪼잔하게 그러지 말고 공유 좀 하자! 너희들도 김태현한테 붙어서 얻어먹은 거잖아!"

"그러면 김태현한테 가서 말하던가!"

"이…… 이 치사한 자식들! 그러니까 최강지존무쌍 길드한테 당하지!"

"뭐? 너 다시 말해봐!"

소란이 심해지자 우드스탁 길마는 곤란한 얼굴로 태현에게 말을 걸었다.

"네가 가서 말 좀 해주면 안 되냐?"

“내가 뭘?”

“네가 가서 조용히 꺼지라고 하면 싹 사라질걸?”

최근 개망신을 당한 우드스탁 길드와 태현은 말의 무게가 달랐다. 부끄럽지만 인정할 건 인정할 수밖에 없었다.

“뭘 꺼지라고 해. 받아줘.”

“어, 어?”

“악마화 하고 싶으면 악마화 하라고 해. 군세 받아주는 게 뭐 어렵다고. 네 밑으로 받아줄 수 있잖아.”

“진심으로 하는 말이냐? 그냥 받아주라고?”

“받아서 안 될 이유 있어?”

“없지만…….”

“그러면 받아.”

우드스탁 길마는 찜찜한 얼굴로 고개를 끄덕였다.

“그리고 군세로 들어오고 싶은 놈들은 너희 길드에 가입하라고 해.”

우드스탁 길마는 기가 막힌 표정으로 태현을 쳐다보았다.

“그런 방법이……!”

“뭘 그런 방법이야? 당연한 걸 가지고. 이걸로 길드원들 좀 받아서 피해나 수습해라.”

“물론이지! 정말 고맙다!”

우드스탁 길마는 신이 나서 달려갔다.

옆을 보니 이다비가 볼을 부풀리고 있었다.

“왜 그래?”

"파워 워리어 길드에 가입하라고 하셨어야죠!"

"그건 애들이 안 받아들일 거 같은데."

대형 길드가 대기업이고, 우드스탁 길드는 최근에 개망신을 당한 대기업과 중소기업 사이의 어딘가라면, 파워 워리어는…….

'다단계에 가깝지.'

악마 군세에 받아주는 대신 우드스탁 길드에 들어갈래? 하면 솔깃해하는 플레이어들이 꽤 있겠지만, 대신 파워 워리어 길드에 들어갈래? 같은 질문에는 '미쳤냐 내가 그런 곳을 들어가게'라고 할 가능성이 컸다.

이다비는 어깨를 축 늘어뜨렸다. 태현의 말이 사실이었던 것이다.

♣

-너 대체 그 계획은 언제 시작하는 거야? 계속 기다리기만 하고 있는데.

-이제 곧 시작하려고.

그 계획이 뭔지도 모르지만 태현은 태연하게 말했다.

-그런데 혹시 몰라서 확인하는 건데, 네가 제대로 이해 못 했을 수도 있으니까. 계획이 정확히 뭐였지?

-응? 요새 하나 잡고 폭탄 잔뜩 깐 다음 갈그랄 끌어들이려는 생각 아니었어? 지금 갈그랄이 있는 카달타 성이야 몰래 폭탄 설치하기 힘들

겠지만 점령한 곳은 다를 거 아니야.

-……내 계획을 정확히 이해하고 있었군!

-그래서 언제 시작할 건데?

-곧바로 시작하려고. 좀 이따가 다시 연락할게.

태현은 귓속말을 끊고 준비에 나섰다. 남의 힘을 빌려 날로 먹으려다 보니 기본을 잊고 있었다.

남의 힘으로 해내려다 보니 일이 이렇게 귀찮아진 것이다.

언제나 간단한 건 스스로의 힘으로 끝내는 것!

'흠, 근데 폭탄을 안 들키게 설치할 곳이 좀 애매한데?'

태현은 생각에 잠겼다. 갈그랄이 무식하고 머리가 나쁜 악마기는 했지만, 엄청난 고렙의 보스 몬스터라는 점은 사라지지 않았다. 저 정도 되는 악마라면 어설프게 설치한 폭탄은 금세 눈치를 챌 게 분명!

'고급 대장장이 기술에 고급 기계공학이니 어지간하면 안 들키겠지만 그래도 주의를 좀 해야지.'

위치를 물색하던 태현의 눈에 문득 악마들이 들어왔다. 레벨 높고, 갈그랄 근처에 있어도 의심을 사지 않고, 숫자도 줄여야 하고…….

태현은 무릎을 쳤다. 역시 정답은 가까운 곳에 있었다.

갈그랄을 불러내는 방법은 쉬웠다. 하급 악마 하나를 붙잡은 다음 '아키서스의 화신이 어디 있는지 찾았습니다!'라고 써져 있는 편지를 써서 보내면 됐던 것이다.

얼마 지나지도 않았는데 갈그랄이 평원을 가로지르며 질주하는 모습이 눈에 들어왔다. 평원에 있던 플레이어들이 기겁하며 도망쳤다.

"온다. 준비."

새로 우드스탁 길드에 들어온 플레이어들은 얼떨결에 전투 준비를 하고 있었다. 그들이 악마 군세에 들어간 이유는 힘 때문이었다.

악마 군세에 들어가서, 이 주변을 주름잡고 거만을 떨던 대형 길드들에게 한 방 먹여주겠다!

그런데 정작 뭘 해보기도 전에 갈그랄과 싸우게 되다니. 심지어 그들은 누구와 싸우는지도 아직 모르고 있었다.

"근데 지금 누구랑 싸우려고 이러는 거예요?"

"길드 쪽에서 이쪽으로 공격 오나?"

"아, 아마 곧 알게 될 거야."

"맞, 맞아!"

우드스탁 길드원들은 어색한 표정으로 말했다.

-갈그랄한테 함정 작동시키고 대미지 제대로 먹이면 나도 들어가서 딜 넣을 거야.

이세연의 귓속말. 태현은 고개를 끄덕였다.

준비는 끝났다. 함정은 설치했고, 쓸 수 있는 플레이어들은 주변에 깔아놨고, 거기에다가 이세연과 김철수 같은 랭커들이 바깥에서 대기하고 있었다. 어지간하면 잡는다!

쿵-!

묵직한 소리와 함께 요새 안으로 갈그랄이 들어오는 게 보였다. 보기만 해도 강한 기운이 흘러넘치는 보스 몬스터!

그 모습에 겁을 먹은 이다비가 중얼거렸다.

"진짜 저걸 잡아야 할까요? 우리 사이좋게 잘 지내고 있었는데?"

사실 군세에 들어간 다음부터는 갈그랄과 별 마찰이 없었다. 오히려 이 주변 플레이어들하고만 마찰이 있었지!

"그래. 이 주변을 다 휩쓸고 나서 내 영지로 온 다음에도 사이좋게 지내봐라."

"안 올 수도 있잖아요."

"말이 되는 소리를 해라. 저 자식이 내 정체를 알아차리는 건 솔직히 시간문제라고. 사실 내가 쑤닝 같은 놈들한테 가장 의문인 게 이런 가장 간단한 방법을 쓰지 않는 거거든? 보통 적의 적을 이간질시켜서 싸움 붙이지 않나?"

"세상 모든 사람이 태현 님처럼 이간질의 달인은 아니라서요……?"

"흠. 그럴 수도 있겠군."

태현은 고개를 끄덕였다. 이다비는 황당한 표정으로 태현을 쳐다보았다.

케인이 끼어들었다.

"터뜨리기나 해."

"오케이."

콰콰콰콰콰콰콰콰콰콰쾅!

요란한 소리와 함께, 요새 벽 하나가 그대로 무너져 내렸다. 갑자기 일어난 폭발에 악마들도 놀라고, 새로 들어온 플레이어들도 놀랐다.

[기계공학 스킬이 오릅니다.]

[대장장이 기술 스킬이 오릅니다.]

[명성, 악명이 오릅니다.]

…….

많은 메시지창 중에서 갈그랄을 잡았다거나 하는 메시지창은 없었다. 태현은 실망하지 않았다. 어차피 폭탄만으로 갈그랄을 잡을 생각은 없었다.

인생은 그렇게 날로 먹을 수 없는 법!

"가라! 가라! 공격해!"

태현은 주변의 플레이어들과 악마들에게 지시를 내렸다.

갈그랄이 정신을 차리고 명령을 하면 악마들은 금세 갈그랄에게 붙겠지만, 적어도 지금은 좀 먹힐 것이다.

그러나 악마들과 달리 플레이어들은 멈칫했다.

"어, 저거 방금 갈그랄 아니었어요?"

"갈그랄 맞는 거 같은데? 나 분명 제대로 봤거든?"

새로 들어온 플레이어들은 혼란에 빠져 있었다. 분명 악마가 되어서 꿀 좀 빨려고 길드에 들어온 거였는데, 왜 갑자기 갈그랄을 공격한단 말인가?

"내가 갈그랄 레이드 뛴다는 건 귓등으로 들었냐?"

"그, 그거 헛소문인 줄 알았는데! 갈그랄 레이드 뛴다고 해놓고 왜 갈그랄 밑에 들어가요!"

"보스 몬스터 잡으려면 보스 몬스터 밑으로 들어갈 수도 있는 거지."

"처음 들어보는 방식이거든요!"

일반적인 플레이어들에게 태현의 방법은 어이없게 들릴 뿐이었다. 격하게 항의하는 플레이어들!

"갈그랄하고 싸우고 싶지 않다고!"

"맞아! 나는 그냥 악마 종족을 얻을 수 있다고 해서 온 건데……."

한 명이 항의하기 시작하자 들불처럼 번졌다. 새로 들어온 모두가 항의를 해대자 우드스탁 길마가 당황한 얼굴로 태현을 쳐다보았다.

"야, 어쩌지?"

"그냥 보고만 있어라."

태현은 그들 앞에 섰다. 그리고 입을 열었다.

"내가 이미 선빵을 갈겨서 너희들도 같이 갈그랄한테 공격당할 거다. 그러니까 같이 싸워서 갈그랄을 잡거나 아니면 갈그랄한테 죽든가 알아서 해라. 참고로 튀면 나한테 죽을 거라는 건 미리 알아두고."

순식간에 싸늘해지는 분위기!

우드스탁 길마가 태현에게 작은 목소리로 말했다.

"꼭 이런 방법밖에 없었냐?"

"이 방법이 얼마나 좋은데. 쟤네들 표정을 봐. 다들 납득한 표정이잖아."

"이놈들은 내 길드에 들어온 놈들이거든? 나중에 뒷감당은 어떻게 해?"

"그건 네가 알아서 할 일이고. 네가 그렇게 무르니까 아저씨들한테 영지나 뺏기고 그러는 거지."

"그, 그건 내 잘못이 아니라 그 오크 새끼들이 무식하게…… 야! 생각해 보니까 네 아버지가 한 짓이잖아!"

태현은 항의를 무시하고 발걸음을 옮겼다. 폭발이 잦아들고 있었다. 보지 않아도 저기서 갈그랄이 으르렁거리고 있다는 건 알 수 있었다.

이다비가 태현에게 속삭였다.

"폭발이 좀 약하지 않아요?"

"뭐? 저게?!"

옆에 있던 플레이어들은 경악했다.

요새를 날려 버릴 폭발을 일으켜 놓고 약하다고?

그러나 태현은 고개를 끄덕였다.

"약해 보이긴 하지. 저게 끝이 아니거든."

쾅! 콰콰쾅!

다시 폭발 소리가 터져 나왔다.

갈그랄이 들어와서 한 번 폭탄 세례를 당한 다음, 앞으로 뛰쳐나가면 연속으로 터져 나오게 설계한 함정!

갖고 있던 폭탄들을 싹싹 긁어모아서 퍼부은 걸작 함정이었다.

[폭탄을 연계시켜서 터뜨리는 데 성공합니다. <폭탄 연계술> 스킬을 얻었습니다. 이 연계식 함정의 이름을 지을 수 있습니다. 이름을 지은 함정은 당신이 제작자로 영원히 기록됩니다.]

[갈그랄이 극도로 분노합니다. 분노 상태에 빠진 갈그랄이 2 형태로 변신합니다. 변신한 상태에서는 전체 능력치가 증가합니다.]

[칭호: <악마를 격노시킨 자>를 얻습니다.]

잡았다는 칭호 대신 다른 칭호가 떴다.

이다비가 빤히 쳐다보았다.

갈그랄이 매우 열 받았다는 메시지는 이 자리에 있던 모두에게 뜬 것이다.

"이것도 계획이 있다고 해주세요."

태현은 고개를 저었다.

"그래도 잡을 수는 있을 거야. ……아마."

"마지막에 뭐라고요?"

"자, 가라!"

폭발이 걷히고, 갈그랄이 요새 한가운데에서 울부짖으며 날뛰기 시작하자 플레이어들은 본격적으로 레이드를 시작했다. 어쩌다가 태현한테 물귀신 작전을 당해서 레이드에 참가하게 됐지만, 그들도 보스 몬스터 레이드의 기본은 아는 사람들이었다.

"자기 위치로! 자기 위치로! 탱커 스킬 걸어!"

"변신했다는 건 HP가 많이 깎였다는 거야! 조금만 더 때리면 된다!"

플레이어들은 그렇게 말하며 용기를 북돋웠다.

그걸 들은 옆에서 케인이 중얼거렸다.

"김태현이 그렇게 때렸는데 저 정도면 아마 너희들 수준으로는 무리일걸……."

"케인, 닥치고 있어라."

"나는 현실을 알려준 건데?!"

"쟤네들도 고렙 플레이어야. 저 인간방패…… 아니, 저 친구들이 도망가면 어쩌려고 그래?"

"방금 인간방패라고 하지 않았어?! 분명히 그랬는데?!"

"잘못 들었겠지. 앞으로 가서 어그로나 끌어! 갈그랄이 날뛰잖아!"

"그, 아키서스 스킬 써줘! 그 다 회피되는 거!"

"그건 위험하면 써줄 테니까 앞으로 돌진이나 해라."

"지금 저렇게 미쳐서 날뛰는 게 위험한 게 아니면 뭔데?!"

-감히 하찮은 종족 놈들이 함정을! 나와라! 내 주인의 이름으로 너희를 찢어발겨서 영원한 마계의 화염에…….

[갈그랄이 영원한 화염의 비를 사용합니다.]

[모두 피하십시오!]

"야! 지금! 광역기 터지잖아!"

"좀 견뎌봐. 아직 쓰기는 좀 아깝잖아. 이거 쓰면 분명 갈그랄한테도 틈이 올 거야."

"야, 야!"

태현은 아키서스 관련 스킬 쓰는 타이밍을 재고 있었다. 지금이야 갈그랄이 평등하게 요새에 있는 모든 플레이어에게 화를 내고 있었지만, 아키서스 관련 스킬을 사용한다면 태현한테만 화를 낼 테니까!

그걸 모르기에 케인은 펄쩍펄쩍 뛰며 고함을 질렀다.

"스킬! 좀! 쓰라고! 그거! 아꼈다가! 국! 끓여 먹을 거냐!"

"그러려고. 오, 사디크 권능 쓰니까 MP 회복되는데?"

요새의 주변이 어두워지더니, 하늘에서 거대한 화염의 비가 내리기 시작했다. 거대한 범위에 촘촘하게 내리는 화염의 빗방울!

원래 이런 공격은 하나하나의 대미지가 대단하지 않은 도트 형식의 공격이었다. 그러나 갈그랄이 사용하는 스킬은 한 대 맞으면 바로 회복 스킬을 사용해서 버텨야 할 수준!

요새에 있던 플레이어들은 비명을 지르며 버텼다. 물론 〈화염 재생> 권능 스킬을 갖고 있는 태현은 웃으면서 회복에 들어갔다.

화염 스킬과는 궁합이 정말 좋은 태현! 사실, 악마하고는 이상할 정도로 정말 모든 게 궁합이 좋은 태현이었다.

태현의 직업이 신성 관련 직업인 <아키서스의 화신>인 걸 생각해 보면 좀 많이 이상한 사실!

'악마랑 이상하게 궁합이 좋은 거 같아.'

태현은 아래를 내려다보았다. 갈그랄이 광역기를 쓴 후 그 자리에서 가만히 있는 게 보였다. 좋은 징조였다.

보스 몬스터 중 저렇게 거대한 광역기를 쓴 다음 힘이 약해지는 놈들이 종종 있었다. 갈그랄도 그런 게 분명했다.

"좋아, 케인. 지금 가자!"

"지금? 아오. 알겠어!"

케인은 갈그랄의 모습에 겁을 먹었지만 그래도 준비했다.

이런 부분에서 태현이 틀린 적은 없었으니까!

탁- 콰직!

-끄아악! 갈그랄 님!

-살려주십시오!

[갈그랄이 악마를 먹고 회복합니다.]

갈그랄이 손을 휘두르자, 주변에 있던 악마들이 저절로 끌려 들어왔다. 영역에 있던 악마들이 순식간에 가루로 변하고 갈그랄의 몸에 힘이 돌아오기 시작했다.

케인은 기가 막혀서 외쳤다.

"뭐 저런 놈이 있냐?!"

"그러게 말이야. 지 부하를 저렇게 써먹다니!"

케인은 동의를 하려다가 입을 벌리고 태현을 쳐다보았다.

태현은 요새의 돌을 치우더니 그 안에서 포박된 악마 하나를 꺼내고 있었던 것이다.

"……너는 뭐 하는데?"

"갈그랄하고 싸울 때 준비하려고 레벨 높은 악마 몇 마리 납치해서 가둬놨지. 야, 꽉 잡아. 스킬 써야 한다고. 살아 움직이는 폭탄!"

케인이 도와준 덕분에 태현은 수월하게 스킬을 사용할 수 있었다.

"너 지금 갈그랄이 부하 잡아먹는다고 욕하지 않았냐?"

"얘네는 내 부하 아니거든. 자, 가라!"

-크, 크르륵. 위대한 태현 님. 저는 갈그랄 님에게 덤비고 싶지 않…….

"지금 당장 가지 않으면 네 목을 쳐서 사디크의 화염으로 태워주마!"

-히, 히익!

[고급 화술 스킬을 갖고 있습니다. 협박에 보너스를 받습니다.]

태현의 협박이 제대로 통했다. 살아 움직이는 폭탄으로 변한 악마는 비명을 지르며 갈그랄에게 날아들었다. 그리고…….

콰콰쾅!

주변에 있던 악마를 잡아먹으려 하던 갈그랄은 폭발에 대미지를 입고 괴로워했다. 그 틈에 태현은 다시 한번 화술 스킬을 사용했다.

"부하를 먹으려 하다니, 천벌을 받은 거다! 모두 들어라! 저 갈그랄 놈을 내버려 두면 너희들을 모두 잡아먹을 거다!"

-맞는 말이다! 모두 도망쳐라!

"아니! 도망을 치지 말고 싸워야지! 갈그랄이 너희를 죽이기 전에!"

-어, 도망이 낫지 않나? 갈그랄 님을 이길 수는…….

서걱! 화르륵!

"또 도망치고 싶은 놈 있냐? 나와봐!"

케인은 뭐라 표현할 수 없는 얼굴로 태현을 쳐다보았다.

부하를 잡아먹는 놈 VS 부하를 폭탄으로 써먹는 놈!

"……갈그랄을 욕할 상황이 아닌 거 같은데……."

"시끄럽고, 케인! 빨리 와서 도와! 다음 놈을 폭탄으로 바꿔야 한다고!"

"또 있다고?!"

태현이 요새 성벽 곳곳에서 미리 제압해 놓은 악마들을 꺼내자, 케인은 점점 질린 표정으로 변했다.

"케인 씨, 빨리해요!"

"넌 알고 있었냐?!"

"이걸 다 누가 제압해서 여기다 놔뒀겠어요?"

이다비는 자랑스럽게 어깨를 으쓱거렸다. 그 모습에 케인은 더 이상 생각하는 걸 포기했다.

"어, 갈그랄이 여기 쳐다보는데요?"

"기분 탓이겠지."

"아닌데요!? 이쪽으로 달려오기 시작했어요!"

폭탄(악마로 만들어진)을 몇 개나 맞고 나서야, 갈그랄은 상황을 깨달은 것 같았다.

곧바로 태현이 있는 곳으로 달려오기 시작했다.

촤르륵!

"하하! 잡았다, 이 더럽고 못생긴 놈! 블랙 드래곤의 수염으로 만든 낚싯줄이다!"

[고급 낚싯줄 묶기 스킬로 갈그랄을 묶었습니다. 낚시 스킬이 오릅니다. 명성이 오릅니다.]

유 회장은 신이 나서 낚싯대를 휘둘렀다. 그걸 본 김 전무는 기겁해서 외쳤다.

"회장님! 이런 정신없고 위험한 곳에 계시는 건 좀 아닌 것 같습니다!"

"그래? 자네가 그렇게 겁이 많은 줄은 처음 알았군."

"아, 아니. 제가 겁이 난다는 게 아니라……."

김 전무는 당황해서 변명에 나섰다. 좋은 모습을 보이고 유 회장과 친해지려고 판온 캡슐에 앉은 건데, 역효과만 나고 있었다. 혹시 그를 겁쟁이라고 생각한다면 큰일이었다.

"이런 정신없고 위험한 곳은 회장님과 맞지 않는 것 같아서……!"

맞는 말이었다. 요새의 절반은 박살이 났고, 하늘에서는 아직도 화염의 비가 내리고 있었으며, 몇몇 플레이어는 아까 공격에 맞고 요새 밖으로 날아갔다. 남은 플레이어들은 이리 뛰고 저리 뛰며 갈그랄을 공격하거나 다른 악마들을 처리하느라 바쁜 상황!

한마디로 난장판이었다. 평소라면 조용하고 엄격, 근엄, 진지를 추구하던 유 회장이 치를 떨 상황!

그러나 유 회장은 고개를 저었다.

"아니야! 진짜 낚시는 여기에 있다고! 내가 대짜를 낚은 게 안 보이나!?"

"회장님! 앞에! 앞에 보셔야 합니다! 저놈이 움직입니다!"

"걱정 말라니까! 이게 블랙 드래곤 수염으로 만든 낚싯줄이야! 이걸 내가 얼마 주고 샀는지 아나?"

김 전무는 순간적으로 궁금해져서 물었다.

"얼마 주고 사셨는데요?"

"어…… 내가 가격 보고 사는 사람이 아니라서…… 아마 0이 9개였나 10개였나…… 지금 그게 중요한가? 중요한 건 이 명품이 값어치를 한다는 거지! 이 아름다운 선을 보게! 저놈이 아주 움직이지도 못하고 있군!"

"게임 아이템 하나에 10억을?!"

"100억일 수도…… 아니, 100억은 아니겠군. 모르겠네. 지금 기분은 100억을 줘도 아깝지 않았을 것 같은데."

"회장님! 고작 게임입니다!"

획!

유 회장의 낚싯대에서 또 다른 낚싯줄이 튀어나와서 김 전무의 목을 정확하게 감았다. 현실의 낚싯대에서는 볼 수 없는 기능!

"방금 뭐라고 했나, 김 전무?"

"그리고 그런 게임에 최선을 다하는 회장님의 모습이 정말로 감명 깊었습니다! 이 모습, 사진으로 남기고 싶습니다!"

"하하, 자네 뭘 좀 아는군."

처음으로 유 회장에게 들은 따뜻한 말!

김 전무는 주먹을 불끈 쥐었다. 유 회장에게 이런 말을 들을 수 있다면 판온이 아니라 아이들 장난감이라도 갖고 놀 수 있을 것 같았다.

그렇게 떠드는 사이 위에서 태현의 목소리가 들려왔다.

"어르신!"

"왜!"

"낚싯줄 놓고 거리 벌리시죠!"

"네놈도 날 걱정하는 거냐? 걱정할 필요 없다! 이 낚싯줄은 못 끊으니까! 이놈은 완벽하게 잡았으니 빨리 딜이나 넣……."

붕-

유 회장의 몸이 허공으로 떴다. 묶인 상태에서 힘을 모은 갈그랄이 낚싯줄을 잡고 유 회장을 역으로 던져 버린 것.

콰콰쾅!

유 회장이 부서진 요새 벽으로 날아가 그대로 처박혔다.

[장인이 만든 걸작 낚시꾼 조끼가 충격을 흡수합니다.]

…….

"어르신, 살아 계십니까?"

"그래. 그리고 낚싯줄은 안 끊어졌다."

"그게 어르신 기분을 좀 낫게 해주신다면야……."

김 전무는 허겁지겁 달려와 유 회장을 일으켰다.

"회장님! 괜찮으십니까!"

"그래. 난 괜찮으니 걱정 안 해도 되네."

"어떻게 걱정을 안 할 수 있겠습니까! 이런 꼴을 당하셨는데!"

"저번에는 이것보다 더 험한 꼴도 당해봤거든."

"예?"

"아무것도 아니야. 자네도 한번 그 용암 광산을 겪어봤어야……."

유 회장은 말끝을 흐렸다.

태현한테 속아서 강제 용암 광산 낚시를 갔던 일은 별로 유쾌한 기억이 아니었다.

"회장님, 제가 도와드리겠습니다!"

"어…… 그래. 저기 잔해 보이지?"

유 회장은 무너진 요새의 벽을 가리켰다.

"보입니다!"

"그래. 저기 뒤로 가게."

"그다음에는 어떻게 하면 됩니까?"

"계속 숨어 있게."

김 전무가 이걸 눈치채지 못할 정도로 바보는 아니었다.

"회장님! 저 할 수 있습니다!"

"자네 레벨이 100 넘나?"

"그, 그건 아닙니다만……."

"근데 뭘 할 수 있나? 그냥 죽기나 하겠지."

"하지만, 하지만……."

"하지만이고 뭐고 없네! 레벨 100도 안 넘는 플레이어는 판온에서 아무것도 할 수가 없다고!"

움찔!

유달리 멀리까지 들리는 유 회장의 목소리에 태현의 어깨가 움찔했다.

"봐보게. 내가 자네를 무시하는 건 아닌데 판온에는 판온의 규칙이 있는 거야. 판온을 잘하고 싶나? 레벨을 올리게. 그리고 현질도 좀 하고. 사실 현질이 더 중요한 거 같긴 하지만 자네도 돈은 많으니까."

"……."

"그러니까 날 그만 귀찮게 하고 이 스크롤이나 갖고 가서 저기 숨어 있게."

"이 스크롤은 뭡니까?"

"쓰면 공격 마법이 나가. 아주 비싼 거라고. 0이 몇 개였더라……."

"그, 그건 나중에 듣고. 어쨌든 이걸 갖고 있다가 저놈이 이 근처로 오면 쓰면 되는 겁니까?"

"아니. 그건 사실 악마가 자네 공격하면 자네 스스로 공격해서 로그아웃하라고 준 거야. 악마한테 당해서 로그아웃하면 자네 성격에 좀 많이 굴욕일 거 같아서."

한마디로 자살용 스크롤!

"그러면 앞으로는 뉴비 티 좀 벗고 진짜로 나를 도와줄 일이 있길 기대하겠네."

"뉴비? 뉴비가 뭡니까?"

"그런 게 있어. 자네 같은…… 아, 진짜. 가봐야겠군! 거기 숨어 있게! 숨어 있기 싫으면 알아서 죽든가 말든가 하고!"

유 회장은 말을 끝내기도 전에 갈그랄이 있는 곳으로 향해 후다닥 달려갔다.

✤

-아키서스의 축복!

"스킬 아끼려고 한 거 아니었어요?!"

"안 쓰다가 다 죽는 것보단 낫지."

[회피에 성공합니다.]

최대한 들키지 않게, 아키서스 관련 스킬을 쓰지 않도록 마음먹었지만……. 세상일은 그렇게 쉽게 흘러가지 않았다.

유 회장을 던져 버린 갈그랄이 태현이 있는 곳으로 덤벼들더니 양손에 검붉은 악마의 영혼 불꽃을 키고 닥치는 대로 휘두르기 시작한 것이다. 거대한 악마의 손끝에 닿는 순간 두꺼운 돌벽이고 뭐고 순식간에 타올랐다.

그래도 태현은 최대한 쓰지 않으려고 했다. 회피할 자신이 있고 사디크의 권능 스킬로 역이용할 자신도 있었으니까.

그러나 다른 사람들은 아니었다.

"으악! 김태현! 진짜! 저 앞에 있던 놈 로그아웃 당한 거 못 봤냐?! 빨리! 나 진짜 저거 맞으면 즉사할지도 모른다고!"

"그거 제대로 계산한 거 맞냐? 네가 틀리게 계산한 걸 수도 있잖아."

"으아악! 나 죽는다! 김태현 이 개ㅅ……."

-아키서스의 축복!

그리고 케인을 향한 갈그랄의 공격이 회피가 떴다.

케인은 급히 말을 수정했다.

"……선될 여지가 있는 녀석!"

"너무 억지예요."

"나 좀 도와주면 안 되냐!?"

"제가 지금 스킬 쿨타임이라서 갈그랄의 발목을 묶을 수가 없어요."

"그거 말고! 편을 들어달라고!"

케인과 이다비가 떠들고 있었지만 태현은 긴장하고 있었다. 아키서스 스킬을 사용한 것이다.

갈그랄이 분명 폭발적인 분노를…….

-어떤 놈, 아키서스의 힘 사용했다! 찢어버리겠다! 부숴 버리겠다! 짓이겨 버리겠다!

'응?'

주변을 두리번거리며 씩씩거리는 갈그랄.

그 모습에 태현은 깨달았다.

스킬만 느낀 거지 누가 썼는지는 모르는구나!

그 순간 이세연에게 귓속말이 도착했다.

-김태현! 지금 서쪽 입구로 들어간다!

-참 빨리도 온다.

-언데드 강화시키느라 좀 늦었어. 미안해.

-괜찮아.

-응? 너 뭐 잘못 먹었…….

말과 함께 태현은 서쪽을 손가락으로 가리키며 외쳤다.

"저기 아키서스의 진정한 후계자가 들어온다, 갈그랄! 너는 절대로 이겨내지 못할걸?"

-아키서스! 찢는다! 부순다!

[갈그랄을 속이는 데 성공합니다.]

'와, 머리가 안 좋으니 이런 방법이 있었군.'

"헉, 헉…… 방금 저놈이 아키서스라고 하지 않았어?"

"네가 잘못 들었겠지."

간신히 회복하고 돌아온 우드스탁 길마는 고개를 갸웃거렸다. 분명 들었던 것 같았는데?

"이거 왜 이렇게 쌩쌩해?!"

멀리서 이세연의 비명이 들려왔다.

이세연은 역시 탑 랭커였다. 들어오자마자 덤비는 갈그랄을 상대하면서도 절대 멈추지 않았다.

먼저 각종 저주로 갈그랄을 느리게 만들고 데리고 온 언데드들과 골렘들로 발을 묶었다. 그사이 이세연은 파괴력 있는 마법들을 준비해 갈그랄에게 퍼부었다.

마법 저항력이 높은 갈그랄이었지만 이세연은 그걸 감안하고도 충분한 대미지를 넣고 있었다.

"잘한다, 이세연! 파이팅, 이세연!"

"……너 진짜 죽을래?! 당장 와서 안 도와?!"

"어떻게 안 거지?"

태현은 의아해했다. 자신이 갈그랄을 이세연한테 보냈다는 걸 대체 어떻게 알아낸 거지?

옆에 있던 이다비가 조언했다.

"평소에 안 하던 짓을 하면 거짓말을 눈치채기가 쉬워요."

"아. 그렇군. 앞으로는 좀 더 개××처럼 굴어야겠어. 괜히 친절하게 대했다가 이세연한테 들켰잖아."

"그, 그런 뜻이 아니었는데요……."

이세연은 이를 갈며 외쳤다.

"〈잊혀진 망자의 왕관〉 내놓을 거 아니면 당장 와서 잡아. 아니면 너부터 공격할 테니까. 그리고 대체 뭔 소리를 했는데 이 무식한 악마가 이렇게 덤벼드는 거야?"

"뭐, 아키서스 관련자가 너일 수도 있다고 말한 거 같기도 하고 아닌 거 같기도 하고……."

"……내 직업이 네크로맨서인데?"

"그걸 알 정도로 똑똑한 악마가 아니거든."

"그래. 알겠어."

이세연은 말과 함께 태현을 가리키며 외쳤다.

"쟤가 아키서스의 힘을 쓰는 놈이야!"

"뭐? 속지 마! 쟤가 진정한 아키서스의 후계자라고!"

둘의 말싸움에 갈그랄은 두리번거리며 혼란스러워했다.

-어렵다! 누가 진실을 말하는 건지 모르겠다!

"쟤라니까!"

"저 사악한 언데드 무리를 봐! 아키서스나 그런 사악한 언데드 무리를 갖고 다니지 않을까?"

-크으으…….

"빈틈!"

[치명타가 터졌습니다!]

갈그랄이 혼란스러워하며 괴로워하자 태현은 바로 공격에 들어갔다. 검은 오오라에 휩싸인 데스 나이트가 감탄했다.

-우리 언데드보다 더 비열한 인간이라니! 대단하다!

-강격, 연타, 반격의 원, 완벽에 가까운 연격, 치명타 폭발!

숨도 쉬지 않고 퍼붓는 폭딜 사이클. 갈그랄의 근육질 육체가 풍선처럼 부풀기 시작했다.

[갈그랄이 3 형태로 변신합니다. 변신한 상태에서는 전체 능력치가 증가합니다.]

"아, 진짜!"

다시 뜨는 변신 창에 태현은 이를 갈았다.

그러나 아무리 화를 내도 달라지는 건 없었다.

"변신하면 또 한바탕 날뛸 거야! 대비해야 해!"

"알겠어."

이세연은 고개를 끄덕이더니 옆에 있던 김철수에게 신호했다.

-죽음을 거부하다!

화르륵!

이세연이 스킬을 사용하자 그녀를 중심으로 검은색 파동이 흘러넘치기 시작했다. 근처에 있던 플레이어들, 이세연이 이끌고 있는 언데드들과 소환수들이 모두 그 검은색에 뒤덮이기 시작했다.

[<죽음을 거부하다>스킬을 사용했습니다. 일정 시간 동안 무적 상태가 됩니다. 스킬이 끝나는 순간 누적된 대미지를 입습니다. HP는 1 밑으로 내려가지 않습니다.]

'이런 스킬이었군!'

태현은 어떤 스킬인지 파악함과 동시에 바로 〈권능 복사〉 스킬을 사용했다.

-데메르의 시간 되돌리기!

-권능 복사!

[권능 복사 스킬을 사용했습니다.]

[사용하면 되돌릴 수 없습니다. 계속하시겠습니까?]

[<데메르의 시간 되돌리기> 스킬을 복사했습니다.]

[<데메르의 시간 되돌리기> 스킬을 얻었습니다.]

"……어?"

태현이 묻기도 전에 3 형태로 변신한 갈그랄이 사방으로 파동을 쏘아 보내기 시작했다. 아까의 화염 비와는 비교도 안 될 정도로 빽빽한 공격!

태현 파티면 모를까 다른 플레이어들은 다 쓰러져나갔을 테지만, 이세연의 마법 덕분에 쓰러지는 플레이어들은 없었다. 그리고 곧바로 이어지는 김철수의 회복 마법!

[<데메르의 시간 되돌리기> 스킬을 사용했습니다. 1분 전의 상태로 되돌아갑니다. 모든 HP, MP, 스킬의 쿨타임에 적용됩니다.]

〈데메르의 시간 되돌리기〉는 강력한 회복 스킬이었다. 묻지도, 따지지도 않고 타깃의 상태를 정해놓은 시간대의 상태로 돌려놓는 회복 스킬!

제대로만 사용한다면 사망 페널티 같은 문제도 없앨 수 있는 강력한 스킬!

"……이런 스킬이에요!"

"그래. 뭔 스킬인지는 알겠는데 그게 왜 나오냐고!"

태현은 분노의 외침을 토해냈지만 아무도 알아주지 않았다. 대체 왜 〈죽음을 거부하다〉 스킬이 아니라 〈데메르의 시간 되돌리기〉가 복사된 거란 말인가!

"잠깐, 〈데메르의 시간 되돌리기〉를 다시 나한테 쓰면 되지 않을까?"

"네? 김철수 씨는 방금 쓰셨으니 쿨타임 있을걸요."

"내가 나한테 쓰면?"

"스킬을 쓰려면 시간부터 먼저 지정하셔야 하는데…… 얻기 전의 시간대니까 무리죠?"

태현이 분노하고 있는 동안에도 주변의 상황은 빠르게 진행되어가고 있었다. 3 형태로 변신한 갈그랄의 파동에 맞았던 플레이어들이 김철수의 스킬로 순식간에 회복했다. 이런 광역기를 맞았는데도 로그아웃 당한 플레이어가 한 명도 없는 수준!

김철수는 랭커 사제가 있을 경우 어떤 플레이가 가능한지 똑똑히 보여주고 있었다.

고오오오-

괴상한 소리와 함께 갈그랄은 변신을 끝내고 일어섰다.

계속 짐승처럼 울부짖던 아까와는 다른 모습이었다.

묘하게 조용한 모습!

원래라면 바로 공격을 퍼부었을 테지만, 다들 멈칫했다.

무언가 불길했던 것.

그 틈을 타 태현은 이세연에게 물었다.

"저 〈죽음을 거부하다〉 권능 스킬, 혹시 무슨 숨겨진 속성이라도 있나? 남이 쓸 수 없다같은?"

"응? 〈죽음을 거부하다〉? 그거 권능 스킬 아닌데?"

"……뭐?"

"네크로맨서 비전 스킬이야."

"권능 스킬이라며!"

"내가 언제 그랬어?!"

이세연은 황당하다는 듯이 태현을 쳐다보았다.

그랬다. 인터넷의 정보가 모두 진짜는 아닌 것!

태현은 입이 열 개라도 할 말이 없었다. 자세한 걸 말할 수도 없었다. 말했다가는 이세연에게 속셈이 들킬 테니까!

태현은 빠득빠득 이를 갈며 이다비에게 돌아왔다.

"왜 그래요?"

"어떤 놈이 올린 동영상 때문에 착각해서 손해를 봤어."

"무슨 동영상이요?"

"저번에 이세연 〈죽음을 거부하다〉 스킬이 권능 스킬이라고 올린 놈. 그놈 잡히면 가만 안 둔다."

"……!"

"왜 그런 표정이지?"

"제, 제가 뭘요?"

"뭔가 아는 것 같은 표정인데. 누군지 알아?"

"글, 글쎄요?"

태현은 이다비를 더 추궁하려고 했지만 그러기도 전에 갈그랄이 먼저 움직였다.

탓-

나비처럼 가볍게 뛰어올라 불타는 주먹을 뻗어오는 갈그랄. 물론 타깃은 태현이었다.

"젠장! 이제 더 속지도 않네!"

[회피에 성공합니다. 발목을 휘감는 화염은 회피할 수 없습니다. 화염 재생 스킬로 화염을 흡수합니다. 흡수한 만큼 회복합니다.]

공격은 회피에 성공했지만 그럴 때마다 갈그랄 주변을 불태우는 화염이 태현에게 덤벼들었다. 회피 자체가 불가능한, 무조건 명중하는 공격!

다행히 〈화염 재생〉 스킬로 받아쳤지만 이런 식으로 계속 가다가는 언젠가 대미지를 입게 되어 있었다. 스탯은 높지만 레벨이 낮아서 HP가 약점인 태현에게 저런 식의 소모전은 위험했다. 순식간에 죽을 수도 있는 것이다.

이제까지는 보통 상대방이 대미지를 넣기 전에 숨통을 끊는 식으로 해왔지만, 갈그랄은 그런 게 안 통하는 상대!

훅! 후욱! 후우욱!

갈그랄의 주먹이 휘둘러질 때마다 공기가 찢겨지는 소리와 함께 잔상이 생겨났다.

-타오르는 환영의 주먹!

쉬쉬쉬쉬쉭!

그 거대한 덩치에도 불구하고, 갈그랄의 공격은 이제까지 상대했던 적 중 가장 빨랐다. 아마 형태가 변신한 것과 상관이 있는 것 같았다.

'젠장. 차라리 아까처럼 광역기 퍼붓고 한 방 한 방 묵직하게 넣어주면 편할 텐데.'

아까 갈그랄은 주변으로 광역기를 퍼붓고 한 방 한 방 묵직하게 꽂아 넣는 식으로 공격을 해왔다. 전형적인 덩치 큰 보스 몬스터의 전투 방식!

물론 한 방 한 방 넣는 식으로 싸운다고 해도 느린 공격은 아니었다. 실제로 케인이나 다른 플레이어들은 잠시 싸운 것만으로도 죽을 지경이었으니까.

그러나 태현에게는 저 정도 공격은 충분히 간파하고 피할 수 있는 수준이었다. 그러나 지금 갈그랄은 완전히 다른 스타일로 덤벼오고 있었다.

한 방 한 방의 대미지는 많이 약해졌지만, 태현 하나에게 초점을 맞추고 초고속 스피드로 공격을 퍼붓는 형태!

어지간한 공격이라면 발동되는 순간에 낌새만 보고 피하는 태현이 밀리는 수준이었으니, 얼마나 빠른 공격인지 알 수 있었다.

태현은 그런 공격을 막고, 피하고, 흘려보내고, 반격의 원을 사용해 돌려보냈다. 주변에 있던 플레이어들은 상황도 잊고 그 싸움을 쳐다보았다. 보는 것만으로도 압도되는 싸움이란 게 있었다. 바로 지금이 그런 싸움!

흔히 판온 게시판 같은 곳에 대단한 전투 동영상이라고 올라오는 것들은 대부분 비슷했다. 화려한 효과를 가진 스킬들의 향연! 얼마나 멋지고 강력한 스킬들을 많이 쓰느냐에 따라 사람들의 관심이 달라졌다.

그러나 지금 태현은 특별한 스킬을 쓰지 않고서도 사람들의 시선을 잡아끌 수 있다는 걸 보여주고 있었다.

캉! 카캉! 카카캉!

다른 스킬을 쓸 시간도 없이 서로를 몰아붙이는 둘!

태현은 이를 갈며 말했다.

"안 돕냐, 이것들아?!"

"아, 아차!"

"지금 갑니다!"

다른 플레이어들이 정신을 차리고 달려들자 태현은 한숨을 돌릴 수 있었다.

"으아! 으아아아! 야! 나 죽는다! 힐! 힐 빨리! 김철수 씨! 힐! 힐!!"

"……하고 있습니다!"

속사포처럼 쏘아대는 케인의 말에 김철수마저 당황할 정도였다.

그러나 케인은 어쩔 수 없었다. 정말로 HP가 쭉쭉 깎이고 있었으니까! 탱커 계열의 직업인 케인이 몇 초만 막고 있어도 HP가 1/3 밑으로 내려갈 정도였다.

직격이 아니라 스킬을 켜고 막았는데도!

'김태현은 대체 어떻게 이놈을 혼자서 상대하던 거야?'

태현이야 아슬아슬하게 피하면서 컨트롤로 버텼지만 그런 묘기가 다른 플레이어들한테도 가능한 게 아니었다. 결국 그들은 몸으로 버텨낼 수밖에 없었다.

컨트롤이 안 좋으면 몸이 고생한다! 더 괴로운 건 그들을 지원하는 김철수였다.

정신을 조금만 놓으면 HP가 5%까지 내려가 있는 플레이어들을 보며 그는 침을 삼켰다.

극한직업 그 자체!

조금만 정신을 놓으면 플레이어들이 떨어져 나갈 것 같았다.

-죽은 자의 저주, 영원한 고통의 메아리, 파멸의 왕좌!

이세연은 솜씨 좋게 몇 개의 저주를 갈그랄에게 찔러 넣었다. 그럴 때마다 갈그랄의 동작은 조금씩 느려지고, 상대하던 플레이어들은 한숨을 돌릴 수 있었다.

"이놈! 어디 한 번 아까처럼 해봐라!"

돌아온 유 회장이 재빨리 갈그랄을 낚싯줄로 묶어나갔다. 갈그랄 밑에 있던 악마들은 아까의 싸움으로 죽거나, 갈그랄에게 흡수당하거나, 태현한테 폭탄으로 쓰여서 사라진 지 오래였다.

플레이어들은 차근차근 갈그랄을 몰아넣고 있었다. 공격은 분명 빠르고 위협적인 공격이었지만 상대의 숫자가 많아지면 한계가 생겼다. 게다가 뒤에서 지원을 해주니 쉽게 죽지도 않았다.

퍽! 퍼퍼퍽! 퍼퍼퍼퍼퍽!

점점 갈그랄에게 들어가는 공격이 많아지기 시작했다.

이세연은 태현을 보며 말했다.

"기분 탓일지도 모르겠지만, 아까 네가 <죽음을 거부하다> 스킬에 관해서 물은 게 뭔가 수상하다는 생각이 들어."

"무슨 소리야?"

"네가 나한테 그런 걸 물어볼 사람이 아니잖아."

"물어볼 수도 있지. 우리는 팀이잖아. 안 그래? 팀원에 대해서 더 잘 알아야지."

"네가 그렇게 말하는 거 보니까 무슨 속셈 있는 거 맞네."

"……갈그랄한테 집중하자고!"

그 순간, 반파된 요새 밖에서 목소리가 들려왔다.

"김태현! 내 로그아웃당한 길드원들이! 내 박살 난 영지가! 정의를 원한다! 나와라! 비겁한 녀석! 심판을 받아라!"

"뭐야?"

"……쑤닝인데?"

검투사 마이크, 전투 주술사 카와하라, 암살자 앨콧, 고위 성기사 곤잘레즈, 고대 무술가 린야오, 궁수 수아나, 야만전사 맥필, 얼음 마법사 리우쑹…….

전부 다 판온에서는 이름만 말해도 알아주는 랭커들이었다. 그리고 한 가지 더 특징이 있다면, 모두 대형 길드에 들어가 있는 랭커들이라는 것!

물론 그 길드들은 서로 연합한 길드들이었다. 대형 길드 연합 소속의 랭커들!

그들이 지금 요새 밖에서 함께 모여 있었다.

"……와, 진짜 너 싫어하는 사람 많구나!"

이번 랭커들의 등장에는 이세연도 놀랄 정도였다. 아무리 태현을 싫어하는 사람이 많더라도 그렇지, 저렇게 많이 모아 올 줄이야!

판온에서 랭커들은 서로 마주칠 일이 별로 없었다. 각자 자기 레벨 올리고 스킬 키우는 것만으로도 충분히 바빴기 때문이었다.

부딪히면 얻는 것보다 잃는 게 많았다. 좋아하는 건 옆에서 구경하는 다른 랭커들뿐!

랭커를 집중적으로 사냥하고 다녔던 태현이 이상한 거지, 다른 랭커들은 보통 싸움을 피했다.

"저기 있는 놈들은 너도 싫어할걸?"

"무슨 소리야? 나는 너하고 달리 적을 그렇게 만들지 않았다고. 그리고 저기 있는 랭커 중 몇 명하고는 친해. 말로 하면 어떻게 될지도 몰라."

이세연은 그렇게 말하며 요새 밖의 랭커들을 훑어보았다. 그리고 외쳤다.

"곤잘레즈! 내가 여기 있는 걸 알고 온 건 아니겠지? 무슨 생각이야?"

대답은 돌아오지 않았다. 태현은 피식 웃었다.

노골적인 비웃음보다 더 효과적인 도발!

이세연의 지팡이를 쥔 손에 힘이 들어가는 게 보였다.

"곤잘레즈! 싸우자는 거야?"

"그래. 이세연! 이번 기회에 너도 처리할 수 있으면 일거양득이지!"

태현과 이세연 사이에 어색한 침묵이 생겨났다.

"……그래. 친해 보인다."

"시끄러."

랭커들은 기본적으로 서로 경쟁하는 입장. 친하게 지내다가도 서로를 견제할 방법이 생기면 바로 견제하는 게 랭커들이었다. 이세연도 기회가 생기면 그럴 테니, 곤잘레즈를 굳이 탓할 생각은 들지 않았다.

궁금한 건 어떻게 한 자리에 모았는가였다. 대형 길드에 소속되어 있다고 해도, 랭커는 길드의 일에 적극적으로 나서지 않았다. 나서는 건 자기에게도 이익이 될 때!

길드 입장에서도 랭커를 평범한 길드원처럼 취급할 수는 없었다. 평범한 길드원들과 달리, 랭커들은 마음에 안 들면 길드를 나갈 수도 있었으니까.

랭커를 모으려는 길드는 넘쳐흘렀다. 그렇기에 이 자리에 모인 랭커들은 정말 보기 드문 모습이었다.

대체 뭘 약속했길래 랭커들이 여기 모였단 말인가?

아무리 대형 길드라도 이렇게 랭커들을 동원하려면 만만치 않게 비용이 나갔을 텐데?

CHAPTER 4

"네가 말한 게 이런 거였나?"

"비슷합니다. 이렇게 잘 풀릴지는 몰랐는데 말입니다. 김태현이 자기 무덤을 판 덕분이죠. 갈그랄을 잡겠다고 해놓고서 갈그랄과 함께 이 주변을 쓸고 다녔으니."

쑤닝과 제카스는 흐뭇한 얼굴로 자리에 모인 랭커들을 지켜보고 있었다. 태현이 갈그랄의 군세에 들어가서 이 주변을 쓸고 다닐 동안(주로 쑤닝 길드의 영지였다), 쑤닝과 제카스는 돌아다니면서 다른 대형 길드들을 설득했다.

-김태현이 갈그랄의 군세에 들어가서 오스턴 왕국을 초토화하려고 한다!

-봐라! 갈그랄도 없는데 저 악마들만 데리고 요새 하나를 그냥 쌈 싸먹는다!

-김태현은 에스파 왕국에서도 이런 적이 있었다! 그때는 더 적은 악마로도 해냈었는데 지금은 갈그랄도 있다! 내버려 뒀다가는 재앙이 된다!

원래라면 이런 설득은 실패했을 것이다. 대형 길드는 보통 이기적이었고, 자기 앞까지 위험이 온 게 아니면 굳이 나서지 않았으니까.

그러나 상황이 좀 특별했다. 태현이 상대라는 게 원인 중 하나였다. 다른 플레이어면 모를까, 태현은 이제까지 해왔던 전적이 너무…… 화려했던 것이다.

길드 하나 없는 솔로 플레이어주제에 온갖 일들을 저질러 왔으니, 대형 길드 입장에서는 두려울 수밖에 없었다.

'과연 김태현이 쑤닝 길드만으로 만족을 할까?'

'갈그랄도 있는데 더 날뛰지 않을까? 들어보니 갈그랄 군세 내에서 아주 잘나간다던데?'

제카스까지 나서서 진지하게 길마들을 설득하자, 대형 길드들은 흔들렸다. 거기에 쑤닝은 쐐기를 박았다.

-랭커 부르는 데 드는 비용 중 절반은 내가 낸다!

그 결과 이렇게 된 것이다.

다른 대형 길드들이 겁을 먹고 힘을 모으는 것도 모르고 태현은 신나게 날뛴 것!

물론 쉽지는 않았다. 의견을 모으고 나서도 여러 가지 문제가 터져 나왔던 것이다.

-잠깐, 김태현이 갈그랄하고 싸운다는데?

-잘됐네! 지금이 기회다! 둘이 싸우고 나서 기진맥진할 때 치면 되잖아!

-아니, 갈그랄하고 싸우면 이야기가 다르잖아. 갈그랄을 데리고 이 주변을 초토화시킨다며?

-그, 그건…….

-갈그랄을 잡고 놈의 군세를 완전히 흡수시켜서 더 쉽게 다루려고 하는 겁니다. 김태현의 야심을 얕보지 마십시오!

-그…… 런가? 듣고 보니 그런 거 같기도 하고…….

-제 말을 믿으십시오. 저기 요새에 있는 악마 중에서 가장 사악한 게 김태현입니다!

-이세연도 있다는데? 김철수하고.

-같이 잡으면 됩니다! 이 랭커들이라면 같이 묶어서 잡을 수 있습니다. 사람들이 이세연을 랭커 1위라고 하는데 슬슬 끌어내려야 하지 않겠습니까? 여기 있는 랭커분들도 그렇게 생각할 겁니다.

쑤닝은 설득을 잘 못했다. 그런 부족한 부분은 제카스가 나서서 보충했다. 원래라면 도중에 깨졌을 아슬아슬한 계획이었지만, 결국에는 성공!

"김태현이 생각했던 것보다 더 화려하게 날뛰어서 설득하기 쉬웠습니다. 대형 길드 길마들이 이상할 정도로 겁을 먹어서……."

"겁먹을 수밖에 없지."

쑤닝은 고개를 끄덕이며 동의했다. 당해본 사람의 입장에서, 정말 피눈물이 났다. 현실 가치로 따지면 몇억, 몇십억까지 가는 영지가 한 놈한테 탈탈 털리는 것이다.

에스파 왕국의 아발랍 시는 태현이 날뛴 덕분에 아직도 길드들이 다시 들어서지 못하고 있을 정도!

대형 길드 연합에는 태현에게 당한 길드보다 안 당한 길드들이 많았지만, 오히려 그래서 더 겁을 먹었다.

겪어보지 않은 일이다 보니 더 두려움이 커졌던 것!

"그런데 정말 김태현을 몰아넣을 수 있을까?"

"시간은 좀 걸리겠지만 분명 성공합니다. 저기 랭커 중에서 몇 명은 판온 1에서 김태현한테 털린 놈들이거든요. 싸우다 보면 뭔가를 느낄 겁니다. 뭔가 이상하다고 말입니다."

"그게 가능해? 싸우는 것만으로 그런 걸 눈치챈다고?"

"다른 사람이면 못 알아챌 수도 있겠지만, 그 상대가 김태현이라면 분명히 알아챕니다. 직업이 뭐든 간에 김태현에게는 특별한 뭔가가 있습니다. 랭커들 정도라면 분명 그걸 눈치챌 겁니다."

제카스의 계획은 간단했다.

태현이 판온 1의 김태현이라는 사실을 사람들에게 널리 퍼뜨리는 것. 단지 그것뿐이었다.

제카스는 믿었다. 김태현이 판온 1에서 했던 것들을 생각해 보면, 그냥 그 사실만 알려져도 알아서 목이 졸릴 거라고!

처음에 '저놈 판온 1 김태현이다!' 선언을 했을 때, 제카스는 일이 좀 더 쉬울 줄 알았다. 그는 랭커였고, 태현은 여러모로 의심 가는 점들이 있었으니까.

그러나 그 선언은 솜씨 좋게 묻혔다. 어떤 세력이 뒤에서 조종한 게 아닐까 의심이 갈 정도로!

오히려 제카스가 퀘스트를 뺏겨서 질투심에 모함을 한 걸로 여론이 몰려갔다.

태현의 영지에 습격을 간 플레이어들이 강제 퀘스트를 받고 다시 제카스를 습격하러 왔을 때, 제카스는 깨달았다. 이런 식으로는 절대 태현을 이길 수 없다고.

PVP나, 상대방의 약점을 공략하는 싸움에서 태현은 신이었다. 판온 1에서도 이긴 사람이 없었는데 이제 와서 달라질 것 같지는 않았다.

제카스는 그 사실을 받아들이기로 했다. 태현이 잘하는 영역이 아닌, 어쩔 수 없는 곳에서 승부를 봐야 했다.

-김태현을 판온 1때 랭커들과 싸움 붙인다면 분명 그놈들 중에서 눈치채는 놈이 나온다. 나 혼자면 힘들겠지만 다른 랭커들도 수상하다고 말한다면 김태현도 수습할 수 없겠지!

시간이 많이 걸릴 것 같은 계획이었지만 제카스는 참을 수 있었다. 한 방 먹일 수 있다면 무엇이든 할 수 있다!

그러나 제카스도 예상하지 못하고 있었다. 태현이 잡으라는 갈그랄은 안 잡고 이 주변을 쓸어버리고 다닐 줄은!

덕분에 이렇게 랭커들을 모을 수 있었던 것이다.

쑤닝이 박살 난 요새를 보며 물었다.

"내 길드에 있는 랭커들까지 불렀는데 확실하게 잡을 수 있겠지?"

"지지는 않을 겁니다. 그렇지만 확실하게 잡을 수 있냐는 질문에는…… 반반이라고 생각합니다."

"뭐? 저기 갈그랄 잡느라 저 난리를 쳤는데도 반반? 스킬 다 쓰고 회복도 못 했을 텐데?"

"빠져나갈 수도 있잖습니까. 다른 랭커들도 있고. 그리고 김태현은 저 정도 불리함은 쉽게 극복할 테니 말입니다. 그래도 걱정은 하지 마십시오. 여기 있는 랭커들과 다 싸워서 이길 수는 없을 겁니다."

"으음……."

쑤닝은 고민에 찬 신음 소리를 냈다.

태현의 높은 회피력에 대해서는 이미 그도 알고 있었다.

여기 있는 랭커들도 그에 대한 대비 수단을 다 마련하고 왔을 정도였으니까.

빠져나가기로 마음을 먹으면 잡기 힘든 상대!

"차라리 지금 들어가면?"

"갈그랄이 잡히기 전에 들어가시는 건 미친 짓입니다. 김태현한테 이용당할 겁니다."

"확실히 그렇겠군."

옆에서 듣던 랭커들은 어이없다는 듯이 둘을 쳐다보았다.

보스 몬스터를 이용한다는 말도 안 되는 말을 당연하게 이야기하고 있었다.

-저놈들 미친 거 아냐?

-한 번 깨지고 나서 정신이 나간 거 같은데…….

뒤에서 수군거리는 것도 모르고 쏘닝은 말을 계속했다.

"확실하게 잡아야 하는데……."

"랭커들은 김태현과 싸우게 하는 것만으로도 목적은 달성입니다."

"그건 너무 약하잖아! 내가 이번 일에 얼마나 투자했는지 알아?"

"어차피 안 주실 거 아닙니까?"

"쉿. 목소리 줄여."

쏘닝은 주변의 눈치를 보며 말했다. 랭커들에게 지불하기로 한 비용은 시간을 끌면서 미룰 생각이었던 것이다.

"걱정 마십시오. 여기까지 온 것만으로도 김태현은 궁지에 몰렸으니 말입니다."

요새 바깥에 모인 랭커들. 쑤닝과 제카스. 그리고 파워 워리어 길드원들에게 들려오는 짧은 정보들.

그것만으로 태현은 상황을 파악하는 걸 끝냈다.

'너무 나댔군.'

태현이 길드의 영지를 박살 내는 동안, 쑤닝은 피눈물을 삼키며 랭커들을 부른 것이다.

대형 길드들이 다들 이기적이라 너무 방심하고 있었다. 스스로 안 움직일 뿐이지, 대가만 지불하면 충분히 랭커들도 모을 수 있는 것이다. 사실 태현에 대한 공포가 큰 원인이었지만, 그거까지는 짐작하지 못했다.

"어떻게 할 거야? 미안하지만 난 여기서 너하고 같이 죽을 생각은 없는데."

"굳이 따지자면 쟤네는 너도 잡고 싶어 하지 않나?"

"너하고 나하고 다른 방향으로 도망치면 널 쫓아갈 거 같아, 날 쫓아갈 거 같아?"

"젠장. 반박할 수가 없군."

인정할 수밖에 없었다. 태현과 이세연 중에서는 태현이 더 탐나는 먹잇감이라는 걸.

"더 이상 안 다가오는 걸 보니까 갈그랄하고 싸운 다음 지치게 되는 걸 노리는 것 같은데."

"제가 도와드리겠습니다! 갈그랄을 잡은 다음 바로 회복을 쓰면……."

태현은 김철수를 보며 이해가 안 간다는 표정을 지었다. 자신이었다면 '잘 있어라 바보들아!' 하고 벌써 튀었을 것!

"감사합니다. 그런데 계획은 벌써 세웠거든요."

"?"

"갈그랄을 바로 잡고, 여기서 빠져나간다."

요새 밖의 랭커들을 보니, 갈그랄을 잡는 데 시간이 더 걸릴 거라고 생각하는 게 분명했다. 그러니 아직까지 접근하지 않고 기다리고 있는 거겠지.

만약 갈그랄을 지금 즉시 잡는다면 빠져나갈 시간을 벌 수 있었다. 물론 즉시 잡는다면 말이지만!

"계획은 좋은데 바로 못 잡잖아? 지금 내가 손 바쁘게 움직이고 있는 거 보이지?"

"나도 움직이고 있거든?"

"……두 분 다 어떻게 그렇게 말하면서 움직이시는 겁니까?"

태현과 이세연은 떠들면서 갈그랄을 공격하고 있었다. 남들은 갈그랄의 움직임을 보는 것만으로도 벅찬데, 둘은 떠들면서 상대하고 있었다.

김철수뿐만 아니라 다른 플레이어들도 믿지 못하겠다는 표정이었다.

"케인, 끌고 와라. 어르신, 묶으십쇼. 한 번에 끝내야겠습니다."

태현은 바로 무기를 갈아 끼웠다. 아끼려고 했지만 지금은 때가 아니었다. 빠르게 갈그랄을 잡고 빠져나가야 했다.

저기에 저렇게 랭커들이 모였다는 건, 그들을 상대할 자신이 있다는 뜻. 상대방이 유리한 상황에서 붙어주는 것만큼 멍청한 짓도 없었다. 빠져나가야 했다.

오리하르콘 화살이 아까웠지만 그걸 아꼈다가는 정말 망하는 수가 있었다.

-노예의 쇠사슬!

케인은 재빠르게 스킬을 사용했다. 다른 플레이어들이 둘러싸고 빠져나가는 걸 막고 있던 갈그랄이 즉시 케인 앞으로 끌려왔다.

-%$##%%!

알아듣기 힘든 괴성을 지르며 갈그랄이 케인에게 덤벼들었다. 그 순간 바로 유 회장이 낚싯줄을 휘둘렀다.

그러자 갈그랄의 동작이 일순 막혔다.

콱!

착착 손발이 맞는 그들! 누가 보면 몇 년은 같이 합을 맞췄다고 생각할 정도였다.

뒤에서 보던 김 전무는 감탄하고 동시에 혼란스러워했다. 유 회장이 언제부터 이 게임을 했길래, 대체 저렇게 손발이 잘 맞는 걸까? 심지어 태현이라는 청년도 아닌 이상한 코와 귀를 달고 있는 케인이라는 청년하고도 손발이 잘 맞았다.

게임을 전혀 모르는 그로서는 도저히 믿겨지지 않는 모습!

철컥-

뒤에서 그러거나 말거나 태현은 바로 화살을 장전했다.

다른 화살들과 달리 이건 빗나가면 안 됐다. 빗나가는 순간 망한다! 이 화살 하나를 얻기 위해 했던 고생들을 떠올리면…….

'심지어 오리하르콘은 경매장에서도 안 팔지.'

-행운의 일격, 행운의 일격, 행운의 일격, 치명타 폭발!

한 번에 끝내기 위해 태현은 이제까지 모았던 스킬 스택을 폭발시켰다.

쐐애애액-

석궁에서 한 줄기 빛처럼 화살이 쏘아져 나갔다. 묶인 갈그랄은 곧바로 피하려고 들었지만 너무 늦었다.

콰직! 정확하게 꽂힌 화살!

[치명타가 터졌습니다!]

-크아아아아아아아!

오리하르콘 화살이 빛을 발하며 사라지는 것을 보자 태현은 입맛이 썼다. 그래도 갈그랄을 잡았으니까…….

'잠깐만?'

잡았다는 메시지가 뜨지 않고 있었다.

이세연도 그걸 깨달았는지 당황한 얼굴이었다.

"못 잡았어?"

"이걸 견뎠다고? 말도 안 되는……."

카랑!

깨지는 소리와 함께 갈그랄이 낚싯줄 사이에서 빠져나왔다. 유 회장이 놀란 목소리로 외쳤다.

"말도 안 돼! 이걸 풀고 나올 수는……."

"막고 공격해! 아무리 견뎌봤자 이걸 맞았으니 얼마 못 버틸 거야!"

"아니야. 저건 도망치는 거야!"

"뭐?"

갈그랄 같은 보스 몬스터가 도망칠 줄은 몰랐기에 태현도 당황했다. 낚싯줄 사이에서 몸을 뺀 갈그랄은 너덜너덜해진 상태로 달려 나갔다. 모두가 예상치 못한 상황.

그 틈을 타 갈그랄은 빠져나가려고 했다.

"어, 어……."

그리고 갈그랄이 가는 길목에는 김 전무가 있었다.

거대한 악마가 달려오는 모습에 겁을 먹은 김 전무는 비명을 질렀다.

"으아아악!"

그리고 스크롤을 찢었다.

파아앗!

스크롤을 찢자 빛이 뿜어져 나오며 갈그랄에게 그대로 날아갔다.

파지직!

자리에 있던 모두가 놀랐다.

무슨 일이 일어난 거지?
“어르신, 뭘 준 겁니까?”
“그냥 부적 비슷하게 스크롤 하나 준 거였는데…….”
갈그랄은 더 이상 도망치지 못했다. 제자리에 못 박힌 듯 서서 비틀거렸다.
쩌적! 쩌저적!
안에서부터 갈라지는 갈그랄!
막타를 친 김 전무는 스스로가 뭘 한 건지도 모르고 어안이 벙벙한 얼굴로 쓰러져 있었다.
-갈그랄, 지지 않는다…… 주인께…… 오늘 있었던 일을 꼭…….
“꼭 그렇게 불길하게 죽어야 하냐?”

[아다드의 가장 충실한 부하, 난폭한 폭군 갈그랄이 쓰러졌습니다.]
[레벨 업 하셨습니다.]
[레벨 업 하셨습니다.]
[명성이 크게 오릅니다.]
[아다드가 당신이 한 짓을 알아차립니다.]
[칭호: 악마 사냥꾼을 얻습니다.]
[아이템을 얻었습니다.]
…….

드디어 태현은 레벨 80에 도착했다. 다른 랭커들은 레벨 180을 바라보고 있었지만!

그래도 태현은 기뻤다.

이게 어디냐! 이렇게 하다 보면 언젠가 게임 서버 내릴 때쯤에는 레벨 100을 찍을 수 있겠지!

'……왠지 슬퍼지는데.'

태현이 메시지창을 보는 동안, 유 회장은 김 전무에게 다가가 어깨에 손을 올렸다.

"잘했네, 김 전무! 설마 했던 자네가 활약할 줄이야!"

"감, 감사합니다?"

김 전무는 얼이 빠진 얼굴로 고개를 끄덕였다. 잘은 모르겠지만 뭔가 엄청나게 강한 적을 그가 쓰러뜨렸다는 것 정도는 알 수 있었다.

주변의 다른 플레이어들 모두 그를 쳐다보고 있었으니까!

아직도 스크롤을 찢었을 때 짜릿한 감각이 손끝에 남아 있었다.

"이제까지 봐왔던 자네의 일 중 가장 잘한 일이었네."

"……감, 감사합니다."

처음에는 기분 좋았다가 그 뒤에는 기분이 좀 묘해졌다.

'이제까지 봐왔던?'

이제까지 그가 회사에서 해왔던 일들이 설마 저 몬스터 하나 잡은 것보다 못했던 건 아니겠지?

'아니, 게임 내에서를 말하신 거겠지.'

혼란스러워하는 김 전무의 곁에서 유 회장은 계속 말을 이어갔다.

"물론 계속 뒤에서 숨어 있다가 막타만 쳤지만 말이야."

"……예?"

"아, 아무것도 아니야. 그래도 자네 아니면 저놈이 도망갔을 테니까. 잘한 건 잘한 거지. 잘했네."

"……."

"물론 고생은 내가 했지만 말일세. 저런 보스 몬스터를 한 번 잡아보고 싶었는데. 결국 그 영광을 자네가 가져갔군. 아, 뭐라고 하는 건 아니야. 자네가 안 나섰으면 도망갔겠지. 그렇지만 그 스크롤을 차라리 안 줬으면 어땠을까 하는 생각이 드는데. 물론 이것도 농담일세."

"……제가 잘못했습니다!"

"아니야. 자네는 잘했어!"

'차라리 죽여줘!'

김 전무는 속으로 절규했다. 처음에는 몰랐지만 무슨 상황인지 깨달은 것이다.

유 회장이 잔뜩 기대하던 걸 그가 뺏었구나!

"그러고 보니 자네는 골프 할 때도 이랬던 것 같은데."

"저, 저번에 잘했다고 칭찬해 주신 게 아니었습니까?"

"칭찬이지! 물론 칭찬이야!"

김 전무는 또다시 깨달았다. 저번 골프 때 '자네 참 잘하는군. 차암~ 잘하는군!'이 칭찬이 아니었다는 걸!

유 회장과 김 전무가 떠드는 동안 주변에 있던 플레이어들은 각자 메시지창을 확인하고 있었다.

여기 있던 플레이어들은 모두 갈그랄 레이드에 참가했던 플레이어들. 당연히 보상이 들어왔다.

"진짜 잡을 수 있을 줄은 몰랐어!"

"김태현하고 이세연이 있잖아. 당연히 잡지!"

"와. 한 번에 레벨이 12 올랐다?"

태현은 귀를 막고 아이템을 확인했다.

갈그랄의 저주가 서린 칼날 장갑:

내구력 450/450, 공격력 235

스킬 '악마의 주먹', '가속화', '들러붙는 악마의 저주', '투사체 잡기', '에너지 드레인', '악마의 생명력' 사용 가능.

착용 시 악마들의 공격에 저항력, 신성력에 취약해짐, 공격 시 일정 확률로 마력 흡수.

레벨 제한 200. 힘, 민첩 제한 500.

마계의 악마 갈그랄이 착용하는 장갑이다. 갈그랄의 정수가 담겨 있는 이 무기는 보통의 방법으로는 손에 넣을 수 없다. 만약 손에 넣었다면 갈그랄이 되찾기 위해 찾아올 것이다. 반드시!

불길한 설명문 빼고는, 갈그랄의 장갑은 엄청나게 좋은 아이템이었다. 에다오르의 대검이자체적인 성능이 뛰어난 명품이었다면, 갈그랄의 장갑은 달린 스킬들이 하나하나 구하기 힘든 희귀한 스킬들이었다.

갈그랄이 쓰던 스킬들을 생각해 본다면 그 스킬들이 담겨 있는 장갑은 엄청난 가치가 있었다. 다른 장갑들처럼 방어나 회복에 버프를 주는 장갑이 아니라 공격에 집중된 게 장갑!

〈악마의 봉인을 풀어라-에슬라 퀘스트〉

악마의 세 징표:

-에다오르의 에다오르의 뜨겁게 끓어오르는 진홍빛 대검 (1/1)

-갈그랄의 저주가 서린 칼날 장갑: (1/1)

-? (0/1)

보상: ?, ??, 에슬라와의 동맹.

에슬라의 봉인을 푸는 퀘스트도 2/3를 달성하는 데 성공했다. 처음 받았을 때는 깨는 게 거의 불가능하다고 여겨졌는데, 이제 목적지가 눈에 보였다.

호구 악마 하나만 잡아서 징표를 뜯어내면 퀘스트 달성!

“으아아아악!”

생각에 잠겨 있던 태현을 깨운 건 비명 소리였다.

“왜 그래?”

“저주받았어!”

“나, 나도!”

“뭐야?! 다들 왜 그래?”

[갈그랄이 쓰러졌습니다. 악마화 스킬이 취소됩니다.]

[종족: 악마가, 종족: 저주받은 떠돌이 악마로 변경됩니다.]

[저주받은 떠돌이 악마는 마계의 악마 중에서 가장 추하고 더러운 이들입니다. 같은 악마들조차 이들을 싫어합니다.]

[스킬을 사용할 때마다 일정 확률로 폭주, 변이 할 수 있습니다.]

갈그랄은 그냥 죽지 않았다. 가기 전 제대로 엿을 먹이고 간 갈그랄!

정확하게 말하자면, 악마화한 플레이어들에게만 엿을 먹인 셈이었다. 그리고 그런 플레이어들은 전부 우드스탁 길드원들이었다.

"어, 어떡하지? 김태현. 이거 어떻게 해야 하냐?"

우드스탁 길마는 당황한 얼굴로 태현을 불렀다. 처음 만났을 때 까칠하던 모습은 어디로 가고, 이제는 태현에게 매달리고 있었다.

"내가 그러니까 남이 주는 거 함부로 덥석덥석 받아먹지 말라고 하지 않았냐?"

"내가 이렇게 될 줄 알았겠어!? 어떻게 하지?! 방법 혹시 아는 거 있어?"

"캐릭 삭제 후 몇 년 후에 다시 들어오면 되겠네."

"그걸 말이라고 하냐!"

우드스탁 길마는 방방 뛰었다.

종족이 바뀌자 능력치가 소폭 하락했다. 거기까지는 참을 만했다. 워낙 악마화 스킬이 준 이득이 많았으니까. 거기서 조금 깎여도 참을 수 있었다.

그러나 저주받은 떠돌이 악마는 페널티가 너무 심했다. 신성 공격 같은 것에 더욱 약하고, 〈폭주〉나 〈변이〉 같은 페널티는 보기만 해도 아찔했다.

까놓고 말해서 거의 저주나 마찬가지!

저주에 걸리면 최대한 빨리 해제 방법을 찾듯이, 지금 이 악마 상태도 마찬가지였다.

부르르릉-

우드스탁 길마는 익숙한 오토바이의 소리에 고개를 돌렸다. 태현, 이다비, 케인이 오토바이를 꺼내고 있었다. 태현과 케인은 각각 뒤에 유 회장과 김 전무를 태우고 있었다.

"……너희 뭐 하냐??"

"아, 이만 가보려고."

우드스탁 길마는 순간적으로 ― 말을 받아들이지 못했다.

간다고?

"이 주변 영지는 다 너 줄게. 알아서 가꿔봐."

"야, 야! 야!!"

"고맙다고? 우리 사이에 뭘. 그런 감사 인사는 됐어."

요새 밖에 랭커로 구성된 파티가 눈에 불을 켜고 있었다.

그런데 이 주변 영지를 준다니. 갖고 있어봤자 탈탈 털릴 게 뻔하지 않은가! 말 같지도 않은 말을 하는 태현!

우드스탁 길마는 달려들어서 태현을 붙잡으려고 했다. 그러나 태현은 한발 빨리 출발했다.

"가자!"

"잠, 잠깐만! 최소한 같이 가자고! 야! 너 들리는 거 알아 이 자식아!"

우드스탁 길마는 고개를 돌렸다. 이세연과 김철수가 아직 떠나지 못한 상태였다.

"저, 저기 우리 그래도 같이 싸운 정이 있는데……."

"같이 싸워서 즐거웠어요. 나중에 봐요!"

쌩!

재빨리 와이번을 불러내서 타고 날아오르는 이세연! 김철수도 잽싸게 탈것을 불러내서 타고 날아올랐다.

그제야 우드스탁 길드는 상황을 깨달았다.

지금 저건 그들을 버리고 가는 거였다!

"야! 야!! 김태현!! 돌아와!!"

밖에는 이를 갈고 있는 랭커 파티. 다들 도망친다면 가장 뒤에 있는 사람이 희생양이 될 수밖에 없었다.

"탈 거! 탈 거 꺼내! 우리도 튀어야 한다!"

우드스탁 길드는 허둥지둥 탈것을 찾았지만, 그들은 이미 알고 있었다. 지금 출발해 봤자 태현 일행을 쫓아가기에는 너무 늦었다는 것을!

☘

"갈그랄은 언제쯤 잡힐 거 같나?"

"아까 들어간 플레이어들의 말을 들어보면 한 시간 정도는…… 뭐?! 잡혔다고!?"

밖에서 대기하고 있던 플레이어들은 깜짝 놀랐다. 아무리 빨라도 한 시간은 더 걸릴 줄 알았는데 갑자기 잡히다니!

"어떻게 잡았…… 아니, 지금 그게 중요한 게 아니지! 들어간다! 회복할 시간을 주지 마!"

"이 주변에서 순간이동 마법은 못 쓰도록 해놨으니 싸우기만 하면 놈들은 끝난 거야!"

랭커들은 허겁지겁 들어갈 준비를 했다. 그러나 그 순간, 박살 난 요새에서 탈것에 탄 플레이어들이 뛰쳐나왔다.

태현 일행과 이세연, 김철수였다.

"어??"

쌔앵-

뒤도 돌아보지 않고 전속력으로 달아나는 그들!

랭커들은 순간 멍해져서 자기들끼리 쳐다보았다. 기다리면서, 그들은 머릿속에서 어떻게 싸울지 계속 그리고 있었던 것이다.

김태현과 이세연. 둘 다 최상위권의 랭커. 게다가 케인이나 김철수 같은 랭커들도 있었다. 만만치 않은 싸움이 될 테니 그들도 긴장한 채 싸움을 대비하고 있었는데…….

상대는 그냥 도망!

"아, 아니……."

"김태현하고 이세연이잖아! 싸우지도 않고 도망을 치면 안 되지!"

뒤에 있던 누군가의 입에서 튀어나온 말. 그게 모두의 진심이었다. 설마 저 유명한 랭커들이 싸워보지도 않고 그냥 튈 거라고는 생각지도 못했던 것! 최소한 체면이 있으니 몇 합 정도는 겨룰 것이라고 생각했다.

그렇게만 되면 갈그랄과 싸우느라 제대로 회복도 못 한 태현 측이 압도적으로 불리! 순간이동 관련 마법도 쓰지 못하도록 주변에 방해를 걸어놨으니 도중에 도망치려고 해도 무리였다.

그런데 그냥 저렇게 도망을 쳐버리면…….

계획이 완전히 틀어졌다. 갈그랄을 바로 잡아버린 다음 그들이 접근하기도 전에 튀어버리다니!

"쫓아! 놓치면 안 돼!"

"따로 쫓아가면 위험하지 않나?"

"지금 그런 소리 할 때냐? 받은 게 있으면 밥값을 해라! 가! 쫓아가!"

랭커들은 당연히 탈 것을 갖고 있었다. 그들은 하나둘씩 탈 것을 꺼낸 다음 뒤를 쫓기 시작했다.

그러나 모두들 꺼림칙한 얼굴이었다. 포위한 상태에서 유리하게 싸우는 게 아닌, 이렇게 나눠서 쫓아가게 되다니. 이러면 일이 어떻게 흘러갈지 알 수 없었다.

그들의 생각을 깨달은 쑤닝이 말했다.

"나눠서 쫓아갈 필요 없다! 김태현만 쫓아!"

"그거라면……."

"오히려 낫지. 이세연이 빠졌으니까."

이세연의 예측은 들어맞았다. 둘이 갈라지면 적들은 더 미운 놈을 쫓아갈 거라고!

"와, 진짜 다들 태현 님만 쫓아오네요."

멀리서 탈것 하나씩 타고 요란하게 쫓아오는 랭커들을 보며 이다비는 질린 목소리로 중얼거렸다. 정말 어떻게 한 명도 빠지지 않고 태현만 쫓아온단 말인가!

이다비는 슬쩍 태현을 쳐다보았다. 눈치챈 태현이 말했다.

"이다비, 네가 무슨 생각하는지 보이거든?"

"저, 저는 아무 생각도…… 태현 님을 두고 도망치면 되지 않을까 하는 생각은 조금도……."

둘의 대화와 달리 케인은 묵묵히 운전에 집중하고 있었다.

저 대화에 괜히 끼어들었다가는 분명 그에게 불똥이 튄다!

케인은 알고 있었다. 이런 상황에서 손해를 보는 건 언제나 그였다는 것을!

원래대로라면 상황은 이렇게 흘러갔을 것이다.

-왜 이렇게 김태현만 쫓아오는 놈들이 많냐? 너 원수가 너무 많은 거 아니냐?

-뭐? 너 지금 나 욕한 거냐? 이 자식. 네가 가장 뒤에서 따라와! 벌이다!

괜히 말 한마디 했다가 된통 태현한테 구박을 받고 손해보는 역할을 하게 되는 것! 케인은 이제 그걸 알았다.

그래서 조용히 입을 다물었다. 아예 말을 하지 않으면 트집 잡힐 일도 없다!

'이번에는 절대로 당하지 않을 테다!'

쿡쿡-

얼떨결에 뒤에 태운 김 전무가 케인의 등을 찔렀다.

"뭐야?"

"흠흠. 자네는 회장님과 무슨 사이지?"

"뭐? 뭔 회장? 누가 회장이야?"

보아하니 케인은 유 회장이 누군지도 모르는 것 같았다. 김 전무는 깜짝 놀랐다.

"저분이 누군지도 모른다?"

"저 사람은 김태현이 데려온 사람이잖아. 난 누군지 몰라. 그냥 같이 하니까 하는 거지."

'역시 김태현이란 청년하고 친한 거였군.'

김 전무는 속으로 고개를 끄덕였다. 유 회장이 어떻게 이 파티에 어울리게 되었는지 짐작이 갔다.

"그런데 회장이라니. 설마……."

김 전무는 긴장했다. 유 회장이 자기 정체를 말하지 않았다면, 그건 유 회장에게 생각이 있어서 말 안 한 것이 분명했다. 그걸 자기가 말하게 되다니. 유 회장이 안다면 호통을 들을 것이다.

그러나 김 전무는 몰랐다. 그가 상대하고 있는 게 케인이라는 것을.

"뭐 조기축구회 회장 같은 건가?"

"……그, 그래. 그런 거지."

알아서 오해해 주는 케인 덕분에 김 전무는 무사히 상황을 넘어갈 수 있었다. 그러나 케인은 아니었다.

"케인 씨가 딴소리해요!"

"그러면 미끼 역할은 케인이 하도록 하자."

"야!!"

"모두 도망칠 준비해! 지금 출발하면 도망칠 수 있어!"

"무, 무리 같은데……."

한시가 바쁜데, 우드스탁 길드원들은 갈팡질팡하고 있었다. 당황해서 탈것을 꺼냈다가 집어넣는 길드원도 있을 정도!

그러는 사이 랭커들 파티는 요새 근처로 접근했다.

"도망치기에는 너무 늦었습니다! 싸워야 해요!"

"여기서 어떻게 저놈들하고 싸우라고!"

원래 상태의 요새면 모를까, 지금 요새는 악마를 잡느라 폐허가 된 상황이었다. 조금만 들이쳐도 그대로 무너질 게 분명!

"온다! 옵니다!"

"김태현! 이 망할 자식아!"

두두두두-

멀리서 랭커들이 빠르게 다가오더니…… 지나가 버렸다.

“??”

“김태현 쫓아가는데요?”

“우리를 안 건드린다고?”

“살, 살았다!”

정말 우드스탁 길드는 신경도 쓰지 않고 지나가 버리는 랭커들 파티!

원래라면 ‘우리를 무시하다니!’라고 굴욕을 느꼈을 테지만, 지금은 살아난 게 너무 기뻐서 그런 게 느껴지지도 않았다.

“빠져나가자!”

“생각해 보니까 김태현이 먼저 간 건 이거 때문인 거 같아! 우리를 위해 희생한 거지!”

어쨌든 살아남자 우드스탁 길마는 행복회로를 최대로 돌리기 시작했다. 마치 사기꾼에게 당한 피해자가 ‘그 사기꾼은 잘못이 없어!’라고 말하는 것 같은 모습!

“그, 그건 아닌 거 같은데…….”

“우리 말도 무시하고 그냥 가지 않았나?”

이번 악마화 때문에 새로 들어온 길드원들은 그나마 이성적인 생각을 하고 있었다. 그들이 보기에 태현의 도망은 아무리 좋게 봐줘도 그들을 위한 게 아니었다.

그냥 말도 무시하고 쌩 가버리지 않았는가!

그러나 기존 길드원들은 이미 우드스탁 길마와 비슷해진 지

오래였다. 태현의 욕을 하자 쏟아지는 비난!

"아냐, 이 자식아! 네가 뭘 몰라서 그래!"

"맞아! 김태현은 원래 저렇게 챙겨준다고!"

"김태현이 표현이 서툴러서 그렇지 나쁜 놈이 아냐!"

순식간에 비난이 쏟아지자 새로 들어온 길드원들은 주눅 들어서 입을 다물었다.

'그런 거냐?'

'아니, 아무리 봐도 그런 게 아니었는데…….'

-폭발 가속!

[스킬 <폭발 가속>을 사용했습니다. 순간적으로 탈것의 속도가 빠르게 증가합니다.]

랭커들이 쫓아온다고 해서 바로 따라잡을 수 있는 건 아니었다. 그만큼 태현이 만든 오토바이의 성능은 뛰어났던 것이다.

현재 플레이어 중에서 가장 앞서나가고 있는 기계공학 대장장이가 바로 태현! 물론 제작보다는 파괴에 특화되기는 했지만…….

"뭐 저렇게 빨라?"

"김태현이 직접 만들었다는 오토바이인 거 같군."

“저런 거 경매장에 안 풀리나? 판온 1 때에도 오토바이 좋아했었는데…….”

랭커들이 하라는 추적은 안 하고 잡담만 해대자 쑤닝은 고래고래 소리를 질러댔다.

“지금 잡담할 때냐! 속력을 올려!”

“알겠어, 알겠어.”

“쑤닝 저거는 왜 저래?”

“내버려 둬. 돈 주는데 너무 뭐라고 하지 말자.”

수군거리는 랭커들의 말이 쑤닝을 더 열 받게 만들었다.

그러나 랭커들은 저런 태도를 보여줄 자격이 있었다.

-금빛 날개의 가속!

-바람 정령 소환!

-광분의 돌격!

태현처럼 기계공학 탈것은 아니지만, 그들 모두 살아 있는 탈것을 갖고 있었다. 랭커들의 레벨답게 탈것 하나하나의 수준이 상당했다. 여럿이서 스킬을 같이 사용하자 추가로 효과가 더 들어가는 건 덤!

평소에는 볼 수 없을 정도의 속도로 하늘을 질주하는 랭커들 파티였다. 그러나 그럼에도 불구하고 쉽게 좁혀지지 않는 거리!

“야. 이건 좀…….”

“이랬는데도 거리가 안 좁혀져?”

“성능이 장난 아니다. 애초에 생물형 탈것이 아니라 지치지를 않아. 지구력에서 비교가 안 된다.”

랭커들은 수군거리며 태현의 탈것에 대해 떠들었다.

“기계공학 고급 찍었다는 소문이 진짜였나 본데?”

“아니, 대체 도적 계열 직업으로 어떻게 기계공학을 고급 찍은 거야?”

“도적 계열 직업 아닌 거 같던데. 라제단 대장장이로 전투 계열 스킬을 엄청 올린 거 같아.”

“대장장이+도적 하이브리드? 그런 똥캐를 누가 키워?”

“그게 사실이면 진짜 판온 1 김태현 같은 놈이네. 판온 1 김태현 팬이라고는 했는데 저런 거까지 따라 하나?”

방향은 다르지만 어쨌든 원했던 곳으로 흘러가는 대화!

제카스는 그 대화에 미소를 지었다. 그러나 쑤닝은 만족하지 않았다. 저기 원수의 등짝이 저 멀리서 아른거리는데 가만히 있을 수는 없다!

“뭐라도 해봐! 원거리 공격은 닿을 거리잖아!”

“지금 저걸 맞춰보라고?”

빠른 속도로 달리는 데다가 모두 다 허공을 달리고 있는 상황. 이 상황에서 태현을 맞춘다는 건 최고 난이도였다.

“그것도 못 하냐! 랭커라는 놈들이!”

“지가 아쉬워서 불러놓고 되게 난리 치네.”

“애초에 김태현이 회피력이 너무 좋아서 공격에 한계가 있다고. 대부분 공격은 다 피하거나 회피해 버리니까……."

"어쩔 수 없다. 다른 놈들부터 공격하자. 다른 놈들은 김태현만큼은 아닐 테니까. 자기 파티원 공격당하면 김태현도 반응을 좀 보이겠지."

그 말을 듣고 쑤닝과 제카스는 움찔했다. 아무리 생각해도 태현은 별로 반응을 안 보일 것 같았기 때문이었다.

그렇지만 지금 괜히 불평할 수는 없었다. 안 그래도 랭커들이 '그만 좀 징징대라' 하고 있는 상황. 불평했다가는 화살이 이쪽으로 돌아올 수도 있었다.

"누구를 노리지? 파워 워리어 길마 노릴까?"

"파워 워리어 길마 노려봤자 김태현이 눈 하나 깜박하겠냐. 파워 워리어 길마잖아."

파워 워리어 길마, 이다비와 태현이 같이 다닌 지 꽤 됐지만 사람들은 그 사실을 잘 받아들이지 못했다. 최상위권 랭커인 태현과 악명 높은 파워 워리어 길드의 길마가 같이 다닌다니! 덕분에 온갖 헛소문이 돌아다녔다.

-파워 워리어 길마가 김태현 약점 잡고 있다!

-아니다! 둘이 서로 이용해 먹는 거다!

헛소문이야 어쨌든 대부분의 사람들은 비슷하게 생각했다.

-뭐든 간에 둘은 별로 안 친하겠지!

랭커들도 똑같았다.

"그러면……."

"케인이군."

"케인을 노려야지. 케인을 노리면 김태현도 가만히 있지는 못할 거다."

"맞는 말이야."

"난 안 해! 안 한다고!"

"농담이야. 진정해."

케인의 항의에 태현은 그를 진정시켰다. 어차피 미끼로 쓸 생각은 없었다.

"뭔 일이 없는 한 거리는 못 좁힐 거야. 이대로 아탈리 왕국까지 간다. 저놈들도 머리가 있으니 아탈리 왕국으로 가는 게 보이면 도중에 적당히 물러설 거야. 쑤닝이랑 달리 잃을 게 많은 놈들이니까."

"그, 그런 거였군."

케인은 태현의 계획을 듣고 안심했다. 역시 여기서 케인을 미끼를 쓸 정도로 태현이 사악하지는 않구나!

쐐애액- 카캉!

그 순간 뒤에서 날아들어 온 공격! 누군가 투창 공격을 했는지 창 하나가 시뻘건 오러에 휩싸여 날아오고 있었다.

그리고 그 창이 노리는 건 케인이었다.

"뭐야?! 여기 김태현이 있는데!"

"케인. 방금 그 말은 무슨 뜻이냐?"

케인은 방심하고 있었다. 태현이 그를 미끼로 삼으면 모를까, 태현과 같이 있으면 적들은 무조건 태현을 먼저 공격한다!

설마 태현과 그가 같이 있는데 그를 먼저 공격하는 놈은 없으리라고 생각했다. 그러나 랭커들은 케인을 공격했다.

"자! 김태현! 어떻게 할 거냐! 네 친구 케인이 죽을 텐데!"

"막아봐라! 김태현!"

랭커들은 케인을 노리며 외쳤다.

그걸 본 태현은…….

"야!!"

은근슬쩍 거리를 벌렸다. 왼쪽에 혼자 남은 케인!

케인은 이를 악물며 본격 기동에 들어갔다. 보는 사람도 감탄하게 만들 정도로 화려한 회피 기동!

[놀랄 정도로 어려운 난이도의 기동을 성공했습니다! 운전 스킬이 크게 오릅니다!]

[스킬 <360도 턴>을 얻었습니다.]

궁지에 몰린 사람의 잠재능력은 대단했다. 케인은 각종 방어 스킬과 화려한 회피 기동으로 랭커들의 공격을 몇분 동안 견뎌냈다.

랭커들이 케인에게 공격을 퍼붓느라 다른 곳에 신경을 쓰지 못하는 게 느껴지자, 태현은 바로 반격에 나섰다.

-용용아. 가서 도와줘라.

-알겠다, 주인이여!

파지지직…… 파아앗!

허공에서 드넓게 퍼져 나가는 번개 폭풍!

용용이가 날개를 휘두르며 연속적으로 번개를 뿜어내자 랭커들은 기겁하며 방어에 들어갔다. 생각지도 못한 기습!

"이런 젠장!"

"막아! 막아!"

"내 탈것이 마비됐어! 회복 좀 해줘…… 컥!"

탕!

번개를 피하던 랭커 한 명이 충격에 비틀거렸다. 태현이 머스킷을 꺼내 쏜 것이다.

"이, 이 거리를 맞췄다고?!"

궁수 랭커 수아나는 기겁해서 태현을 쳐다보았다. 태현의 직업에 대한 소문은 많았지만, 대체로 대장장이에 도적이나 전사 계열 직업이 섞인 게 아니냐는 추측이 가장 많았다. 실제로 마법이나 원거리 공격은 잘 보여주지 않았으니까.

그런데 이 거리에서 빠르게 움직이는 랭커를 맞추다니!

'설, 설마 사격도 고급을……? 사람인 이상 말도 안 돼!'

수아나가 경악하는 동안 태현은 놀란 표정을 짓고 있었다.

저게 맞다니!

"이야. 위협하려고 쏜 거였는데. 케인, 봤냐? ……케인?"

태현은 주변을 두리번거렸다. 그러나 케인과 케인이 탄 오토바이는 사라진 지 오래였다. 뒤에 있던 김 전무도 같이 사라진 상황!

"이 자식들이……!"

태현은 랭커들을 노려보았다. 저놈들이 안 보는 사이 스킬을 써서 케인을 떨어뜨렸구나! 그렇게 생각할 수밖에 없었다.

-사디크의 화염 화살, 사디크의 화염 부여, 행운 부여!

[사디크의 화염 스킬로 머스킷에 속성이 부여됩니다. 장비의 내구도가 빠르게 하락합니다. 고급 대장장이, 고급 기계공학 스킬을 갖고 있습니다. 페널티가 줄어듭니다.]

[행운 부여 스킬로 머스킷에 특수한 효과가 부여됩니다. 아키서스의 보이지 않는 손 스킬로 행운 부여 스킬이 추가로 발동됩니다.]

[삼연속 사격 스킬이 발동됩니다.]

콰콰쾅!

분노로 올라간 집중력! 궁수 랭커도 스킬을 써서 맞춰야 하는 거리를 태현은 그냥 평타로 맞추고 있었다.

랭커들 입장에서는 기가 막힌 상황!

"저거 진짜 사격 스킬도 고급 찍었나?!"
"그건 말도 안 돼! 이제까지 그런 정보는 없었다고!"
그러나 태현은 용용이와 같이 계속해서 원거리 공격을 쏘아 댔다.
퍽!
랭커 한 명에게 치명타가 터졌다는 메시지창이 떴다.
그리고 행운 부여 스킬로 인한 추가 효과까지.

[치명타를 당했습니다! 피할 수 없는 완전한 어둠 저주에 걸립니다. 시야가 완전히 가려집니다.]

"뭐라고? 강인한 전사의 혼!"

[강인한 전사의 혼 스킬을 사용했습니다. 피할 수 없는 완전한 어둠 저주를 해제하는 데 실패합니다.]

어지간한 저주는 다 해제 가능한 스킬이 실패하다니.
랭커는 깨달았다. 이건 해제 불가능한 저주구나!
'김태현은 대체 이런 저주를 어떻게 쓴 거지? 본 적도 없는 저주 스킬인데?'
정답은 랜덤 효과로 나타난 저주. 그러나 랭커가 그 이유를 알 리 없었다.
'시야 가려진 것밖에 없으니 시간을 끌면…… 이런 썅!'

랭커는 상황을 깨닫고 욕설을 퍼부었다. 이런 저주는 시간을 끌며 버티면 풀리게 되어 있었다.

그렇지만 지금은 공중 위!

땅 위였다면 별거 아닌 저주였지만, 지금 빠르게 날고 있는 상황에서 시야가 완전히 가려지는 저주는 치명적이었다. 치명타는 충분히 견딜 수 있었지만 시야는 다른 문제!

쉬이이익-

랭커 한 명이 파티에서 벗어나 지상으로 빠르게 내려가기 시작했다.

"야! 너 어디 가!"

"잠시 싸우고 있어! 곧 다시 돌아온다!"

"그걸 말이라고 하냐?!"

항의를 해봤자 랭커는 멈추지 않았다.

순식간에 땅으로 내려가 버린 랭커!

남은 랭커들은 욕설을 하며 태현을 다시 공격하려 했다. 혼자 튄 랭커의 책임을 묻는 건 나중에 해도 됐으니까.

그러나 그 순간 그들은 뭔가 이상한 걸 깨달았다.

"잠깐, 저기에서 케인이 사라졌다."

"뭐? 말도 안 돼. 언제?"

"순간이동 마법을 썼으면 우리가 눈치채지 못했을 리가 없는데?"

"사라졌어! 없어!"

랭커들은 경악에 빠졌다. 태현 일행이 마법사나 스크롤의 힘을 빌려 이 주변을 빠져나가지 못하도록, 순간이동 대책은 확실하게 세워놓은 그들이었다. 요새 주변에서도 순간이동 방해를 쳐놨고, 지금 쫓는 중에도 순간이동 마법을 쓴다면 바로 알아채고 스킬을 방해할 수 있었다.

웅성거리는 랭커들!

쑤닝은 그들을 진정시키기 위해 입을 열었다.

"잘못 본 거겠지. 찾아라! 분명 주변에 있을 거다!"

"아니…… 이건 함정이다."

"함정?!"

"김태현이 도망치고 있는 방향을 봐라. 지금 아탈리 왕국 쪽으로 도망치고 있다. 아탈리 왕국은 김태현의 본거지. 도망치면서 함정을 준비한 게 분명해. 저번에 귀족 기사단을 동원한 것처럼."

"그럴듯하군."

"뭐가 그럴듯해! 미친놈들아! 너희들 정도면 그런 함정은 충분히 돌파할 수 있잖아!"

그러나 랭커들은 쑤닝 생각보다 더 이기적이었다. 뭔가 상황이 이상하게 흘러가는 것 같자 바로 몸을 사리는 랭커들!

위험에 대한(있지도 않았지만) 예민함이 남들보다 몇 배는 되는 랭커들이었다.

"굳이 그런 위험을……."

"맞아. 우리 약속은 요새에서 잡는 거였지 여기까지 쫓아오는 게 아니었다고. 그리고 지금 케인도 사라졌고."

"주변에 숨어 있는 게 분명하다니까!"

"내 스킬을 무시하나? 주변에는 없어. 내 이름을 걸어도 좋아. 만약 케인이 내 스킬을 속이고 이 주변에 숨어 있는 거라면 그놈이 세계 최고 도적이다."

아탈리 왕국으로 끌어들이는 건 태현의 계획이었지만, 케인이 사라진 건 아니었다. 그러나 랭커들 입장에서는 사라진 케인이 신경이 쓰일 수밖에 없었다.

갑자기 사라지다니! 분명 김태현이라면 무슨 숨겨진 계략이 있는 게 분명해!

"나도 빠진다."

"저도요!"

"난 이만 가도록 하지."

"이, 이것들이……!"

하나둘씩 이탈하는 랭커들. 분노해서 날뛰려는 쑤닝을 말린 건 제카스였다.

"이거 놔라! 저놈들이……!"

"이미 늦었습니다. 말한다고 듣지 않을 겁니다."

제카스는 이어서 말했다.

"그리고 물러서는 게 나을 수도 있습니다. 김태현이라면 충분히 함정을 팠을 수도 있으니 말입니다."

제카스도 두려움에서 완전히 벗어날 수 없었다.

있지도 않은 함정에 두려워하는 랭커들!

태현이 했던 짓들 때문이었다. 게다가 제카스는 판온 1때부터 당해왔으니 그 두려움이 다른 사람보다 몇 배는 됐다.

"지금 이렇게 일을 벌여놓고 놈이 도망치는 걸 그냥 보고 있으라고?!"

"저도 분하고 억울합니다만 그런 걸 가장 잘 이용하는 게 김태현입니다. 지금은 물러나야 합니다."

"내가 입은 손해는! 저 랭커들을 부르느라 얼마나 깨졌는지 아냐!"

"오히려 잘된 거죠."

"뭐?"

"이걸 핑계로 지불하기로 한 돈을 미룰 수 있잖습니까."

"……그거 좋은 생각이군!"

그런 짓을 했다가는 다른 랭커들에게 원한을 사기 딱 좋았다. 당장 돈 좀 아끼겠다고 원한을 사는 짓!

그렇지만 지금 쑤닝에게는 그런 걸 생각할 만큼 머리가 돌아가지 않았다. 제카스도 배려해 줄 만큼 친절하지 않았고!

♣

"안 쫓아오네. 포기했나 보군."

"저기요, 태현 님."

"?"

"아까 잘 싸우시는데 방해하는 거 같아서 말 안 했는데…… 케인 씨는 재네들이 떨어뜨린 게 아닌데요."

"……뭐?"

"그냥 갑자기 순간이동했어요."

이다비의 말에 태현은 상황을 깨달았다.

설, 설마…….

-극히 낮은 확률로 랜덤 순간이동 시전.

극히 낮은 확률로 랜덤 순간이동! 설마 극히 낮은 확률이 지금 발동될 거라고는 생각도 못 했다.

-케인, 케인?

[현재 상대방은 귓속말을 할 수 없는 상태입니다.]

'어디로 간 거야?!'

이쯤 되자 상황을 확신할 수 있었다.

케인은 순간이동된 게 분명했다. 그것도 귓속말을 할 수 없는 곳으로!

유 회장은 궁금하다는 듯이 물었다.

"어떻게 된 거냐? 김 전무는?"

"어…… 그, 그게……."

이다비와 유 회장의 눈빛이 아프게 느껴졌다. 태현은 머뭇거리며 상황을 설명했다.

"저번에 말한 숨겨진 옵션이 저런 거였어요?! 설마 제 거에도?!"

"아냐, 네 건 멀쩡한 옵션이야."

"다행이에…… 잠깐, 처음에 그 파란 오토바이 저 주려고 하지 않았어요?"

이다비는 기억을 되살렸다. 분명 저 파란 오토바이는 태현이 그녀에게 주려고 했던 것!

"쓸데없이 기억력은 좋아서."

"방금 뭐라고 하셨어요?"

"아냐. 아무것도. 그리고 케인이 좀 불쌍하잖아. 그래서 좋은 걸 챙겨주려고 했지."

"그렇긴 해요. 그렇다면 어쩔 수 없었네요."

바로 납득한 이다비! 유 회장은 그녀보다 이해가 늦었다.

"그러니까, 김 전무가 그 케인이란 친구하고 같이 사라진 거란 거지?"

"죄송합니다. 어르신."

"뭐, 괜찮아. 사라질 수도 있지."

친구가 사라졌는데 별로 당황하지 않는 유 회장!

오히려 홀가분한 얼굴이었다.

"어르신, 지금 설마 사라져서 좋아하시는 거 아니죠?"

"아, 아니야! 뉴비 사라져서 잘 됐다는 생각은 하지도 않고 있었다고. 막타를 뺏은 놈 고생 좀 해보라는 생각은 더더욱 하지 않고 있었지."

둘은 고개를 절레절레 저었다. 고고하게 낚시만 하겠다는 유 회장은 어디 가고 사람이 저렇게 됐단 말인가.

-태현 씨. 안녕하세요.

-케인?!

-배장욱입니다.

-아, 죄송합니다.

-케인 씨에게 무슨 일이 있나요?

-아…… 아뇨. 별일 없어요.

-다행이네요. 혹시 방금 경기 보셨나요?

-뭔 방금 경기?

-마지막 예선 경기 말입니다. 오늘 경기로 프리카 투기장 대회 예선이 종료되었습니다.

예선이 끝났다는 말은…… 곧 본선이 시작된다는 뜻!

-일정을 보내 드릴 테니 그 일정에 맞춰서 프리카 투기장에 오셔야 합니다. 본선에 진출한 팀들을 정리해 놨으니 한번 봐주세요.

-그, 그러죠.

-혹시 몰라서 말씀드리는 거지만 지각이나 불참은 주최 측에서도 봐드릴 수 없으니 시간을 맞추셔야 합니다. 옛날 프로 대회에서는 그냥 몸만 오면 됐는데 가상현실 게임에서는 캐릭터도 위치에 맞춰야 한다는 게 참 번거롭죠. 하하하.

-그…… 러네요.

배장욱은 별생각 없이 웃고 있었지만 듣는 태현의 등에서는 땀이 흘러내렸다.

-어, 그냥 묻는 건데요, 한 명이 늦으면 어떻게 되나요?

-그러면 그 인원대로 참석해야죠.

-…….

-설마 지금 바로 오실 수 없는 곳에 계시는 건 아니죠? 본선이 바로 시작하는 건 아니니 그사이 오시면…….

-당연히 갈 수 있습니다!

-당연히 그렇겠죠. 아, 그리고 이동팔 대표님한테 이야기 들었습니다. 아주 기대가 크시던데요. 대회 시작되면 방송 활동도 같이 하실 텐데 기분이 어떠신가요?

-아주 좋네요!

-역시! 그러면 다음에 뵙겠습니다!

태현은 오랜만에 창백해진 얼굴로 이다비를 쳐다보았다. 이다비는 처음 보는 태현의 모습에 당황했다.

"왜, 왜 그러세요?"

"……지금 많이 망한 거 같은데."

말이 끝나기도 전에 새로 귓속말이 날아왔다.

케인인가 싶었지만…… 이세연이었다.

-잘 도망쳤어? 지금 게시판에 올라오는 글들 보면 잘 도망친 거 같은데.

-어? 어. 물론이지. 별거 아니었어.

-네 덕분에 나도 쉽게 빠져나올 수 있었어. 김철수 씨도 잘 빠져나갔다고 하더라. 연락은 받았지?

-무슨 연락?

-예선 끝났다는 연락. 팀 확정됐어. 이제 본선 시작이야.

-당연히 받았지.

-그래, 그러면 알아서 맞춰서 경기장으로 오고. 그보다 랭커들을 어떻게 따돌린 거야? 들어보니 케인 씨를 시켜서 함정을 팠다고 하던데.

-다음에 이야기하자! 이만 끊자고!

-잠, 잠깐만! 방ㅅ…….

뚝-

태현은 바로 이세연의 귓속말을 끊어버리고 눈을 감았다.

과연 지금 케인은 어디에 있단 말인가!

-야, 야! 야!!

-누구세요?

-나한테 그딴 오토바이를 주냐!!

-아, 케인이었군.

-케인이었군?! 지금 할 소리가 그런 소리냐!?

-다른 사람들이 자꾸 귓속말을 보내서…… 그래서 어디냐?

-어딘지는 모르겠고! 지금 네 부하 만났다!

-내 부하?

-자기가 갈락파드라는데? 아키서스의 신도래!

필사꾼 갈락파드. 마법사는 아니고, 마법사들의 마탑에서 마도서들을 베껴 쓰다가 나온 NPC!

마법 스킬에 관심이 많아 만나고 싶었지만, 아직 만나보지 못한 아키서스의 신도 NPC 중 하나였다. 펠마스나 넥돈, 에드안과 달리 갈락파드는 언제나 먼 곳에 있었던 것이다.

펠마스의 말에 따르면, '갈락파드는 아키서스의 권능을 찾기 위해 먼 곳에 있어서 이 영지에는 못 오고 있습니다! 아이고 아쉬워라!'였다.

그런데 그런 갈락파드와 케인이 만났다니. 신기한 우연도 우연이지만, 그보다…….

'이 자식 어디까지 날아간 거야?'

태현은 슬슬 불길해지기 시작했다. 날아가더라도 가까운 곳에 날아갔으면 그나마 나았을 텐데, 지금 느낌은 뭔가 싸늘했다.

-어디인데? 좀 설명을 해봐.

-으, 잠깐만! 좀 안전한 곳으로 들어가고! 여기 더럽게 추워! 으으으!

-뭐? 춥다고?

태현은 더 불안해졌다.

춥다니. 특별한 던전이나 지형이 아니라면, 이 근처에 지금 추운 곳은 없었다.

북쪽으로 한참 올라가야 추운 곳을 찾을 수 있었다.

'설마…….'

-으악! 아이스 드래곤이다! 아. 아니구나. 그냥 얼음 덩어리였어. 아니다! 으아악! 몬스터였어! 일단 안전한 곳으로 간 다음 다시 연락 줄게!

그리고 케인의 귓속말은 끊겼다.

태현은 한숨을 쉬었다. 딱히 방금과 달라진 게 없었던 것이다.

'이 자식은 설명을 왜 이렇게 못 하는 거야?'

지금 할 수 있는 건 하나밖에 없었다.

"일단 영지로 가자."

"가서 뭐 하시려고요?"

"펠마스를 족ㅊ…… 아니, 펠마스한테 물어봐야지."

"어서 오십시오! 그 사악한 사디크 교단을 무찌르고 대륙의 정의를 바로 세우시다니!"

"내가 좀 대단하지."

"그 강하고 위험한 사디크 놈들을 쓰러뜨리시다니 대단하십니다! 태현 님만 한 영웅이 없습니다!"

"어. 권능 좋더라. 나도 잘 써먹어야지."

아키서스의 화신이 다른 신의 권능을 쓴다는 말을 태연하게 하고 있었다. 그러나 펠마스는 못 들은 척하고 넘겼다.

다른 교단의 NPC라면 순식간에 관계가 하락하고 '어떻게 네가 그럴 수 있느냐' 하며 온갖 페널티가 붙을 것이다.

그렇지만 아키서스 교단은 아니다! 이 유연함이 아키서스 교단의 장점!

태현은 절망과 슬픔의 골짜기 절벽에 올라가 영지를 둘러보았다. 평지 쪽의 영지는 나름 개발이 되어 가고 있었다.

그렇지만 절벽 쪽의 산맥은 사디크 교단이 쓰던 채로 그대로 내버려 둬져 있었다. 맥크레니 상단이나 아키서스 교단 쪽에서 몰래 숨겨 놓을 때나 쓰는 정도!

'저거 개발을 하긴 해야 하는데…… 골드가 애매하군.'

지금 영지를 개발하는 것만으로도 골드가 줄줄 흘러나갔다. 사실, 개인 혼자의 힘으로 영지를 이렇게 개발시킨 것만으로도 대단한 일이었다. 다른 영지들은 다 길드 단위로 뛰어들어서 개발하고 있었으니까!

게다가 태현은 세금도 거의 걷지 않았다. 얼핏 보면 불가능해 보였지만, 비결은 간단했다.

삥 뜯기!

이제까지 해온 수많은 PK로 뜯어낸 골드들이 이 영지를 개발시킨 것이었다. 그 사정을 모르는 일반 플레이어들은 '와! 김태현 만세! 대형 길드들과는 차원이 다르다!' 이러고 있었지만, 태현에게 탈탈 털린 플레이어들은 피눈물을 흘리고 있었다.

치이익- 푸슉-

영지 한쪽 구석에서 온갖 다양한 색의 연기가 펑펑 피어오르고 있었다.

딱 봐도 저기가 뭐 하는 곳인지 알 수 있었다.

악마의 대장간! 영지에 있는 기계공학 플레이어들이 모여 있는 곳이 분명했다.

'저것들 좀 다른 데 안 가나?'

마음 같아서는 다른 곳, 구체적으로 말하자면 오스턴 왕국의 쑤닝 길드의 영지 같은 곳으로 가서 사고나 좀 쳐줬으면 했다. 그런데 한사코 여기가 좋다며, 태현이 좋다며 붙어 있는 기계공학 대장장이들!

태현 입장에서는 눈엣가시였다.

실제로 한 번 꿈을 꾼 적도 있었다. '김태현 백작님! 악마의 대장간이 폭발해서 영지가 날아갔습니다!'하고 펠마스가 외치는 꿈이었다.

영지의 가운데에는 아키서스 관련 건물들이 집중적으로 모여 있었다. 신전부터 동상, 분수대까지.

그리고 그 주변을 돌아다니는 플레이어들!

특이한 점은, 플레이어들의 모습에서 공통점을 찾아볼 수 없다는 것이었다.

보통 한 영지에 자주 보이는 플레이어들은 공통점이 있게 마련이었다. 전사가 있기 좋은 영지에는 전사 직업의 플레이어들이. 마법사가 있기 좋은 영지에는 마법사 직업의 플레이어들이. 대장장이가 있기 좋은 영지에는 대장장이 직업의 플레이어들이.

그런데 이 절망과 슬픔의 골짜기에는 온갖 부류의 플레이어들이 돌아다녔다.

즉…… 행운이 필요한 플레이어들은 전부 다 여기 들렀다 가는 것!

"가즈아! 가즈아아아! 이번에는 뜬다!!"

"오색으로 빛나는 황금 떴냐?! 떴냐?!"

"화려한 일곱 발의 화염 화살 스킬……! 아직 레벨이 부족하지만……! 운만 좋으면 배울 수 있어! 배울 수 있다고!"

강화, 아이템 제작, 심지어 자격이 안 되는 스킬을 억지로 배우는 것까지. 소문은 무서웠다.

한번 행운으로 효과를 본 사람들이 소문을 퍼뜨리자 그 소문이 다른 사람들을 불렀다. 작은 영지였지만, 다른 영지에 비하면 오히려 플레이어 숫자는 더 많은 것 같았다.

"……음. 깊게 생각하지 말자."

시선을 돌려 다른 곳을 둘러보았다. 저 멀리 영지 반대쪽 구석에서 태현의 꿈인 투기장이 건설되고 있었다.

과연 어떤 투기장이 완성될까?

오랜만에 두근거리고 설레는 마음을 느꼈다.

"태현 님, 태현 님."

펠마스가 태현에게 조심스럽게 말을 걸었다.

"오냐."

"그런데 무슨 일로 여기 오셨습니까?"
"아, 물어볼 게 있어서 왔지."
갈락파드에 대해 물어보려고 온 태현이었다.
지금 갈락파드가 어디서 뭘 하고 있길래 케인이 저러고 있는가!
그러나 펠마스의 표정이 이상했다.
"그…… 저도 말씀드릴 게 하나 있습니다."
"말하기 전에 펠마스. 여기가 절벽인 건 알고 있지?"
"예?"
"네가 이상한 소리를 하거나 날 속이려고 하면 네가 발이 미끄러질 수도 있겠다는 생각이 들어서."

[고급 화술 스킬을 갖고 있습니다. 협박이 완벽하게 성공합니다. 펠마스는 절대로 거짓말을 하지 못합니다.]

"아, 아닙니다! 제가 어떻게 그런……!"
"입만 열면 거짓말이면서 뭔…… 그래서 뭔데?"
"저번에 사디크 교단을 토벌하러 가시면서 태현 님께서 하신 말씀 있잖습니까."
"내가 뭔 말을 했더라?"
"사디크의 힘을 뺏고 세상 모든 신들의 힘을 뺏겠다는 말씀을 하셨습니다!"
"……그렇게까지는 말 안 했는데."

누가 들으면 태현의 직업을 <아키서스의 화신>이 아니라 <살신자>로 착각할 소리!

"어쨌든 저도 그 말을 듣고 깨달은 바가 있었습니다!"

"오. 뭘 깨달았지?"

"적의 힘이라도 받아들여서 쓸 수 있다는 것입니다!"

"그걸 지금 말하는 게 좀 무서운데."

"자! 나오십시오!"

태현은 고개를 돌렸다. 누구를 소개하길래 이렇게 요란한 소리를?

뒤에서 나온 건…… 버포드였다.

세상에서 가장 어색한 얼굴로 시선을 피하는 버포드!

탁-

"으아아악! 으아아아악!"

태현은 진짜로 펠마스를 발로 차버렸다. 잽싸게 바위를 붙잡은 펠마스는 비명을 질러댔다.

"네가 드디어 나를 배신하는구나, 펠마스. 예전부터 그럴 거라고 생각은 했다."

"아닙니다! 아닙니다!"

"아니긴 뭐가 아니야, 인마. 그리고 이 높이에서 떨어져도 안 죽는 거 안다. 알아서 회피해 봐."

"죽습니다! 죽는다고요!"

버포드는 둘이 떠드는 동안 계속 입을 다물고 있었다.

입이 열 개라도 할 말이 없는 상황!

"그래. 넌 뭔 생각으로 여기 왔냐? 아. 내 반지를 돌려주려는 생각으로 왔나?"

원래 쥐 죽은 듯이 얌전하게 굴려고 했던 버포드였다.

그렇지만 사람인 이상 억울할 수밖에 없었다.

"뭔, 뭔 반지……? 성물 반지를 가져간 건 너잖아!"

사디크의 성물 반지가 얼마나 가치 있는 아이템인데!

"이런 못된 놈이 자기가 한 짓은 잊고 당한 것만 기억하네. 네가 아탈리 국왕 암살하러 갔을 때 반지 하나 집어왔어, 안 집어왔어?"

"집…… 집어왔지."

말을 들어보니 기억이 났다. 별생각 없이 집었던 반지!

그때는 '와, 이런 반지를 그냥 얻다니 개꿀인데?' 생각하며 넘겼다.

"그 반지가 원래 내가 가졌어야 할 반지다. 이 자식아."

"설, 설마 그거 때문에 이제까지 날 쫓아온……."

"뭐, 꼭 그 반지 때문은 아니고 다른 이유도 있었지."

태현이 저렇게 말했지만 버포드는 믿지 않았다. 아무리 봐도 100% 반지 때문!

설마 이제까지의 그 고생이 다 반지 때문이었다니.

사디크 교단의 본거지가 불타고, 마수가 죽고, 화염이 꺼지고, 성물 반지를 뺏기고, 프리카 대륙의 요새마저 타버리고, 주요 인물까지 죽어버린 이유가 반지 하나 때문이었다니!

버포드는 뒤통수를 세게 얻어맞은 기분이었다. 제대로 말도 나오지 않았다.

"어쨌든 이제라도 이렇게 내 앞에 나타난 건 내 반지를 가져간 것 때문에 양심의 가책을 느껴서겠지. 이해한다. 널 죽여서 조금이라도 보상을 얻으라는 거겠지. 그 마음 받아주마."

"아, 아니야! 그런 게 아니라고!"

자기 멋대로 생각하는 태현의 모습에 버포드는 기겁해서 손을 흔들었다.

"아니라니? 뭐 반지라도 찾아왔냐?"

"그건 아닌데……."

"그러면 죽어."

"아키서스! 아키서스 교단에 들어가려고 왔다고!"

태현은 고개를 돌려 펠마스를 쳐다보았다.

씩-

매달린 펠마스는 필사적인 미소를 지어 보였다.

"펠마스, 저게 뭔 소리냐?"

"적, 적의 힘을 받아들이고 사용하는 게 교단의…… 죄송합니다! 버포드가 갖고 온 게 많아서 받아들였습니다! 죄송합니다!"

펠마스는 바로 진실을 털어놓았다.

사디크 교단이 완전히 개박살이 난 다음, 버포드는 자포자기한 마음으로 돌아다니다가 차라리 아키서스 교단에 들어가면 어떨까 하는 생각을 했다. 이미 망할 대로 망한 사디크 교단에 있는 것보다는 차라리 뜨는 태양인 아키서스 교단에 들어가는 게 낫지 않을까?

그 생각이 틀렸다는 건 머지않아 알게 되었지만, 그때의 버포드는 아직 몰랐다. 그래서 아키서스 교단에 들어갈 방법을 고민했다. 사디크 교단에 있었으니 평범한 방법으로는 들어가기 힘들 게 분명!

버포드는 챙길 수 있는 사디크 교단의 장비들과 그가 부릴 수 있는 성기사들과 사제들을 이끌고 아키서스 교단의 영지로 향했다. 바칠 수 있는 걸 바쳐서 환심을 살 생각!

그리고 그 계산에는 태현도 있었다. 김태현처럼 큰 그릇을 갖고 있는 사람이라면 적도 받아들일 수 있지 않을까?

사디크 교단이 적이기는 했지만 태현은 이미 털어갈 수 있을 만큼 털어갔으니 별로 감정이 남지 않았을 것이라고 생각했다. 물론 그 생각은 틀렸다.

"이야…… 요즘은 때린 놈이 발 뻗고 잔다더니 완전 그 꼴이네. 내가 널 용서해 줄 거라고 생각했다고? 대체 무슨 자신감으로? 용서를 바라면 반지를 갖고 오라고. 반지를!"

'반지 때문 아니라며……!'

말과 행동이 다른 태현의 모습에 버포드는 울분을 삼켰다.

"펠마스, 얘가 갖고 온 게 그렇게 대단해?"

"사디크 교단의 사제나 성기사들은 쓸 만하죠. 아시다시피 저희 교단은…… 크흠."

"크흠. 그렇지."

근본 없는 교단, 아키서스 교단! NPC를 고용하고는 있었지만 그 숫자가 적고 힘이 약했다. 둘은 그걸 알고 있었지만, 버포드는 몰랐기에 어리둥절해하고 있었다.

'무슨 대화를 하고 있는 거지?'

묻고 싶었지만 괜히 물었다가는 태현한테 구박만 들을 것 같았다.

버포드는 참았다. 사디크 교단에서 지내면서 늘어난 건 눈치뿐! 이리 치이고 저리 치이면서 늘어난 눈치였다.

"사디크 교단의 성기사하고 사제들이라……."

"무려 상급 성기사들하고 사제들도 있습니다."

"그, 그래?"

태현은 살짝 솔깃했다. 상급 성기사들과 사제들이라니!

현재 아키서스 교단의 NPC들은 솔직히 전력으로 치기에는 너무 약했다. 성기사들은 그나마 나았다. 용병 정도는 됐으니까. 그러나 사제가 문제였다. 급이 낮은 아키서스 사제들이 쓸 수 있는 아키서스 계열 신성 마법들은 효과가 좀…… 많이 약했던 것이다.

행운 관련 마법은 효과가 바로 눈에 보이지 않았다. 그게 약한 마법이라면 더더욱 그랬다.

신성 직업 중에서 최고 등급의 직업인 <아키서스의 화신>인 태현이 쓰니까 그런 위력이 나오지, 하급 사제들이 써봤자 미묘한 효과들만 나왔다.

효과가 낮거나 랜덤인 신성 마법들. 든든한 힐러 역할을 해야 하는 사제로서는 꽤나 큰 약점이었다.

물론 영지에 뽑기를 하러 온 사람들에게는 아무 문제가 안 됐지만, 태현은 전력을 갖고 싶었다. 다른 교단처럼 이름만 들어도 강력해 보이는 성기사단이나 사제단!

지금 영지에 있는 귀족 기사단은 한 번 써먹으면 끝이었다. 가능한 전력을 더 갖춰야 했다.

'그렇지만 현재 NPC들 굴리는데도 골드가 물 흐르듯이 빠져나가니…….'

이런 상황에서 사디크 교단의 상급 성기사들과 사제들이 단체로 투항해온다는 건 끌리는 제안이었다.

그러나 버포드는 둘의 대화를 오해했는지 황급히 말했다.

"아키서스 교단에 들어가게 되면 사디크 교단의 스킬은 하나도 쓰지 않게 하겠습니다! 처음부터 아키서스 교단의 스킬을 배우겠습니다!"

탁-

태현은 버포드의 어깨에 팔을 올렸다.

"그런 섬뜩한 소리는 하지도 마라. 그냥 사디크 교단의 스킬을 써. 뭐라고 안 할 테니까."

휘이이잉-

싸늘한 바람이 사방에서 휘몰아쳤다.

[주변의 온도가 매우 낮습니다. 상태에 페널티를 받습니다. 동

상에 걸릴 수 있습니다.]

사방에서 몰아치는 차가운 바람!

하늘에서 굵은 눈이 펑펑 쏟아지고, 주변에는 얼음밖에 보이지 않았다. 가끔 저 먼 언덕에서 거대한 설인 몬스터나 얼음 거인이 꿈틀거리는 걸 볼 때마다 가슴이 덜컥거렸다.

여기가 어딘지도 모르는 상황.

힐러나 딜러 역할을 맡아줄 파티원도 없는 상황에서 처음 보는 몬스터들과 싸우는 건 자살행위였다. 게다가 상대 몬스터는 강해 보였고, 가만히 있어도 페널티가 붙는 상황!

케인 뒤에 매달려 있던 김 전무는 갑자기 바뀐 풍경에 기겁해서 외쳤다.

“이, 이게 어떻게 된 일이야?”

“아, 가만히 좀 있어! 어떻게 한다…….”

고민하던 케인은 <주인님, 어디 계십니까> 스킬을 떠올렸다. 주인님…… 아니, 태현의 위치를 찾아내는 스킬!

대가를 지불한다면 그 옆으로 갈 수도 있는 강력한 스킬이었다. 지금 여기가 어딘지는 몰라도 태현과 꽤 먼 곳이 분명했다. 이렇게 추운 곳이라니.

그렇다면 지불해야 할 대가도 커지겠지만…….

‘여기서 계속 있는 것보다는 낫겠지?’

으지직-

“응?”

으지지지직-

"어? 어?? 어어어??"

파창!

그들이 올라와 있던 얼음 바닥이 순식간에 깨지며 무너지기 시작했다.

[충격으로 얼음이 무너집니다.]

[던전: 프로즈란드의 지하유적에 입장하셨습니다. 당분간 로그아웃이 제한됩니다. 로그아웃 시 던전에서 강제로 퇴장당하며, 페널티가 부여됩니다.]

[프로즈란드의 지하유적에서는 귓속말을 할 수 없습니다.]

[특정 스킬들이 제한됩니다.]

"으아아아아……!"

반응이 늦어 오토바이로 날아오르지도 못했다.

케인과 김 전무는 얼음 밑으로 비명을 지르며 추락했다.

CHAPTER 5

“헉, 헉…… 죽는 줄 알았다…….”

다행히 오토바이가 있어서 추락사는 면할 수 있었다. 케인이야 체력이 높으니 죽지는 않았겠지만 김 전무는 아니었다.

‘그보다 던전이라니. 재수 없는 놈은 뒤로 넘어져도 코가 깨진다더니…….’

순간이동한 곳이 하필이면 얼음이 얇은 곳이었고, 그 얼음이 깨져서 숨겨진 던전의 입구가 드러났고, 거기에 강제로 케인이 들어오게 된 것이다.

평소라면 이런 입장은 행운이었다. 남들은 기를 쓰고 찾아다니는 던전을 그냥 발견한 것 아닌가.

그러나 그건 어디까지나 던전을 공략할 여유가 있을 때고, 지금 케인은 그럴 여유가 없었다. 그냥 돌아가고 싶다!

-주인님, 어디 계십니까!

[던전 내에서 이 스킬을 사용할 수 없습니다.]

대가를 감수하고 쓰려던 스킬이 바로 막혀 버렸다.

케인은 좌절했다. 어째서 이런 일이……!

생각해 보니 이 모든 게 오토바이 때문 아닌가!

'김태현 그 자식이 대체 뭘 넣어놓은 거야!'

갑자기 저 오토바이가 폭발하거나, 생물로 변해도 놀라지 않을 것 같았다. 던전 내부는 완전히 얼음으로 되어 있었다.

바닥도 얼음, 통로의 벽도 얼음, 기둥도 얼음.

[주변의 온도가 매우 낮습니다. 상태에 페널티를 받습니다. 동상에 걸릴 수 있습니다.]

"일단 불을 붙이고……."

화르륵!

불을 붙이자 어두웠던 주변이 좀 밝아졌다. 덕분에 통로 너머까지 눈에 들어왔다. 그리고 통로 너머에는…… 사람들이 있었다.

케인은 바로 무기를 뽑아 들었다. 여기 던전에 있는 사람은 적일 가능성이 99%!

"뭐, 뭐냐?"

당황한 김 전무가 케인 뒤에 숨었다.

그 소리에 통로 너머에 있던 사람들도 케인을 발견했다.

"누구냐!"

"침입자다!"

타타탁-

빠르게 움직이는 사람들!

일단 플레이어는 아니었다. 케인은 긴장한 눈으로 사람들을 쳐다보았다. 혼자서 이 주변을 돌아다니는 적들을 다 상대할 수 있을까?

태현이라면 가능했겠지만 그는 태현이 아니었다. 괴물 같은 태현과 같이 다니면서, 아이러니하게 케인은 스스로의 한계에 대해 잘 알게 되었다. 이런 상황에서 냉정하게 대응할 수 있는 것도 그 덕분이었다.

'도망을 쳐야 하나?'

"정체를 밝혀라, 그렇지 않으면 공격하겠다!"

상대방의 말에 케인은 안도의 한숨을 내쉬었다. 바로 공격을 하지 않는 걸 보니 대화가 가능한 NPC였다.

물론 그렇다고 안전한 건 아니었다. 대화가 가능할 뿐이지, 여기서 대화를 실패하면 바로 적이 될 테니까!

상황이 이렇게 되니 더욱더 태현이 아쉬웠다. 악마의 혓바닥을 가진 태현이 있었다면 그냥 쉽게 넘어갔을 텐데…….

"그, 그게 어떻게 된 거냐면……."

케인은 더듬더듬 설명에 나섰다.

갑자기 순간이동 당해서 여기로 왔는데 얼음이 깨져서 던전으로 입장!

[상대방의 설득에 실패했습니다. 당신을 의심합니다.]

"그걸 믿으라는 거냐!"
"크흑……!"
케인은 이를 악물었다. 역시 김태현처럼은 안 되나!
이렇게 되면 싸울 수밖에 없었다.

-아키서스의 인내의 축복, 충실한 노예의 믿음!

스킬을 사용하자 케인 주변에서 빛이 뿜어져 나왔다. <아키서스의 노예>란 직업 이름 때문에 착각하기 쉬웠지만, 케인은 엄연한 랭커! 레벨도, 직업도, 랭커 평균은 되는 케인이었다.
"잠깐, 저건!"
상대방이 멈칫하자 케인은 의아해했다. 왜 저러지?
"네놈. 어떤 신을 믿느냐?"
"뭐라고?"
"대답해라! 누구를 믿느냐!"
"어…… 아키서스?"
쾅!
상대방은 들고 있던 지팡이로 바닥을 내리쳤다. 케인 뒤에 있던 김 전무는 깜짝 놀라 외쳤다.
"힉!"
"오오! 아키서스 님의 인도가 여기에 닿았도다! 위대한 아키서스 님이시여!"
"오오! 아키서스! 오오!"
집단의 우두머리로 보이는 사람이 외치자 다른 사람들도 '오오 아키서스 오오'거리기 시작했다.
케인은 점점 혼란스러워지기 시작했다.
대체 얘네들은 누구야?
"나는 갈락파드라고 한다. 아키서스를 모시는 충실한 종이지."
"아…… 나, 나도 충실한 종이야!"
"그래. 아키서스의 노예야. 네가 누군지는 알고 있다."
분명 맞는 말인데 남의 입으로 들으니까 뭔가 기분이 더러웠다.
"아키서스의 진정한 화신인 김태현 님을 아는가?"
"물, 물론 알지! 내가 〈아키서스의 노예〉 전직을 누구한테 했는데!"
"역시. 훌륭하다. 노예."
갈락파드는 흡족한 얼굴로 고개를 끄덕였다. 케인은 점점 기분이 더러워지는 걸 느꼈다.
"……나는 노예가 아니라 케인……."
"그래서 노예, 김태현 님은 어디 계시는가?"
"김태현은 지금 오스턴 왕국에서……."

퍽!

[사라트의 다섯 빛 마법에 적중당했습니다. 움직일 수 없습니다.]

"어허! 노예 주제에 건방지게! 아무리 태현 님이 이 자리에 계시지 않아도 그렇지, 그렇게 방자하게 입을 놀리다니!"

'뭐, 뭐야?'

케인은 황당한 얼굴로 앞을 쳐다보았다. 마법이 시전되는 걸 느끼지도 못하고 당한 것이다.

이상할 정도로 빠른 속도!

몸은 움직이지 않았지만 앞은 볼 수 있었다. 갈락파드는 가만히 있었다. 애초에 갈락파드는 별로 강해 보이지 않았다.

그냥 흔해 빠진 로브를 두르고 지팡이를 들고 있는 노인.

마법은 그 옆에 있는 사람들에게서 나온 것이었다. 갈락파드처럼 로브를 쓰고 있었지만 그들은 전신을 가리고 있었다.

'마법사들인가?'

"이제 좀 정신을 차렸는가?"

"아, 아니. 내가 김태현이랑 친해서……."

"어허! 이놈이 아직도! 예절부터 교육해야겠구나!"

"크아아악!"

설마 설마 했는데, 갈락파드는 진짜 공격을 시작했다. 순식간에 팍팍 깎이는 HP에 케인은 비명을 질렀다.

어이가 없었다. 이제까지 이렇게 무방비한 상태로 맞아본

적은 없었던 것이다.

케인은 벗어나려고 안간힘을 썼지만 전부 실패했다.

[저항에 실패합니다. 움직일 수 없습니다.]

대체 얼마나 강력한 마법이길래!

"잘, 잘못했습니다!"

결국 케인은 굴복했다. 굴욕 그 자체!

그렇지만 랭커들 상대로도 살아남았는데 여기서 아키서스 NPC들한테 죽고 싶지는 않았다.

"오냐. 이제 좀 정신이 드나 보구나. 그래서 너는 누구를 믿느냐?"

그리고 화살이 김 전무에게 돌려졌다.

"어, 나, 나는 무교인데?"

"……죽여라!"

"아키서스! 아키서스 믿겠습니다!"

평생 눈치 없는 ××란 소리를 듣던 김 전무는 판온을 시작하고서 눈치 스탯이 빠르게 증가하고 있었다.

갈락파드는 고개를 끄덕였다.

"그렇다. 오직 신은 아키서스만이 존재한다! 다른 신은 같잖은 사기꾼들뿐이니 전부 죽여서 아키서스 신전의 거름으로 써야 한다!"

다른 교단의 NPC들이 들으면 당장 토벌 퀘스트가 뜰 소리!

케인은 어이가 없어서 입을 떡 벌렸다.

저건 대체 뭐 하는 또라이야?

그러나 지금은 갈락파드에게 대항할 수 없었다.

"저, 갈락파드 님."

"왜 그러느냐?"

"여, 여기에는 무슨 일로 오신 겁니까?"

"위대한 아키서스 님의 권능을 찾으러 왔다."

"그, 그렇군요. 태현 색…… 아니, 김태현 님을 부를까요?"

"노예 주제에 감히!"

"그, 김태현 님에게 연락을 드릴까요?"

"그래. 머리가 없지는 않은가. 이 유적지는 몇몇 마법을 쓸 수 없는 곳이지만 다음 구간을 지나면 쓸 수 있는 곳이 나온다. 그때 연락을 보내도록."

"예!"

'살았다!'

케인은 속으로 환호했다. 말을 들어보니 다음 구간으로 가면 귓속말이 되는 곳이 나오는 모양이었다.

태현하고 연락만 되면 이 정신 나간 놈들하고도 안녕이다!

그러나 케인의 예측은 완전히 빗나갔다.

휘이이이잉-

[지하유적의 개방된 공간에 도착했습니다.]

[이 주변의 냉기는 모두 이곳에 압축되어 있습니다. 주의하십

시오! 냉기에 저항력이 없다면 죽을 수도 있습니다!]
[이곳의 몬스터들은 특별히 포악합니다.]

통로를 지나서 나온 탁 트인 빙판. 아무것도 없이 평화로워 보였지만 메시지창은 아니었다. 여기는 매우 위험한 곳이라고 경고를 하고 있었던 것이다.

"나, 나 죽는다!"

"쯧. 허약한 놈이로고."

갈락파드가 고개를 끄덕이자 로브를 쓴 NPC가 김 전무에게 마법을 걸어주었다. 그리고 바로 케인에게도 걸어주었다.

[절대 냉기 차단의 가호를 얻었습니다. 이 주변의 냉기에 저항하는 데 성공합니다.]

케인은 다시 한번 놀랐다. 이런 강력한 버프 마법을 쓰다니. 대체 이 집단은 뭐 하는 집단이지?

'아키서스 교단에 이런 놈들이 있었어?'

케인도 아키서스 교단에 대해서는 어느 정도 알고 있었다.

아키서스 교단은 간단히 말하자면 떨거지들의 모임!

대도적(자칭), 은퇴한 기사, 도박꾼까지!

솔직히 이 정도로 NPC들이 처참한 세력도 드물었다. 당장 다른 잘나가는 교단들만 봐도 레벨 200, 300이 넘는 NPC를 보유하고 있는데…….

아키서스 교단은 거의 태현이 억지로 멱살을 잡고 여기까지 끌고 왔다고 해도 과언이 아니었다. 그런데 갑자기 이렇게 강한 아키서스의 신도 NPC들이 나타나다니.

케인은 당혹스러울 수밖에 없었다. 뭔가 이상하고 어딘가 한 군데 맛이 간 아키서스 NPC들만 보다 보니, 멀쩡한 NPC를 보자 믿을 수가 없는 것!

'아, 맞아. 일단 귓속말을 보내야지.'

케인은 태현에게 귓속말을 보내며 차분하게 생각을 정리했다. 지금 일어난 일들이 너무 많아서 뭐부터 말해야 할지 알 수 없었다.

그러나 케인은 침착했다. 이런 일을 한두 번 겪는 게 아니었으니까. 침착하고 냉정하게, 지금 필요한 정보만을 김태현에게 전달…….

-야, 야! 야!! 나한테 그딴 오토바이를 주냐!!

……하지 못했다.

귓속말이 연결되자마자 터져 나오는 울분!

케인은 정신없이 떠들어댔다. 그러자 태현이 말을 끊었다.

-어디인데? 좀 설명을 해봐.

[냉기 폭풍이 몰려옵니다. 안전한 곳으로 가지 않으면 즉사합

니다.]

"뭐야?!"
"냉기 폭풍이다! 움직여!"
"잠, 잠깐, 귓속말을……! 나 스킬 써서 나가야 하는데……!"
"저걸 맞으면 가호로도 못 버틴다! 들어가야 해!"
다른 일행의 말에 케인은 급히 귓속말을 보냈다. 벌써 온도가 더 내려가고 있었다.

-으, 잠깐만! 좀 안전한 곳으로 들어가고! 여기 더럽게 추워! 으으으!

타다다-
케인과 일행은 빠르게 앞으로 달려 나갔다.
저 멀리서 푸른빛의 폭풍이 몰려오고 있었다.
보기만 해도 섬뜩한 모습!
스르륵-

-으악! 아이스 드래곤이다!

"으악! 아이스 드래곤이다!"
"정신 차려라! 저건 얼음 덩어리다!"

-아. 아니구나.

"아. 아니구나. 그러면 저것도?"
"저건 몬스터야!"

-으아악! 몬스터였어! 일단 안전한 곳으로 간 다음 다시 연락 줄게!

뒤에서는 폭풍이 몰려오고 앞에서는 얼음인지 몬스터인지 구분하기 힘든 것들이 튀어나오는 상황.
케인은 귓속말을 끊고 앞으로 달렸다.
일단 살고 보자!

"어, 사디크 스킬을 써도 됩니까?"
버포드는 당황해서 물었다. 혹시 이건 함정인가?
"그래. 써도 된다."
"쓰셔도 됩니다. 하하하."
태현도, 펠마스도, 어색하게 웃으면서 말했다.
그걸 본 버포드는 확신했다. 이건 함정이구나!
그렇지 않으면 저렇게 어색한 얼굴로 말할 이유가 없었다.
여기서 사디크를 확실하게 버리지 않으면 태현한테 의심을 받아서 죽는다!
"아닙니다! 저는 사디크를 버리겠습니다! 데리고 온 사디크 성기사들도 사디크 신을 포기하게 하겠…… 커헉!"

퍽! 퍼퍽!

"이 자식은 진짜 일부러 이러는 거냐? 야. 너 나 혈압 오르게 하려고 온 거지? 솔직하게 말해봐. 나한테 당한 거 때문에 와서 이러는 거지?"

"아, 아닙니다! 저는 정말로…… 커헉!"

[사디크 교단의 성기사를 상대로 맨손으로 싸웠습니다. 격투 스킬이 오릅니다.]

[민첩, 신성이 오릅니다.]

태현은 그냥 몇 대 치고 넘어갈 생각이었다. 어차피 맨손 공격으로는 한계가 있었으니까. 정말로 버포드를 죽일 거였으면 바로 무기를 뽑았을 것이다.

그런데 이렇게 메시지창이 뜨니 생각이 달라졌다.

갑자기 태현이 멈추자 버포드는 고개를 들었다.

이제 끝났나?

탁-

[아이템을 얻었습니다.]

"포션이다. 회복해."

"감, 감사합니다."

"회복하고 몇 번 더 하자."

"네?"

퍼퍼퍽! 퍼퍼퍼퍽! 퍼퍼퍼퍽!

스킬 레벨이 낮은 스킬로 강한 적을 상대하면 보너스가 들어갔다. 고급을 찍은 검술 스킬보다 맨손 격투로 싸우는 게 더 보너스가 들어가는 건 당연한 이치!

물론 버포드에게 그 이치는 별로 와닿지 않았다.

"이, 이거 언제까지 해야 합니까?"

"아키서스 교단에 들어오고 싶다며? 버텨! 체력도 많이 남았으면서!"

"아니…… 기분이 뭔가……."

버포드는 샌드백이 된 기분이었다. 사디크 교단의 스킬 중 HP와 체력 회복 속도를 올려주는 스킬을 키고, 태현의 공격을 전부 맞고 있었던 것이다.

"가만히 서 있지 말고 움직여서 좀 덤벼봐! 스탯 오르는 속도가 느려지잖아!"

'최대한 하고 있거든?!'

버포드는 기가 막혔다.

샌드백이라고 해도 가만히 서 있는 게 아니었다. 스킬을 다 켜고, 움직이면서 최대한 방어를 하고 있었던 것이다.

판온의 시스템은 바보가 아니었다. 저항하지 않는 상대를 치면 처음에는 스탯이 조금 올라도 그 이후로는 오르는 양이 빠르게 내려갔다.

그걸 피하려면 맞는 상대도 최대한 맞서 싸워야 했다.

그런데…… 버포드는 완전히 두들겨 맞고 있었다. 쓰고 있는 스킬은 버프 계열 스킬들. 둘은 공격 관련 스킬은 쓰지 않고 오로지 맨손 격투로만 붙고 있는 상황.

이런 상황이라면 한두 대 정도는 맞춰야 정상인데, 그 한두 대를 못 넣고 있었다. 그런 주제에 태현은 답답하다는 듯이 외치고 있으니 더 억울했다.

"아오, 왜 이렇게 굼떠! 너 뭐 하냐!"

'네가 이상한 거야!!'

버포드가 주먹을 휘두르기도 전에 눈치를 채고 바로 카운터를 꽂아 넣고, 버포드가 피하려고 하면 그 피하는 동작을 읽고 주먹을 찔러 넣었다. 태현이 무기를 들고 있을 때에도 느꼈던 것이었지만 정말 무시무시한 반응 속도였다.

초근접전에서 별다른 스킬을 쓰지 않자 확실하게 느껴지는 태현의 괴물 같은 반사 신경!

"흠, 이제 더 안 오른다. 여기까지만 하자."

"감, 감사합니다."

[사디크 교단 성기사, 사디크 교단 사제들의 공포심이 올라갑니다.]

"응?"

태현은 메시지창을 보고 고개를 돌렸다. 그러자 저 멀리서 질린 눈빛으로 태현을 쳐다보는 사디크 교단 NPC들!

뭔가 오해를 하고 있는 것 같았다.

"아, 이건 그냥 서로……."

"히익!"

"죄송합니다!"

귀신이라도 본 것처럼 벌벌 떠는 사디크 성기사들과 사제들! 태현은 어떻게 된 건지 깨달았다.

'사디크 교단에 한 짓이 너무 심했구나!'

이제까지 사디크 교단을 상대로 온갖 토벌을 해왔으니, 사디크 교단 NPC들이 공포심을 갖고 있어도 이상할 게 없었다. 게다가 지금은 적이 아니라 항복하러 온 상황!

'그냥 설득하지 말고 전직이나 시켜줘야겠군.'

어설프게 '나 안 무서운 사람이야'하는 것보다는 그냥 겁을 먹게 하는 게 나을지도 몰랐다. 어쨌든 공포심도 일단 NPC가 명령을 잘 따르게 하는 스탯 중 하나였으니까!

[사디크 교단 NPC들을 아키서스 교단으로 받아들이겠습니까?]

[사디크 교단 NPC들을 받아들였습니다. <사디크 교단 성기사>가 <아키서스를 믿는 사디크 성기사>로 ……]

[<사디크 교단 사제>가 <아키서스를 믿는 사디크 사제>로 전

직합니다.]

태현은 고개를 갸웃거렸다. 뭔가 좀 이상한 직업 이름!

"아키서스를 믿는 사디크 성기사? 뭔 직업 이름이 이래?"

"저, 저도 잘……."

버포드도 당황한 얼굴이었다. 아키서스 성기사면 아키서스 성기사고, 사디크 성기사면 사디크 성기사지, 이 무슨 혼종이란 말인가!

"뭐 어쨌든 사디크 스킬은 그대로 있지?"

"예? 예. 있습니다."

"다행이군."

직업 이름이 뭐든 간에 사디크 스킬만 남아 있다면 괜찮았다. 혹시 전직 과정에서 사디크 관련 스킬을 다 잃어버리지 않을까 걱정했던 것.

버포드는 태현의 모습을 보고 속으로 생각했다.

'진짜 함정이 아니었어……!'

도저히 버포드로서는 이해가 가지 않는 태현의 모습!

만약 버포드가 아키서스 교단을 새로 세웠다면, 아키서스 교단을 엄청 아꼈을 것이다. 다른 교단 NPC가 들어온다면 그 이전 스킬을 버리게 하는 건 기본!

그런데 태현은 오히려 그 이전 스킬을 쓰라고 권하고 있었다. 정말로 이해 불가!

버포드와 사디크 NPC들이 혼란스러워 하는 동안 태현은 펠마스와 작은 목소리로 대화했다.

"어쨌든 다 된 거 같군. 그렇지?"

"후후. 그렇습니다. 태현 님."

"버포드한테 받은 것들은 이상한 데다가 쓰지 말고 얌전히 창고에 넣어놔라."

"……네."

펠마스를 내버려 두면 이상한 방향으로 폭주한다는 건 이미 잘 알고 있었다. 그걸 알았기에 태현은 사전에 차단했다.

"원래 물어볼 게 있었는데 사디크 놈들 때문에 못 물어봤군. 그래서 갈락파드 말인데, 지금 어디서 뭘 하고 있지?"

움찔!

갈락파드가 어디 있는지를 묻자 펠마스는 노골적으로 몸을 떨었다.

"갈, 갈, 갈, 갈락파드 말입니까? 지금 아키서스의 권능을 찾기 위해 움직이고 있습니다. 다른 사람들처럼 말입니다!"

"너 빼고 다 아키서스 권능 찾아서 돌아다니는 건 알고 있거든? 그런데 왜 그렇게 놀라냐?"

"저, 저, 저는 안 놀랐……."

협박과 설득. 10초 후 펠마스는 눈물을 흘리며 갈락파드에 대해 설명을 늘어놓기 시작했다.

"흑흑! 갈락파드는 우리 중에서도 가장 위험한 놈입니다!"

"너희들 중에서 가장 위험하다고?"

태현은 말도 안 된다는 눈빛으로 펠마스를 쳐다보았다.

이미 그들은 충분히 위험한 쓰레기들이었다.

"태현 님. 지금 뭔가 저희를 욕하신 것 같은……."

"착각이겠지. 그래서?"

"저희는 순수한 마음으로 아키서스 님을 찾아 헤맸습니다."

"행운의 힘으로 도박장에 가서 부자가 되겠다는 마음이겠지."

"……어찌 되었든 간에 다들 그런 순수한 마음으로 아키서스 님을 찾아다녔고, 모시고 있지만…… 갈락파드는 다릅니다. 갈락파드는 거의 미쳤다고 보시면 됩니다."

"왜 미친 거지?"

"……놈은 아무 대가도 바라지 않고 아키서스 님을 믿는 광신도입니다!"

"그럴 수가! ……잠깐, 원래 그게 정상 아니냐?"

펠마스의 말에 잠깐 놀랐던 태현은 뭔가 이상하다는 걸 깨달았다. 보통 판온 교단 NPC들은 다들 '대가 없이 믿는 것이 진정한 신앙심!'이라고 했던 것이다.

"아닙니다! 태현 님! 아무것도 안 주는데 믿는 놈은 미친놈입니다!"

"너희들이 날 어떻게 생각하는지는 아주 잘 알겠다. 그래서 그게 다냐? 대가 없이 믿는 놈이라 미친놈이라고?"

"그것만이면 저희가 피하지도 않았을 겁니다. 갈락파드는 우리한테까지 그런 자세를 강요했습니다."

"……."

"저희가 얼마나 힘들었는지 아시겠습니까!"

"그래. 갈락파드를 여기로 불러야겠다."

"안 됩니다! 태현 님! 기껏 유물을 찾으라고 다른 곳으로 보내놨는데!"

"아무리 봐도 여긴 갈락파드가 있었어야 했어. 너 말고 갈락파드한테 일을 맡겼어야 했는데."

펠마스는 태현의 발목을 질질 잡고 늘어졌다.

"안 됩니다! 태현 님! 절대 저를 위해서가 아니라 이 영지를 위해서입니다!"

"와, 저렇게 설득력 없이 말하는 것도 힘들 텐데. 놔라."

"갈락파드는 진짜 미친놈이라니까요! 다른 사람들한테 물어보셔도 됩니다!"

"다른 사람들이라고 해봤자 네 친구들이니 다 같이 갈락파드 미친놈이라고 하겠지. 그래서 지금 어디 있는데?"

"어, 음…… 아마 프로즈란드일 겁니다."

"프로즈란드?!"

프로즈란드. 중앙 대륙에서 북쪽으로 쭉 올라가면 나오는 추운 얼음 대륙. 거의 대부분이 밝혀지지 않은 미지의 땅이었다.

현재 프로즈란드에서 밝혀진 지역은 비교적 중앙 대륙에서 가까운 지역 정도였다. 거기도 어지간한 고렙 플레이어 아니면 갈 엄두를 내지 못하는 곳!

몬스터들의 수준도 수준이지만 대륙 자체가 워낙 추운 곳이라 냉기에 대한 대책 없이는 공략이 불가능했다.

"왜 거기까지 가 있냐?"

"크흠, 아키서스의 권능을 찾을 때 알려진 곳 중에서 가장 먼 곳을 추천했……."

퍼퍽! 퍼퍼퍽!

"아오. 이것도 동료라고."

"커헉! 어쩔 수 없었습니다! 태현 님! 태현 님도 직접 보시면 알게 될 겁니다! 정말입니다!"

펠마스가 끝까지 고집을 부리자 태현도 살짝 걱정이 됐다.

펠마스가 이기적이고 자기밖에 모르고 욕심 많고 하여튼 안 좋은 요소들은 다 갖고 있었지만 그래도 멍청한 놈은 아니었다. 그런데 저렇게 결사반대할 정도라니!

'뭐 부르면 얼마나 안 좋길래 저러는 거야?'

들은 것만 보면 좋으면 좋았지 나쁠 것 같지는 않았다.

"어쨌든 케인도 거기로 갔으니 어쩔 수 없어. 평생 안 만나고 지낼 수는 없으니 이번에 만나야지. 가능하면 권능도 찾아서 가지고 오면 좋겠는데."

"흑흑…… 갈락파드는 안 됩니다……!"

태현은 펠마스의 입을 다물게 만들었다. 그 순간.

-헉, 헉헉…… 죽는 줄 알았다. 야! 나 스킬 쓴다? 순간이동해서 네 곁으로 가도 괜찮지?

-권능은 찾았냐?

-뭐? 뭔 권능?

-거기 갈락파드가 아키서스 권능 찾으러 간 거잖아. 권능 찾았

냐고.

-그, 그건 나도 모르겠는데…….

-너 지금 정확히 어딘데?

-던전 안인데…….

-아, 그러면 그 던전 안에 권능이 있을 수 있겠군.

-잠, 잠깐만! 그건 모르는 일이잖아!

-갈락파드한테 물어봐. 그리고 권능 찾아서 갖고 와라.

-야! 여기 장난 아니라니까! 진짜로 장난 아니라니까!!

-그래. 나도 장난 아니니까 진짜로 권능 갖고 와. 파이팅!

-야! 야!!

더 이상 듣지 않고 귓속말을 끊었다. 케인이라면 알아서 해낼 것이라는 믿음!

물론 그 믿음에 케인이 감동하지는 않았다.

♣

"#$^&#^*$^&*#$^!"

방방 뛰며 날뛰는 케인의 모습을 본 갈락파드는 고개를 갸웃거렸다.

"저 노예 놈은 왜 저러는 거지? 미쳐 버린 것인가?"

"그런 것일지도 모릅니다."

"흐음. 아키서스 님의 노예가 미쳐서는 안 되겠지. 고쳐주어야겠구나."

탁-

"아, 아니야! 나 멀쩡해! 멀쩡하다고!"

갈락파드의 일행 중 하나가 지팡이를 겨누자 케인은 화들짝 놀라서 외쳤다. 다른 건 몰라도 실력만큼은 진짜!

간신히 오해를 푼 케인이 눈치를 보며 말을 걸었다. 태현은 처음 본 NPC한테 과감하게 말만 잘 걸던데, 그는 뭐가 문제여서 이렇게 꼬이는지 알 수 없었다.

"그, 그런데…… 여기 권능을 찾으러 온 거잖습니까?"

"그렇지."

"이 던전에 권능이 있을까요?"

"그럴 가능성이 높지. 이 주변을 샅샅이 다 뒤졌으니까."

케인은 안도의 한숨을 내쉬었다. 그나마 다행!

갈락파드의 권능 찾기 퀘스트의 후반부에 도착한 것이다.

만약 초반부에 도착했으면 저 미친놈과 같이 이 주변을 뺑뺑이 돌아야 했을지도 몰랐다.

"그러면 이 던전은 언제쯤 클리어할 수 있을까요?"

"흐음. 그건 모르겠군."

"네?"

"방금 겪어봐서 알겠지만 이 던전은 이 영역에서 가장 어렵고 난해한 던전이야. 그래서 가장 마지막까지 남겨져 있었고. 나오는 몬스터도 몬스터지만 각종 함정들까지…… 우리도 막히고 막혀서 고생을 했지."

"그렇군요."

케인은 고개를 끄덕였다. 그리고 속으로 생각했다.

'어? 이거 설마 막혀서 돌아가는 건가?'

갈락파드의 겉모습만 보니 인자한 할아버지 같았다.

무리한 일은 하지 않고 포기할 줄 아는 인자한 할아버지!

"무리면 어쩔 수 없죠! 김태현 색…… 아니, 김태현 님을 모셔오는 것도 좋은 방법일 겁니다! 저런 함정 같은 건 순식간에 돌파를……."

딱!

"아윽!"

"어디서 노예 주제에 아키서스 님을 불러온다는 소리를 쉽게 하느냐!"

'이런 개 같은…….'

김태현이 있어도 갈굼을 받고 없어도 갈굼을 받는 이 상황!

"김태현 님이 없어도 해결할 수 있다."

"예? 어떻게요?"

"새로 이렇게 네가 왔지 않느냐. 이건 계시일 것이다."

갈락파드는 지팡이로 케인을 가리켰다.

그 모습에 케인은 불길함이 물씬 치솟았다.

저 모습은 태현이 그를 쳐다보며 못된 꿍꿍이를 꾸밀 때의 모습 그 자체!

'아, 안 돼……!'

"가자, 노예야! 네 튼튼한 몸뚱어리라면 충분히 해낼 수 있을 것이다!"

"살았다, 살았어!"

"크흑! 살았습니다!"

우드스탁 길드원들은 서로 얼싸안고 기뻐했다. 랭커들 파티가 뒤에서 나타났을 때만 해도 죽는 줄 알았다. 다행히 태현이 희생양이 되어 따돌려 준 덕분에 탈출할 수 있었다.

-크흑! 정말 다행입니다!

우드스탁 길드원들은 뭔가 이상해서 고개를 돌렸다. 다들 껴안고 있는데 좀 사람 같지 않은 게 끼어 있는 기분이었다.

"뭐야?!"

"악, 악마잖아!"

-여러분도 악마잖습니까!

날개 악마들! 또다시 태현한테 버려진 날개 악마들이었다.

이쯤 되면 버려진 페널티로 부하에서 이탈하거나 해야 할 텐데, 아직도 태현 밑에 꿋꿋이 남아 있는 걸 보니 태현이 쌓은 충성도가 참 대단했다. 고위 악마들을 사냥하고+악마들을 데리며 이 주변을 초토화한 것으로 쌓은 충성도!

-주인님께서 두고 가신 데에는 이유가 있습니다. 악마인 여러분들과 협력해서 싸우라는 것이겠지요.

"그…… 그래?"

"그냥 버리고 간 거 아닌가?"

-아닙니다! 어디서 그런 소리를!

"미, 미안. 내가 착각했나 보네."

날개 악마들이 정색하자 우드스탁 길드원들은 당황해서 물러났다. 길마는 얼굴을 찌푸리며 입을 열었다.

"어쨌든 지금 상황이 좋은 상황은 아니야. 쑤닝 놈은 아직 눈을 시퍼렇게 뜨고 살아 있으니까. 우리가 오스턴 왕국 주변에서 보이면 잡아먹으려고 들겠지. 하필이면 악마화된 상태에서 풀지도 못했으니 페널티는 더 심하고……."

우드스탁 길드원들은 고개를 끄덕였다.

지금 상황은 좋지 않은 상황이 분명!

쑤닝한테 복수를 한 건 좋았지만 뒷감당이 힘들었다.

다시 새 영지를 찾는 건 당연히 무리였고 이 주변에서 사냥하거나 퀘스트를 깨는 것도 힘들어 보였다.

쑤닝 길드라면 만만한 그들부터 찾아서 칠 테니까!

"아예 다른 곳으로 가버리는 건?"

"음…… 여기서 쌓은 게 너무 아쉬운데."

"그렇지만 저희는 지금 마을도 들어가기 힘듭니다. 악마화 때문에……."

"그것도 그렇지. 이것부터 풀어야 하는데."

우드스탁 길마는 손바닥을 치며 결정을 내렸다.

"일단 움직이자. 나하고 친한 길마가 영지로 있는 곳으로 가면 쫓겨나지는 않을 거야. 거기서 길드원들을 좀 수습하고 움직이자고."

"저희를 받아줄까요?"

"쫓아내지는 않을걸. 실제 친구거든."

"오오! 그거 다행이네요!"

판온 내의 일들이 모두 다 게임의 논리로 이뤄지는 건 아니었다. 가끔은 현실에서의 관계로 이뤄지는 일도 있는 법!

사라락-

"응?"

"눈…… 이네?"

"뭔 눈이 와?"

갑자기 하늘에서 눈이 내리기 시작한 것이다. 우드스탁 길드원들은 신기해하다가 곧 이상한 걸 깨달았다. 지금 대륙의 계절은 여름이었던 것이다.

"여름이잖아! 눈이 올 리가 없어!"

"어떻게 된 거야?!"

우드스탁 길드원들은 처음에는 이 주변에만 이상 현상이 일어난 거라고 생각했다. 그러나 아니었다. 얼마 지나지 않아 판온 게시판에는 빠르게 글들이 올라오기 시작했다.

-지금 눈 오는 거 에스파 왕국만 그래요?

-에랑스 왕국도 눈 오는데?!

-잘츠 왕국도 눈 와!

-거긴 원래 눈 자주 오지 않나?

-이 자식이 잘츠 왕국 무시하냐? 여름에 눈 오는 곳이 어디 있어?

-ㅈㅅ. 잘츠 왕국 같은 곳은 별로 관심이 없어서 몰랐음.

-잘츠 왕국이 뭐 하는 곳이었지?

-거기 그거잖아. 초보자들 시작하라고 낚시하는 곳. 한때 〈타이럼 시에서 시작해야 하는 이유 10가지〉 같은 거 유행했었는데.

-타이럼 시에서 시작해라. 두 번 해라.

-야. 잘츠 왕국 플레이어들을 놀리지 마. 그 사람들은 그냥 잘못된 선택을 한 거뿐이라고.

-근데 눈 오니까 좀 좋은데? 예쁘잖아.

-예쁘긴 한데…… 이거 뭐 영향 있지 않나?

-눈 오면 눈 오는 거지 뭔 영향? 움직일 때 얼면 좀 미끄러워지기는 하는데……

-눈으로 조각하거나 뭐 만드는 일일 퀘스트가 뜨네요.

-냉기 계열 마법사한테 이득인가?

-큰, 큰일 났어!

-?

-나 농부 직업인데 내가 키우던 작물들이 다 죽었어!

-아이고. 큰일이네.

-어쩌겠냐. 판온 하다 보면 그런 일도 있는 거지.

-이 새끼들이 지 일 아니라고……!

-꼬우면 전사 하셈.

-왜 생산 직업을 해서 고생이죠? 까르륵.

대부분의 플레이어들은 별로 걱정하지 않는 모습이었다. 눈이 오는 날씨 정도는 모두에게 크게 영향을 끼치지 못했으니까.

몇몇 피해를 본 플레이어들이 있기는 했지만 대부분 '재가 재수가 없었구나' 하고 넘겼다. 일부 플레이어만 '이게 무슨 퀘스트가 아닐까?' 하고 머리를 굴리는 정도?

게다가 지금은 더 큰 이슈가 있었다.

프리카 대륙 투기장 대회! 한국에서 열리는 대회지만 전 세계의 플레이어들이 관심을 가지고 있었다.

투기장만큼 판온 플레이어들이 모두 좋아하는 컨텐츠도 드물었던 것이다.

-누가 우승할 거 같냐?

-난 캐나다 대표 팀에 걸었다.

-캐나다? 걔네가 잘했나?

-아니. 배당이 가장 높아서. 인생은 한 방이지!

-어차피 우승은 한국 팀일걸.

-근데 한국 팀이 너무 많지 않냐?

-한국에서 열리는 대회잖아. 멍청한 놈들아.

-아니, 한국 팀만 받은 게 아니라 예선 신청은 자유였잖아. 본선 초대 팀은 국가당 하나씩만 초대했고. 근데도 한국 팀들이 너무 많아.

-원래 한국 애들이 게임을 잘하잖아. 판온 1도 한국 애들이 다 해먹었지.

-난 이세연한테 걸었다. 판온 1때도 이세연한테 걸었지.

-그러고 보니 김태현은 진짜 뭐 하냐? 접었나?

-판온 2에도 김태현 있던데?

-걔는 그냥 판온 1 김태현 이름 따라서 만든 거래. 한국 애들 이름은 다 비슷하더라.

-너네 나라 이름도 알아보기 힘들거든?

-아저씨들. 나이 많은 거 자랑하나여? 판온 1 얘기는 그만하시죠.

-판온 1 끝난 지 얼마 안 됐거든? 아저씨 아니거든?

-맞는 말이긴 해. 판온 2는 판온 1과 다르지. 이세연이 판온 1의 최강자긴 했지만 판온 2에서도 먹힐지는 모르잖아. 게다가 프리카 투기장은 모두 다 평등한 곳이라고.

-나도 그렇게 생각해. 그리고 이세연 팀은 사이가 안 좋다는 소문이 있던데? 억지로 모아놨다고.

-아. 나도 그 소문 들었음. 팀워크 안 맞는다던데.

-나름 잘나가는 랭커들 갑자기 모으면 손발 맞기 힘들지. 오히려 밸런스 잘 맞는 다른 팀이 쉽게 이길 수도 있어.

투기장 관련 글은 쉴 틈 없이 계속 올라오고 있었다.

온갖 추측과 기대하는 글들.

하나는 확실했다. 이번 투기장 대회는 뚜껑을 열어보기 전에는 아무것도 알 수 없다는 것!

모두가 뜨겁게 기대하고 있었지만 유일하게 아무 생각 없는 사람이 한 명 있었다.

"아, 맞다. 케인 늦게 오면 투기장은 어쩌지?"

바로 태현이었다. 아키서스의 권능에 눈이 멀어서 케인에게 갖고 오라고 하긴 했지만, 생각해 보니 투기장 대회 일정에 맞추려면 최대한 빨리 돌아와서 프리카 대륙으로 가는 게 안전했다.

"음……."

태현은 고민했다. 그리고 결론을 내렸다.

'안 늦으면 괜찮겠지!'

이세연이나 배장욱이 들으면 기겁을 할 생각!

다른 투기장 대회 참가 플레이어들은 얼마 전부터 컨디션을 조절하고 있었다. 혹시라도 입장을 못 하는 멍청한 일이 있을까 봐 사망 페널티도 주의하고, 프리카 대륙에서 마지막 합을 맞춰보는 중!

그거에 비교해 보면 태현이 얼마나 막 나가고 있는지 알 수 있었다.

"응?"

"눈이 오네요?"

"뭐? 판온은 원래 여름에도 눈이 오나?"

유 회장은 신기하다는 듯이 물었다.

"아뇨, 계절에 맞춰서 날씨가 진행되는데…… 뭔 일이 생겼나 보군. 뭐, 이 정도는 별거 아니니까 곧 해결되겠죠. 누가 마법 스크롤이라도 썼나?"

"어…… 태현 님. 이 주변이 아니라 중앙 대륙 전체에서 눈

내리나 본데요?"

"뭐?"

태현은 놀랐다.

"퀘스트인가? 이 정도면 대륙 퀘스트 뜨려나?"

"깨시게요?"

"굳이? 지금 내 권능 찾아서 모으는 것만 해도 바쁜데. 게다가 투기장 대회도 나가야 된다고. 뭐 저건 다른 놈들이 알아서 깨겠지."

"투기장 대회를 그렇게 가볍게 여기시는 건 태현 님밖에 없을 거예요……."

둘의 대화를 듣던 유 회장이 솔깃한 얼굴로 말했다.

"그러고 보니 투기장 대회가 곧 시작하겠구나."

"어라? 어르신도 관심 있으십니까?"

"크흠! 나, 나는 별생각 없다. 그냥 말이 나와서……."

유 회장은 말을 돌렸다. 이미 '악마들의 목을 낚겠다 크하하하!'라고 외쳤을 때부터 판온에 푹 빠진 걸 들킨 유 회장이었다. 그러나 본인만 아직 인정하지 않았다.

-나는 낚시를 하러 온 거지 딱히 판온을 좋아하는 게 아니야!

그러나 유 회장이 한 가지 잊고 있는 게 있었다. 태현은 자기가 필요한 분야가 아니라면 다른 사람에게 관심이 없다는 것!

"그래요? 그러면 어르신은 필요 없겠네요. 이다비. 이거 받아."

태현은 이다비에게 티켓을 건넸다. VIP 관중석!

게임 내에서 가장 박진감 넘치게 볼 수 있는 자리였다. MBS가 주최하는 대회였기에 받을 수 있었던 티켓!

"앗, 감사합니다!"

"돈으로 바꾸지 마라."

"……그, 그런 생각 안 했어요."

"너 보라고 준 거잖아…… 돈으로 바꾸지 마. 돈으로 바꿔서 팔면 내가 MBS 쪽 보기가 좀 곤란해져."

그러는 동안 유 회장은 초조한 얼굴로 태현을 쳐다보았다.

지금이라도 달라고 말할까?

'아, 아니. 그럴 필요 없겠군. 그냥 암표를 사면…….'

유 회장의 생각을 박살 내듯 태현이 다시 입을 열었다.

"이건 돈으로 구하지도 못할 거야."

"그 정도예요?"

"보통 이런 자리를 구할 정도의 일반인은 광팬 중의 광팬이거든. 돈으로 안 받고 자기가 보지. 워낙 숫자 적어서 암표상도 못 끼고."

유 회장은 시무룩해졌다. 태현이 속마음을 읽은 게 아닌가 싶은 정도로 정확하게 반박한 것이다.

'다른 방법이…… MBS 쪽에 요청하면…… 아, 아니. 이건 좀 아니군.'

유성 그룹의 이름으로 MBS 쪽에 요청을 하려다가, 유 회장은 멈칫했다. 아무리 그래도 이건 좀 아니다!

물론 유성 그룹의 이름으로 '티켓 좀 주세요' 하면 MBS는 당연히 '아이고 무조건 드려야지요' 하며 줄 것이다. 그렇지만 저렇게 하면 그룹 내에서는 소문이 돌 수밖에 없었다.

-회장님이 투기장 대회 보시려고 티켓을 요청하셨다며?
-저번에는 사원들 데리고 레이드도 뛰셨다더라.
-회장님 나이에 그런 취미를 시작하시다니.

아직 인정하기에는 많이 부끄러운 유 회장이었다.
추욱-
결국 유 회장은 포기했다. 일반 관중석은 있을 테니 거기나 몰래 들어가서…….
탁-
유 회장을 구원해 준 건 이다비였다.
"여기 이분 티켓도 하나 주세요."
"응? 어르신은 별로 관심 없다잖아."
"그래도 같이 보면 좋죠! 태현 님 경기하는 건데 관심 없더라도 봐야 하지 않겠어요?"
"그래? 난 안 봐도 상관없는데. 너도 별 관심 없으면 안 봐도 돼."
"그러면 팔면……."
"파는 건 안 되고."
"힝……."
유 회장은 헛기침을 하며 끼어들었다.

"크, 크흠. 네놈 경기라면 좀 봐줘도 괜찮을지도 모르지……."

"안 봐도 괜찮다니까요? 여기 있습니다."

태현에게 티켓을 받은 유 회장은 감격했다. 그러나 필사적으로 표정을 관리했다. 수십 년을 재계의 거물로 지내온 남자의 표정 관리!

이다비가 작은 목소리로 말했다.

"잘됐네요. 그리고 그냥 다음부터는 달라고 하시는 게 좋을 거예요. 태현 님은 저러면 정말 관심 없나 싶어서 안 주거든요."

유 회장은 감동한 눈빛으로 이다비를 쳐다보았다. 세상에 이렇게 친절하고 배려심 많은 사람이 있다니!

"그러고 보니 본선 전에 MBS 쪽에서 뭐 하지 않나요?"

"아. 그렇지. 본선 진출 팀들 모아서 소개하고 간단하게 인터뷰하고 그럴걸."

"실제로요?!"

"어. 실제로."

"……그러면 되게 중요한 거 아닌가요?"

"그런가?"

시큰둥한 태현의 모습에, 이다비와 유 회장은 어이가 없다는 눈빛으로 태현을 쳐다보았다.

☘

태현은 지루한 듯이 하품을 했다. 지금 앉아 있는 곳은 SI 엔터의 회사 내 메이크업룸이었다.

'아, 지루하다.'

오늘 다섯 시에 MBS 쪽으로 가서 얼굴을 내밀어야 했다.

바로 프리카 투기장 대회 본선 진출자들을 소개하는 방송!

원래대로라면 그냥 게임 하다가 시간 30분 전에 방송국에 쫄래쫄래 찾아갔을 태현이었지만, 지금은 아니었다.

SI 엔터와 정식으로 계약을 한 상황. 사전에 제대로 준비를 하고 가라고 연락이 온 것이다.

"안녕하세요, 매니저님."

"태현 씨, 잘 지내셨나요?"

"저야 뭐 잘 지냈죠. 이거 언제 끝나요?"

"곧 스타일리스트가 올 겁니다. 지금 차례가 약간 밀려서요. 끝나는 대로 제가 직접 방송국으로 모시겠습니다."

김 매니저는 친절하고 서글서글한 사람이었다.

"이세연은 뭐 하고 있죠?"

"이세연 씨는 오늘 다른 스케줄이 있으셔서…… 거기서 끝나시면 바로 방송국으로 향하실 겁니다."

"그래요? 여기 왜 없나 싶었는데."

"아, 이세연 씨는 전담 스타일리스트가 따로 있으셔서 여기에서는 보기 힘드실 텐데요."

"……그러니까 여기는 약간 급이 안 되는 사람들만 오는 곳이라는 거죠?"

"그, 그런 게 아니라……."

김 매니저는 말을 더듬었다. 노골적이어서 그렇지 틀린 말은 아니었던 것!

이세연처럼 탑급 연예인들은 따로 전문 팀을 데리고 다녔다. 그러지 않은 사람들을 위한 시설이 바로 여기였다.

물론 그렇다고 해서 시설이 안 좋은 건 아니었다. 어지간한 근처의 미용실은 뺨을 때릴 정도의 시설이 완비되어 있었던 것이다.

"태, 태현 씨는 방송을 아직 거의 하지 않으셔서……."

"농담이에요. 별로 원하지도 않고요. 정말 필요로 했으면 저희 집에서 일하시는 분 데리고 왔겠죠."

"네?"

김 매니저는 순간 잘못 들은 줄 알았다. 집에서 일하는 스타일리스트가 있다니, 그게 말이 되나?

"이세연은 참 바쁘게 사네요. 용케 게임도 같이 하네."

"그게 대단하신 점이죠."

김 매니저는 이세연을 존경하는 것 같았다. SI 엔터의 간판 중 하나였으니 당연한 모습이었다.

기다리는 사이 케인에게 문자가 왔다.

[너 언제 오냐?]

[나 지금 방송국인데 너 어디 있냐? 아직 안 왔냐?]

[야. 나 지금 혼자 있는데 너무 눈치 보여! 나만 너무 일찍 왔나 봐! 방송국 직원들이 이상하게 쳐다보잖아! 빨리 좀 와줘!]

"……얘는 뭐 하냐?"

혼자서 시트콤을 찍는 케인!

[나 메이크업 좀 하고 갈 테니까 혼자 알아서 놀고 있어.]

[야! 야!! 치사하게 너 혼자!!]

그러는 사이 스타일리스트가 왔다. 스타일리스트는 의자에 앉아 있는 태현을 보더니 멈칫했다.

"잘생기신…… 분이시네요."

"선생님은 정말 프로시군요."

태현은 감탄했다. 어떤 상황에서도 상대방을 칭찬할 수 있는 능력! 그야말로 프로였다.

말뜻을 눈치챘는지 스타일리스트가 어색하게 웃었다.

"하하…… 진심으로 한 말입니다. 날카롭게 생기셔서 그렇지 못생기신 얼굴 아니에요."

"보통 잘생긴 얼굴은 그렇게 구구절절하게 사연 안 붙던데……."

스타일리스트는 더 이상 말해봤자 좋을 게 없다는 걸 깨달았는지 바로 작업에 들어갔다.

머리 스타일을 만들고 간단하게 얼굴에 뭘 바르는 작업. 몇 천 번을 넘게 한 동작. 스타일리스트는 자연스럽고 빠르게 작업을 마무리 지었다.

거울을 본 태현은 휘파람을 불었다. 평소에 날카로운 인상이 살짝 부드러워져 있었던 것이다.

그것만으로 충분히 사람이 달라 보였다. 거울로 뒤를 보니 김 매니저도 놀란 표정이었다.

눈이 마주치자 김 매니저는 어색하게 시선을 피했다.

"이게 메이크업의 힘이군요. 아버지가 왜 그렇게 찾으시는지 알 거 같기도 하고……."

김 매니저는 또 자기가 잘못 들었다고 생각했다.

스타일리스트는 웃으며 말했다.

"워낙 잘생기셔서 복잡한 메이크업은 안 해도 됐어요."

태현은 그 말을 듣고 생각했다. 끝까지 프로의 자세를 잃지 않는 사람이라고!

"긴장되십니까?"

"하아암~"

"긴, 긴장되실 수도 있겠죠. 실제 얼굴로 나서는 방송은 처음이시니까요. 게임 방송과는 다르잖습니까."

"으하아암~"

"많은 프로게이머 분들이 실제 방송에 출연하시면 실수를 하시고 그럽니다. 판온처럼 가상현실에서 방송하는 것에 익숙한 사람들은 더더욱 그렇지요. 그렇지만 저는 태현 씨가……."

"매니저님."

"예?"

"매니저님이 더 긴장한 것 같은데……."

김 매니저는 얼굴을 붉혔다. 실제로 그랬다. 최근 유명 판온 플레이어 중 몇 명이 케이블 방송에 나갔다가 혹평을 받고 침몰했으니까!

그만큼 실제 방송은 어려웠다. 그렇기에 김 매니저도 태현을 걱정하고 있었다.

잘해 나갈 수 있을까? 게임 방송만 익숙한 사람인데?

그런데 태현은 걱정하는 기색이 눈곱만큼도 보이지 않았다.

"긴장 안 되십니까?"

"안 되는데요."

"다행입니다. 타고나셨나 봅니다."

"그보다는 실패해도 별로 잃을 게 없어서 아닐까요?"

섬뜩한 소리를 아무렇지도 않게 하는 태현!

"제가 방송에서 헛소리하면 저 추천한 이세연이나 저 좋게 본 이동팔 대표님이나 저 추천한…… 그 누구더라, 하여튼 오지랖 넓어서 사람 귀찮게 만든 국장님이었는데."

"설, 설마 이종국 국장님을 말하시는 겁니까?"

"아, 그래요. 그 양반. 뭐 어쨌든 그 사람들 체면이 망가지는 거지 전 상관없잖아요."

"전, 전국에 나가는 방송인데요? 태현 씨 체면은요?"

"전 그런 거 신경 안 쓰는데요. 방송에서 헛소리해도 잘 먹고 잘살 자신 있어요."

그의 눈빛은 100% 진심이라고 말해주고 있었다. 남이 태현을 어떻게 말하든 정말 신경을 쓰지 않는 사람의 모습!

그 모습에 김 매니저는 질린 표정을 지었다. 태현에 대해 '대단한 사람이다'란 말은 이동팔 대표나 이세연에게 많이 들었는데, 왜 그런 말을 했는지 알 것 같았다.

어떤 의미든 간에 어쨌든 대단했다!

"그러면 갔다 오겠습니다. 어. 저기 케인이네. 덕수야!"

"케인이라고 불러, 이 자식아!"

방송국에서 케인을 친근하게 덕수라고 부를 사람은 많지 않았다. 덕수, 아니, 케인은 발끈해서 고개를 돌렸다.

멀리서 태현을 닮은 잘생긴 놈이 걸어오고 있었다.

"……그사이 성형을?!"

"뭔 소리야?"

"너 눈이 이상해! 원래라면 좀 더 날카롭게…… 양아치스럽고 포악한 눈이었잖아!"

"흠. 네가 날 그렇게 생각하고 있었다는 건 잘 알겠다."

케인은 아차 싶었다. 태현의 달라진 모습 때문에 속으로 했던 생각이 바로 튀어나온 것이다.

그만큼 태현의 달라진 모습이 놀라웠던 것!

원래 무섭게 생긴 놈이 눈매 하나 건드렸다고 저렇게 변하다니.

'메이크업의 힘이 정말 대단하구나!'

케인은 감탄했다. 물론 이번에는 속으로만!

"다른 사람들은? 너 계속 혼자서 이러고 있었냐?"

"아니. 한 명 있었는데……."

"누구?"

"도동수. 근데 너 오는 거 보고 저리 가더라."

"왜?"

"몰라. 화장실이 급했거나 네가 싫었거나."

"날 싫어할 리 없을 테니 화장실이 급했나 보군. 긴장했나?"

♣

태현이 도착하기 전에, 케인은 외롭고 쓸쓸하게 방송국 구석의 의자에 앉아 있었다. MBS 판온 투기장 대회의 오프닝을 준비하던 직원들이 케인을 알아보고 친절하게 마실 것을 가져다주었지만, 그게 더 마음이 아팠다.

"혼자 계세요?"

"다른 팀원분들은 어디 계세요?"

별 악의는 없었지만 날카롭게 가슴을 찌르는 질문들!

기다리는 동안 다른 참가 팀원들이 사이좋게 손을 잡고 우르르 들어오는 걸 보자 더 가슴이 아팠다. 왠지 이렇게 뿔뿔이 나뉘어 오는 팀은 그들밖에 없는 것 같은 느낌!

"흥. 혼자서 그러고 있다니. 그 잘난 놈들이 널 따돌리나 보군."

그때 누군가 말을 걸어왔다. 케인은 처음에 그한테 말을 건 것이라고 생각하지 못했다. 모르는 얼굴이었으니까!

"내 말 무시하냐?!"

"아, 뭐야. 나한테 말 건 거였어?"

진심으로 몰랐다는 케인의 태도!

그 모습이 더 얄미웠다. 도동수는 속으로 케인을 욕했다.

태현하고 같이 다니더니 안 좋은 것만 배우는 것 같았다.

"그러면 너한테 말을 걸었지 누구한테 걸었겠냐!"

"그냥 친구 없어서 혼자 말하는 줄 알았지. 미안."

"이 개새……."

도동수는 욕을 하려다 참고 케인을 노려보았다. 판온에서 케인은 묵직한 압박감을 주는 단단한 탱커 계열의 전사였다.

그러나 현실에서 케인은 작고 가냘픈 체구! 만만해 보일 수밖에 없었다.

"흥. 혼자 있는 게 누군데."

"근데 너 누구냐?"

"……도동수! 도동수! 시×놈아! 도동수라고!"

결국 터진 도동수! 케인은 그가 왜 이렇게 화를 내는지도 모르고 당황했다.

"알, 알겠어. 진정해."

"아오. 진짜 김태현 패거리 놈들은 하나같이……."

"난 거기서 빼줘!"

케인은 억울해서 외쳤다. 왜 그가 김태현 패거리로 같이 엮인단 말인가!

태현이 이상한 놈이지 그는 정상이었다. 물론 밖에서 보는 사람들에게 그런 말은 통하지 않았다.

"그래서 김태현은 어디 있냐?"

"몰라. 메이크업 하고 온대."

"뭐? 메이크업? 하. 나 참. 사내놈이 뭔 메이크업?"

'그러게~'라고 대답하려다가 케인은 멈칫했다.

왠지 다른 놈에게 태현을 욕하는 게 거부감이 든 것이다.

까도 내가 까지 다른 놈이 까는 건 못 보겠다!

"할 수도 있지 자식아."

"보아하니 너처럼 재수 없고 약골 같은 놈이 분명하겠네. 흥. 판온에서는 그렇게 센 척을 하더니……."

도동수는 그렇게 투덜거렸다. 실제로 태현이 오면 좀 위압을 줄 생각이었다. 판온이면 불가능했지만 여긴 현실이니까!

벌써 도동수의 머릿속에서 태현은 '메이크업이나 하고 오는 약골'로 이미지가 잡혀 있었다.

"어, 저기 온다."

"드디어……! 어? 누구?"

"저기 가운데에서 오는 덩치."

도동수는 멈칫했다. 지금 걸어오는 건 그보다 머리 하나는 더 큰 것 같은 근육질의 남자밖에 없었다.

옷 위로도 드러나는 근육질의 등판! 누가 봐도 '이 자식 운동 좀 하겠구나' 싶은 겉모습이었다.

"재, 재가 김태현이야?"

"그런데?"

도동수는 조용히 일어나서 물러났다. 케인은 화장실 가나 보다 싶었다. 태현이 방 안으로 들어가는 걸 본 도동수는 슬쩍 문 옆에 다가섰다.

다시 들어가기는 좀 겁이 났지만, 무슨 이야기를 하는지 궁금했던 것이다.

-도동수. 근데 너 오는 거 보고 저리 가더라.
-왜?
-몰라. 화장실이 급했거나 네가 싫었거나.
-날 싫어할 리는 없을 테니 화장실이…….

그가 없다고 화장실 이야기를 하는 태현과 케인!
도동수는 다시 한번 속으로 태현을 욕했다.

"안 오네? 큰 건가?"
"변비일 수도 있지."
"그러고 보니 오래 앉아서 일하는 사람한테는 '치'로 시작하는 병이 잘 생길 수도 있다는데."
까드득!
뭔가 이 가는 소리가 들려왔지만 둘은 신경 쓰지 않았다.
"그러니까 케인. 너도 운동 꼭 해라."
"나, 나도 운동은……."
"부모님한테 '너도 좀 나가!'란 소리 듣지 말고."
'이, 이 자식이 어떻게!?'

케인은 전율해서 태현을 쳐다보았다. 별생각 없이 한 말이었지만 케인의 정곡을 찌르는 말이었다.

실제로 오늘 오프닝에 출연하기 위해 방송국에 간다고 말하자, 어머니는 눈물을 흘릴 정도로 기뻐하신 것이다.

-아이고, 덕수야. 난 네가 게임만 하다가 인생 말아먹을 줄 알았는데! 프로 뭐시기 한다는 것도 거짓말인 줄 알았다!

지금 생각해 보니 새삼 억울한 가족들의 태도였다.

'내가 그렇게 믿음직스럽지 못했나?'

"모두 안녕하세요!"

"철수 씨!"

김철수가 예의 바르게 인사하며 들어오자 모두 환호했다.

이 팀의 유일한 양심! 유일한 정상인!

물론 태현과 케인은 속으로 '나를 포함해서 유일하게 정상인'이라고 생각하고 있었지만! 생각지 못한 환호에 김철수는 쑥스러워하며 자리에 앉았다.

"모두들 다른 팀하고 인사는 하셨나요?"

"아니요."

"안 했는데요."

당연하다는 듯이 대답하는 둘. 김철수는 살짝 당황했다.

"그, 그래요? 지금 밖에서 도착한 다른 팀들은 서로 인사하고 그래서……."

실제로 김철수도 아는 플레이어들과 반갑게 인사를 나누고 온 참이었다. 판온에서도 교우 관계가 나쁘지 않은 김철수! 그에 비해 태현과 케인은…….

둘은 서로 쳐다보고 있었다.

"인사할 만한 플레이어 있냐?"

"나, 나는 친한 랭커 별로 없어서……."

"나도 마찬가지야."

태현은 굳이 다른 참가 팀 플레이어하고 이야기를 나누고 싶지 않았다.

이유는 간단했다. 태현이 판온 1에서 썰었던 랭커들이 저 팀 플레이어들에 섞여 있는 것!

괜히 이야기 나누다가 말실수라도 하면 대회 끝나기도 전에 암살자들이 찾아올 것이다.

케인의 이유는 더 간단했다. 그냥 아는 사람이 없었다!

PK 길드 길마→태현의 노예 과정에서 친해질 랭커가 별로 없었다.

"그나저나 태현 씨. 정말 잘생기셨네요!"

"굳이 착하다는 걸 그렇게 알려주지 않으셔도 되는데……."

김철수는 진심으로 한 말이었지만, 태현은 살짝 감동을 받았다. 사람이 얼마나 착하면 저럴까!

"네?"

"아무것도 아닙니다."

"어쨌든 두 분 다 아시는 분 없으시면 제가 소개해 드리겠습니다!"

"괜찮은데……."

"싫은데……."

"자자! 그러지 마시고요! 앞으로 판온 프로게이머의 시대가 오면 계속 만나게 될 사람들이잖아요?"

"그냥 판온에서 봐도 되지 않을까요?"

"현실은 판온 밖에 있어요!"

김철수는 노골적으로 싫어하는 케인과 태현을 일으켜 세웠다. 그리고 참가하는 다른 팀의 플레이어들에게 소개시켜 주려고 데리고 나갔다.

그걸 본 도동수는 망설였다. 지금 나설까?

사실 도동수는 랭커 중에서 친구가 없는 편이었다.

-〈그림자 춤꾼〉 도동수!

-암살자 계열 영웅 직업!

-고독하게 솔플을 즐기는 랭커!

이런 소문들이 도동수에게 따라다녔고, 도동수도 이런 컨셉을 즐겼다. 폼이 나니까!

물론 그런 컨셉은 친구를 만들어주지는 않았다.

"커, 커험……."

도동수는 결심하고 앞으로 나섰다. 그러나 이미 셋은 사라진 지 오래였다.

“지금 가는 곳은 팀 블루의 대기실입니다. 다 아실 테죠?”

“모르는데요?”

“나, 나는 알아! 그…… 해외 초대 팀이지?”

태현은 당당하게 모른다고 말하고, 케인은 조사한 게 좀 있었기에 대답했다.

“……예선을 뚫은 국내 팀이에요.”

케인은 얼굴이 붉어져서 시선을 피했다. 태현이 케인을 빤히 쳐다봤던 것이다.

“뭐? 해외 초대 팀?”

“영, 영어 써서 초대 팀인 줄 알았어……!”

“그러면 넌 외국인이냐? 잠깐, 그러고 보니 우리 팀 이름 뭐지?”

“……그러게?”

태현과 케인은 당황해서 김철수를 쳐다보았다. 그도 자기 팀 이름을 모르는 둘의 모습에는 놀란 것 같았다.

“그야 당연히 한국 대표 팀이죠?”

“뭐야, 그 무성의한 이름은? 누가 지었어?”

“왜냐하면 저희는 초대 팀이잖아요. 주최 측이 각 나라마다 한 팀씩 초대했고 한국이…….”

“아, 그래서 한국 대표 팀.”

“이세연 씨가 묻지 않았나요? 다른 이름으로 하고 싶냐고.”

"글쎄…… 물었던 거 같기도 하고……."

태현은 가물가물한 기억을 되살렸다.

-판온 대회 관련해서 물어볼 게 있는데. 네가…….

-다 너 알아서 해.

-……좋아. 어디 한번 두고 보자고!

'헉!'

태현은 대화를 떠올리고 등골에 소름이 돋았다.

귀찮아서 넘겼는데 이건 명백히 협박!

'아, 아니…… 이세연이 그렇게 이상한 짓을 하지는 않았겠지. 이 대회에 그렇게 신경을 썼는데.'

"그러면 그냥 '한국 대표 팀'이군."

"팀 코리아, 뭐 이런 식으로 들어가겠죠? 좀 평범하긴 해도 이런 게 좋지 않나요? 다른 팀 중에서는 질투하는 팀도 있어요. 약간 대표 느낌이어서."

"꼬우면 깃발 꽂으라고 하죠, 뭐."

"하하, 여긴 판온이 아니니까……."

"현실에서 깃발 꽂으란 소리였는데……."

김철수는 못 들은 척했다. 지금 소개하러 가는 건 어디까지나 평화와 행복을 위한 소개! 싸우러 가는 게 아니었다.

"그래서 그 팀 블루…… 뭐 팀 레드 팀 옐로우 팀 그린도 있나요?"

"아뇨. 팀 블루 하나밖에 없는데요. 거기 팀의 리더가 저와 아는 사이에요. 아, 안녕하세요!"

김철수가 노크하고 문을 열자 팀 블루의 팀원들이 손을 흔들었다.

"이분들은 김태현 씨, 케인 씨에요."

"아……."

"그……."

태현과 케인의 이름을 말하자마자 '아'나 '그' 같은 탄성을 내뱉는 팀 블루의 플레이어들!

케인은 속으로 궁금해했다.

'대체 어떤 소문을 들은 거야?'

팀 블루의 플레이어들은 모두 태현에게 시선을 고정했다. 어떻게든 관심을 가질 수밖에 없는, 판온의 스타 플레이어였으니까!

"와, 판온에서보다 현실에서 더 잘생긴 사람은 처음 봐요. 일부러 판온은 그렇게 한 겁니까?"

'응?'

태현은 생각지도 못한 말에 고개를 돌렸다.

"성함이?"

"아, 차원철입니다."

"그래요, 차원철 씨. 보아하니 그쪽도 인상이 좋고 선한 기운이 가득한 게 뭘 해도 잘 되고 대박이 날 상이시군요."

"감, 감사합니다?"

차원철은 간신히 정신을 차리고 대답할 수 있었다.

너무 예상치 못한 반응!

케인은 작게 속삭였다.

"방금 뭐 한 거냐?"

"응? 그냥 마음에 없는 칭찬 하는 시간 아니었냐?"

케인은 뭐라고 하려다가 참았다. 지금 팀 블루의 사람들이 홍미진진한 눈빛으로 둘을 쳐다보고 있었으니까!

말다툼을 해봤자 괜한 오해만 살 것 같았다.

"저, 뭐 하나 물어봐도 됩니까?"

"물어보시죠."

"예전에 카테란드 섬에서 골드 드래곤 불렀을 때 말입니다……."

이 자리에 있는 플레이어들은 모두 판온 폐인이나 마찬가지. 평소에 궁금했던 걸 물어보자 태현은 시원시원하게 대답해 줬다.

물론 모든 질문에 다 대답해 준 건 아니었다. 곤란한 질문에는 은근슬쩍 말을 흘렸다.

-골드 드래곤 부른 건 무슨 퀘스트?

-직업이 뭐예요?

-스킬을 특화시킬 때 뭐가 중요하다고 생각?

"자, 자, 여러분. 어차피 나중에 각 팀마다 방송국에서 인터뷰를 할 텐데 여기서 이러실 필요 없잖아요?"

이야기가 길어질 것 같자 김철수가 끼어들어서 중재에 나섰다. 그냥 간단하게 소개만 해주려고 온 거지 여기서 '무엇이든 물어보세요'를 하러 온 게 아니었던 것이다.

"저도 물어볼 거 있습니다."

어딘가 까칠하게 생긴 남자가 손을 들었다. 이제까지 다들 화기애애하게 질문하는 동안 혼자 뚱하니 가만히 있던 남자!

"김태현 씨나 이세연 씨는 한국 대표 팀에 들어갈 만합니다. 김철수 씨도 그렇죠. 도동수 씨도 투표에서 1위를 했고. 그렇지만 저기 케인 씨는 한국 대표 팀에 들어갈 자격이 있습니까? 좀 아니지 않나요?"

'이 자식이…….'

말이 질문이지 케인을 공격하는 말이었다. 실제로 몇 번 나왔던 말이었고!

케인이 나서려고 하자 태현이 살짝 팔을 잡아당겼다.

넌 가만히 있어라!

"뭘 아니야. 도동수 같은 놈보다는 훨씬 들어갈 만하지."

"케인 씨가 도동수 씨보다 더 강하다고요?"

"더 강…… 더 잘 싸운…… 아니, 그냥 더 써먹기 좋다."

어떻게든 좋게 말해주려던 태현은 포기했다.

"야!!"

"그리고 애초에 한국 대표 팀이란 게 방송국 쪽에서 대충 지은 이름이잖아. 이게 뭐 공식도 아니고. MBS 쪽에서 '제발 좀 한 번만 나와주십시오' 해서 나가주는 건데 내가 팀 인원도 못

고르나?"

오만한 태현의 말. 그러나 전혀 오만하게 들리지 않았다. 그는 존재만으로 말에 힘을 담을 수 있는 사람이었다.

"케인을 고른 건 나하고 상성이 잘 맞아서야. 얘한테 한국 대표에 자격이 있나 없나는 얘 문제가 아니라 그런 이름을 고른 MBS한테 가서 따지라고. 너 이름 뭐야?"

"이, 이주형입니다."

"너 조심해라. 만약 우리하고 만나면 케인이 너부터 박살 내주겠대."

'내가 언제?!'

태현 뒤에서 가만히 있던 케인이 화들짝 놀라서 태현을 쿡쿡 찔렀다. 그리고 필사적인 기세로 최대한 작게 말했다.

"내가 언제 그랬어, 미친놈아!"

"뭐? 이주형 같은 놈은 한 방에 끝내주겠다고? 야, 그건 좀 심하지 않냐?"

"야!!"

"역시 두 방? 원래는 한 방에 끝낼 수 있는데 예의 없으니까 두 방에 끝내겠다고? 자식. 알겠어. 그만 말해도 돼."

케인은 환장하겠다는 표정을 지었다. 지금 나서서 '나 그런 말 안 했어!' 해봤자 먹히지도 않을뿐더러 망신일 뿐이었다. 그걸 이용해서 마음껏 선전포고를 하는 태현!

덕분에 팀 블루의 플레이어들은 '어디 한번 해보시지' 같은 도전적인 눈빛으로 케인을 쳐다보고 있었다.

"저희 주형이가 실례되는 말을 해서 죄송합니다."

"아, 별로……."

"전 여기서 주형이가 가장 자신감 넘치는 사람이라고 생각했는데, 아니었군요. 따로 있었어요."

케인은 속으로 푹푹 한숨을 내쉬었다.

그를 쳐다보는 눈빛들.

"그렇게 쉽게 지지는 않을 겁니다."

"……후, 최선을 다해보시지!"

에라 모르겠다!

케인은 그냥 될 대로 되라 싶은 마음으로 말을 하고 밖으로 나와 버렸다.

-김태현과 케인이 팀 블루하고 만났다고?

-케인이 팀 블루한테 패기 넘치게 말했다더라.

-생각보다 김태현이 잘생겼다는 말이 있던데 그게 사실이야?

-아냐. 케인이 팀 블루한테 패기 넘치게 말한 게 아니라 아예 선전포고를 했대.

-너희들은 1:3으로도 이길 수 있다고 했다더라.

빠르게 도는 소문!

대기실에서 심심하게 기다리던 각 팀의 플레이어들에게 이런 소문만큼 흥미진진한 것도 없었다.

순식간에 소문은 살이 붙었다. 이제는 '케인이 나를 이길 수 있는 놈은 아무도 없다! 다 덤벼 봐라!'라고 말했다는 수준으로 소문이 변해 있었다.

방송국 직원들은 그 소문을 듣고 매우 아쉬워했다.

저걸 방송에 담았어야 했는데!

케인이 들으면 기겁할 소리였다.

"아오…… 아오…… 아오오……."

"이상한 소리 좀 내지 마라."

"너 때문이잖아!!"

다른 곳으로 이동하면서 케인은 푹푹 한숨을 내쉬었다.

"저쪽에서 널 무시하는데 가만히 있을 수가 있었어야지. 기운 내라."

"고맙…… 잠깐, 아니야. 아무리 생각해도 고마운 게 아니야! 다른 식으로 해결할 수 있었다고!"

"케인. 언제부터 네가 그렇게 무르게 해결을 했냐? 누군가가 너를 이유 없이 싫어하면 이유를 만들어줘야지."

"그딴 말이 어디 있어!"

"우리 아버지가 한 말인데."

어렸을 때부터 비범했던 가정교육!

케인은 따지는 걸 포기하고 한숨을 쉬었다. 어차피 태현에게 따져봤자 아무 소용이 없었다. 이미 벌어진 일이었기도 했고. 이제 남은 건 최선을 다해서 싸우는 것뿐!

'이랬는데 지면 어떡하지?'

벌써 드는 걱정!

케인이 마치 죽은 사람 같자, 김철수가 수습에 나섰다.

"자, 자. 괜찮아요. 잘될 겁니다."

"이미 다 퍼졌는데 무슨……."

"앞으로는 말조심하시면 되죠!"

"김태현 저놈이 그럴 거 같아요?!"

이 말에는 김철수도 할 말이 없었다. 그러거나 말거나 태현은 뻔뻔하게 물었다.

"그래서 다음 팀은 누구?"

"아, 팀 에이트하고 만나려고 했는데……."

"그러면 가죠!"

"그, 그게…… 그냥 우리 대기실에서 기다릴까요?"

김철수는 머뭇거렸다. 팀 에이트와 태현이 만나면 뭔가 불길한 일이 생길 것 같았던 것이다.

"왜죠?"

"어…… 그…… 갑, 갑자기 제가 배가 아파서……."

케인은 안쓰러운 듯이 김철수를 쳐다보았다. 얼마나 거짓말을 못 하면 저런 거짓말을…….

"그래요? 그러면 돌아가죠, 뭐."

'통했어?!'

케인은 더 놀랐다. 저런 한심한 거짓말이 통하다니!

타타탁-

복도 맞은편에서 외국인으로 구성된 팀이 걸어오고 있었다. 이번 대회에 출전하는 외국인 팀이 분명했다.

그들도 태현 일행을 봤는지 손을 흔들며 인사했다.

"오, 반가워요! 이번에 출전하는 팀 맞죠?"

빠르게 흘러나오는 영어!

케인과 김철수는 식은땀을 흘리며 시선을 피했다. 그러나 상대는 비정했다. 바로 케인의 손을 잡고 악수를 해온 것이다. 멈추지 않는 커뮤니케이션 시도!

케인은 부들부들 떨며 대답했다.

"어…… 어…… 쏘, 쏘리, 아이 캔 스피크 잉글리시……."

"그건 가능하다는 건데?"

케인은 울상을 지으며 지적하는 태현을 노려보았다.

"쯧쯧. 평소에 영어 공부 안 하고 뭐 했냐. 글로벌 시대잖아."

"그러면 네가 해봐라!"

"못 할 거 없지."

태현은 바로 앞에 나서서 이야기하기 시작했다. 한 치도 막힘없이 영어로 떠드는 태현을 보며 케인은 깨달았다.

'아 맞다. 이 자식은 한국대 수석 입학이었지……!'

같이 놀다 보면 잊기 쉬웠지만 태현은 원래 엘리트!

"그런데 초대 팀이세요, 예선 통과 팀이세요?"

"초대 팀이에요."

"오, 그러면 어느 나라? 미국?"

"아뇨. 캐나다요."

"……캐나다? 잠깐, 캐나다면……."

"네! 캐나다! 혹시 그쪽은 김태현 맞나요?"

"맞긴 한데……."

말이 끝나기도 전에 뒤에 있던 여자가 크게 외쳤다.

"맞구나! 혹시나 했는데. 판온이랑 생김새가 좀 달라서 헷갈렸어!"

에반젤린이었다. 그녀는 앞으로 나서서 태현의 손을 잡고 위아래로 흔들었다.

"넌 실제가 더 낫네."

"만나자마자 한다는 소리가 그거냐?"

태현처럼 에반젤린도 캐릭터와 거의 차이가 없었다. 굳이 따지자면 주근깨 정도?

캐나다 대표 팀원들은 태현에게 계속 말을 걸어댔다. 팀 블루와 했던 대화와 비슷한 대화!

직업이 뭐냐, 어떻게 키운 거냐, 저번에 퀘스트에서 이 부분은 어떻게 된 거냐…….

"야, 나도 말 좀……."

"넌 나중에 해도 되잖아."

"맞아. 둘이 친하다며."

친하다고? 태현은 이게 뭔 소리냐는 눈빛으로 에반젤린을 쳐다보았다.

그에 대답하듯이 에반젤린은 필사적인 눈빛을 보냈다.

-차마 친구 없다고 말할 수가 없었어!

태현은 안쓰러운 표정을 지었다. 그걸 본 에반젤린은 속으로 생각했다.

'굴, 굴욕이야……!'

캐나다 대표 팀 플레이어들과 이야기할 때 친구 화제가 나온 게 탓이었다.

"불운 페널티는 해결했어?"

"아니…… 그래도 싸우는 데에는 지장 없으니까."

"참 힘들겠구나. 잘 해결되길 바란다."

태현은 국어책 읽듯이 에반젤린에게 말했다. 물론 에반젤린도 당연히 눈치를 챘다.

"너 해결할 수 있는 방법 찾을 수 있다고 하지 않았어?"

"찾고는 있는데 좀 느려서. 알아서 찾아보는 게 어때?"

"그걸 말이라고 해!?"

언제나 느끼는 거지만 태현은 재능이 있었다. 사람을 빡치게 만드는 재능!

"안 그래도 지금 갑자기 눈 내리기 시작해서 일이 꼬이게 생겼는데…… 으으. 불운 페널티 정말 너무 불편해. 싸울 때 빼고는 하나도 도움이 안 된다고."

"싸울 때 도움이 되니 다행이네."

"……꼭 너하고 붙었으면 좋겠다. 진심으로!"

에반젤린은 으름장을 놓고 팀원들과 함께 사라졌다.

케인이 궁금하다는 듯이 물었다.

"뭔 이야기 했냐?"

"자기 친구 없대."

"!?"

"그러고 보니 너 권능 언제 갖고 나오냐?"

"나한테 맡겨놨냐? 응?"

태현이 무슨 '빌린 물건 언제 갖고 와?' 하듯이 묻자 케인은 울컥했다. 지금 누구 때문에 이 고생 중인데!

"빨리 갖고 와야 시간에 맞추지."

"이게 말이라고…… 아오……."

"그래서 지금 어느 정도인데?"

"한 절반 정도 깬 거 같아. 거기 던전 진짜 빡세다고. 게다가 갈락파드란 놈은 완전 또라이야!"

"그, 그래?"

태현은 멈칫했다. 케인한테 직접 들으니 뭔가 기분이 묘했던 것이다. 그 정도로 이상한 사람인가?

"내가 무슨 말만 하면 불경하다고 때리고 괴롭히는데…… 후, 말을 말자. 게다가 저번에는 진짜 이상한 함정 건드려 가지고……."

"뭔 함정인데?"

"던전 내에 있는 이상한 방에 들어갔거든. 워낙 크고 나오는 몬스터들도 강해서 처음에는 거기가 끝인 줄 알았다. 근데 아니더라고. 기껏 쓰러뜨렸더니 '대륙에 영원한 추위를 불러오겠다!' 하고 사라지질 않나…… 진짜."

태현은 멈칫했다. 방금 뭐라고?

"케인. 다시 말해봐."

"뭘?"

"방에 나온 보스 몬스터를 쓰러뜨렸더니 '대륙에 영원한 추위를 불러오겠다!' 하고 사라졌다고?"

"그랬는데."

"그다음에는? 뭐 별다른 현상 없었어?"

"없었어. 그냥 협박인가 보지."

"너 지금 판온에 눈 오는 건 알고 있냐?"

"눈? 야. 네가 내가 있는 곳에 와봐야 제대로 눈이 오는 걸 볼 수 있을 텐데. 진짜 펑펑 온다."

"아니, 중앙 대륙에도 눈이 온다고."

"……어? 진짜?"

보아하니 케인은 자기가 있는 던전 공략에만 정신이 팔려 모르고 있었던 것 같았다. 던전 공략에 방송까지 있었으니 정신이 팔릴 법도 했다.

케인은 얼굴이 새파래졌다.

"설, 설마…… 내가 건드린 게……."

둘이 발걸음을 멈추자 앞에서 걸어가던 김철수가 고개를 돌리고 물었다.

"두 분 무슨 이야기 하세요?"

"……아무것도 아닙니다!"

둘의 목소리가 정확하게 겹쳐졌다.

"아, 아닐 거야. 그냥 우연의 일치일 거라고. 그 몬스터, 별로 강하게 생기지도 않았거든? 몬스터들 보면 흔히들 그러잖아. 죽을 때마다 '세계를 멸망시키겠다~'라고."

케인은 필사적으로 속삭였다.

별생각 없이 쓰러뜨린 던전의 몬스터. 그 때문에 대륙 전체에 영향이 왔다고 생각하니 아찔했다.

"목소리 낮춰."

"아, 아니겠지?"

"뭐, 아닐 수도 있고 맞을 수도 있고. 중요한 건 입 다물고 있으면 아무도 모른다는 거지. 그냥 입 다물고 있자."

이미 적이 많은 태현이었다. 거기에 추가로 적을 늘릴 필요는 없었다.

케인은 태현의 오른팔로 취급받고 있었으니(케인이 아무리 아니라고 말해도 다른 사람들은 알아주지 않았다), 케인이 저지른 건 태현도 피할 수 없을 것이다.

"잠깐…… 그러고 보니 다른 놈한테 떠넘길 수는 없나?"

한술 더 뜨는 태현을 보고 케인은 생각했다. 그는 평생 노력해도 태현의 저 사악함은 따라갈 수 없을 것이라고!

CHAPTER 6

"나 왔…… 누구세요?!"

"누군지 모르면 나 그냥 가도 되겠지. 간다."

"농담이야! 농담이었어! 그보다 그렇게 하니까 정말 괜찮은데?"

이세연은 태현의 눈가를 가리키며 말했다.

날카로움이 사라지자 인상 자체가 달랐던 것이다.

"오늘 보는 사람마다 왜 다 이 소리야?"

태현은 아직 스스로의 인상이 어떻게 달라졌는지 모르고 있었다. 그냥 스타일리스트부터 시작해서 다들 억지로 칭찬하나 보다 생각하고 있을 뿐!

"그보다 삼십 분 후면 오프닝 시작할 텐데 왜 네 명이야?"

"아. 도동수는 화장실 갔어."

"화장실?"

"응. 아직까지 안 오는 걸 보니 아마 ㅊ……."

쾅!

문이 열리고 들어온 도동수는 살벌한 눈빛으로 태현을 쳐다보았다. 물론 그렇게 쳐다본다고 해서 태현이 겁을 먹을 사람은 아니었다.

빤히 마주 쳐다보자 오히려 겁을 먹은 건 도동수였다.

슬쩍 시선을 돌리는 도동수!

태현은 상냥하게 말을 걸었다.

"화장실은 잘 갔다 왔어?"

물론 도동수는 대답하지 않았다. 어색한 침묵!

이세연은 이마를 짚으며 한숨을 내쉬었다. 늦게 왔지만 지금 무슨 상황인지는 짐작이 갔다.

짝짝!

이세연은 손뼉을 치며 분위기를 환기시켰다.

"자자. 이제 곧 오프닝 시작이니까 모두 집중해요."

이세연의 말이 끝나자 모두 긴장한 얼굴이었다. 물론 태현은 빼고.

이세연을 제외하고서 실제로 이렇게 방송에 나선 적이 없었으니 당연한 일이었다. 도동수나 김철수, 케인은 개인 인방은 해봤어도 이런 경험은 없는 것이다.

"긴장할 필요는 없어요. 오프닝이 시작되고 복잡한 말은 캐스터와 해설자분들이 다 할 테니까요. 큰 실수만 하지 않으면 돼요."

말과 함께 이세연은 태현에게 시선을 보냈다.

-제발 사고 치지 마!

태현은 천연덕스럽게 어깨를 으쓱거렸다.

-내가 뭘?

“각 팀 소개하고 예정대로 일정 진행될 거고…… 예정은 다 봤을 거고, 맞다. 인터뷰 질문 대답은 미리 생각해 놨죠?”
“네.”
“……물론이지.”
“응?”
김철수, 도동수는 고개를 끄덕였지만 케인은 당황했다.
뭔 인터뷰 질문?
케인은 당황해서 태현을 쳐다보았다.

-넌 저거 알고 있었냐?
-아니. 나도 몰랐는데.

둘이 뭔가 이상하다는 걸 깨달은 이세연이 태현을 보고 물었다.
“잠깐, 잠깐. 어떻게 된 거야? 왜 케인 씨는 모르는데?”
“받은 적이 없으니까 모르는 거겠지.”
“내가 보내줬잖아! 읽어보라고!”

“아, 그게 그거였구나…….”

이세연이 대회 오프닝 대비용으로 이것저것 메일을 보낸 적이 있었다. 물론 태현은 열어보지 않았다.

이세연이 안다면 분노로 뒷목을 잡았을 것이다.

“케인 씨한테 따로 보낼까 물었는데 네가 괜찮다며!”

“내가 안 읽으면 케인도 안 읽어도 괜찮으니까. 그치?”

태현은 케인의 어깨에 팔을 둘렀다. 물론 케인이 그걸 바로 받아들일 리 없었다.

“그치는 뭔 그치야 이 자식아……!”

“별거 없는 메일이었을 거야. 안에 뭐 들어 있었는데?”

“오늘 인터뷰에서 나올 질문 같은 거.”

“별거 아니었네. 그냥 듣고 편하게 대답하면 되잖아.”

이세연은 살짝 불안해졌다.

물론 태현의 말이 틀린 건 아니었다. 방송국에서도 여기 온 플레이어들에게 곤란한 질문을 하지는 않을 테니까.

플레이어들은 그런 곤란한 질문에 대처할 능력이 안 되는 사람들이 대부분이었다. 분명 쉽고 무난한 질문만 나올 테지만……. 그래도 어쩔 수 없는 불안함!

이세연이 불안해하는 동안 케인은 어떻게든 예습을 하려고 들었다.

“지, 지금이라도 읽을래……! 저도 그거 좀 주세요!”

“준비 다 되셨나요?”

그러나 그 시도는 깔끔하게 막혔다.

바로 들어온 방송국 직원 때문이었다.

어두웠던 스튜디오에 조명이 들어오자, 수많은 사람들의 환호성과 박수 소리가 터져 나왔다.

대회를 위해 특별히 준비한 넓은 무대가 한 자리도 비어 있지 않고 꽉 차 있었다. 오늘 첫 경기가 열리는 게 아니었음에도 불구하고 이만큼이나 사람들이 모인 것이다.

판온의 압도적인 위치를 느낄 수 있는 모습이었다.

"안녕하세요. 김수아입니다. 전 세계에서 주목하고 있는 판타지 온라인 2의 첫 투기장 대회. 오늘 모든 좌석이 꽉 찰 정도로 열기가 대단하네요. 저도 더 열심히 해야겠다는 생각이 들 정도로요. 자, 그러면 MBS 프리카 투기장 대회, 지금 시작하겠습니다!"

다시 터져 나오는 함성과 박수 소리. 그리고 통로에서 각 팀의 플레이어들이 걸어 나오기 시작했다.

"팀 블루! 팀 블루 파이팅!"

"원철아! 너만 믿는다!"

"초대받고서 쉽게 들어온 놈들한테 지지 마라! 팀 에이트!"

"이세연! 이세연!"

"생각보다 잘생겼다, 김태현!"

"케인은 어디 있어? 안 보이는데?"

"갓티븐! 다 밟아버려라!"

자기가 응원하는 플레이어들의 얼굴이 보이자 반응은 더 격렬해졌다. 그걸 부추기듯이 김수아는 이어서 말했다.

"치열했던 예선을 뚫고 올라온 팀들이 지금 앞에 섰습니다. 모두들 뜨거운 박수로 맞이해주십시오!"

위에서 김수아가 진행하는 동안 앞에 선 플레이어들은 모두 뻣뻣하게 굳어서 주변을 둘러보았다. 저 멀리 관중석에서 환호하고 있는 사람들이 멀게 느껴졌던 것이다.

물론 태현은 아니었다. 하품이 나오려는 걸 참으며 주변을 둘러보았다.

'잠을 설쳤나? 왜 이렇게 졸리지?'

탁-

케인이 태현의 팔을 붙잡았다. 태현이 고개를 갸웃거렸다.

"너 뭐 하냐?"

"다, 다리에 힘이……."

태현은 뭐라고 하려다가 말았다. 카메라가 돌고 있으니 굳이 뭐라고 하지 말아야지!

덕분에 사이좋게 케인을 부축하는 태현의 모습이 관중석의 사람들에게 생생히 잡혔다.

"태현 님! 보기 좋아요!"

어디서 익숙한 목소리가 관중석에서 들리자 태현은 화들짝 놀랐다. 이다비가 동생들을 데리고 관중석에 앉아 있었던 것.

[너 뭐 하냐?!]

[팀이잖아요! 응원해야죠!]

[그냥 그 시간에 판온을 해!]

[와, 기껏 와줬는데! 너무해! 그보다 처음에는 다른 사람인 줄 알았어요. 메이크업한 거예요?]

짧은 사이에 오가는 문자들! 그러는 사이 김수아는 판온과 투기장에 대해 간단히 소개를 마치고 있었다.

"이번 대회가 화제가 된 이유 중 하나는 그 상금이죠?"

"맞습니다! 판온도 판온이지만 상금만큼 참가하는 게이머들을 불타게 하는 것도 드물거든요."

김수아의 진행을 옆에 앉아 있던 두 남자가 맛깔나게 받았다.

배중환, 배중열. MBS의 간판 게임 해설가로, 둘 다 예전에는 프로게이머였었다. 형제 프로게이머로 유명했던 이들인 만큼 호흡이 착착 맞았다.

"우승 상금이 무려 백오십만 달러! 아직 제대로 된 프로 리그가 열리지 않은 단일 대회가 이 정도로 시작하는 건 정말 드문 경우거든요. 제가 프로게이머로 뛸 때는 우승 상금이 십만 달러였습니다. 그것도 많다고 떠들썩했었는데 말이죠."

"15배, 단순히 따지면 15배입니다. 그만큼 판온 대회가 많은 기대를 받는 거겠죠?"

"네. 사실 저희도 이렇게 반응이 좋을 거라고는 예상하지 못했습니다. 대회를 시작하고 나니 정말 뜨거울 정도더군요."

우승 상금이 커진 이유는 간단했다.

판온 대회의 가능성을 본 이들이 우르르 몰려든 것이다.

-150만 달러?! 16억 2750만 원?! 1억 6,296만 엔?! 950만 위안…….

-그만 보내. 정신 사나워.

-꼭 우승해야 해요! 꼭!!

-네 돈 아니잖아……

-제 돈은 아니지만 태현 님이 그런 돈을 잃는 걸 두고 볼 수 없어요!

-잃는다니. 뭐 맡겨놨냐?

둘은 문자로 떠들고 있었지만 무대의 다른 플레이어들은 각 잡힌 자세로 화면을 응시하고 있었다.

대전 일정, 방식과 완전히 무작위로 결정되는 맵의 소개. 그리고 어느새 다음 차례로 넘어가고 있었다.

"자, 그러면…… 각 팀의 대표들은 나와서 공을 뽑아주세요! 대진표가 결정됩니다!"

꿀꺽-

케인이 삼키는 침 소리가 옆에까지 들렸다.

"아, 긴장 좀 그만해. 슬슬 쪽팔리려고 하네."

"긴, 긴, 긴장 안 했거든? 제발 쉬운 상대, 쉬운 상대……."

"쉬운 상대가 누군데?"

"그야 팀…… 잠깐. 이거 말하면 너 또 가서 말할 거지?!"

"눈치가 좀 늘었군."

둘의 대화를 듣던 김철수가 작게 말했다.

“여, 여러분. 이거 지금 다 녹화되고 있는 거 아시죠?”

“에이, 이런 잡담은 편집하겠지.”

태현은 손을 흔들며 자신 있게 장담했다.

“이런 잡담을 다 하나하나 방송할 정도로 방송 시간이 널널하지는 않을 거 아냐. 그치?”

태현의 예측은 빗나갔다. 이런 팀원들의 자연스러운 대화야말로 MBS 측이 오프닝에서 뽑아내고 싶었던 장면!

-아니, 말 좀 해라! 말 좀! 누가 잡아먹냐!

-차원철은 내가 개인 방송 봐서 아는데 저렇게 조용히 있는 애가 아니거든? 왜 가만히 있는 거야? 개인 방송 때처럼 즐겁게 떠들면 되는데!

-어쩔 수 없죠. 전문 방송인이 아니라 플레이어잖아요. 긴장할 수밖에 없어요.

-그래도 그렇지 좀 심하잖아. 이따가 인터뷰할 때도 저러진 않겠지?

지금 다른 팀들은 다 뻣뻣하게 굳어서 대화 하나 나누지 않고 가만히 서 있었다. 직원들이 안타까워할 정도!

덕분에 더 대비가 되었다.

‘좋아. 이 둘 위주로 분량 좀 만들 수 있겠군.’

‘김태현하고 케인은 이미 화제가 된 적 있으니 캐릭터도 잡혀 있고…… 좋아. 다행이야.’

직원들이 그렇게 생각하는지도 모르는 채 태현은 케인과 계속 떠들어댔다. 좌석의 관중들도 '어? 저기만 태연하게 이야기하고 있네?' 하며 시선을 집중할 정도!

"자, 이세연 플레이어가 공을 뽑습니다, 결과는…… 아, 첫 번째 경기! 영광스러운 첫 번째 경기를 장식할 팀은 한국 팀입니다!"

"정말 굉장한 팀이죠! 탑 플레이어들만 모은 팀입니다. 이세연, 김태현은 말하면 입만 아프죠. 판온 플레이어 중에서 이 두 사람 모르는 플레이어는 간첩이에요! 다른 사람들도 만만치 않고요!"

"그렇다고 방심해서는 안 됩니다. 투기장은 언제나 변수가 가득하거든요! 게다가 프리카 투기장은 모두 다 평등한 레벨에서 붙습니다. 얼마든지 다른 결과가 나올 수 있어요!"

"과연 어떤 팀이 이 한국 대표 팀과 붙게 될지 정말 궁금합니다. 분명 어렵지만 이길 수 있다면 그 팀은 확실히 우승 후보죠! 독이 든 성배 같은 거예요!"

'아, 시끄러.'

태현은 속으로 생각했다.

"아!! 팀 블루! 첫 번째 경기를 뽑았습니다!! 한국 대표 팀과 붙게 되는 건 팀 블루입니다!"

홱-

팀 블루의 플레이어들의 고개가 동시에 돌아갔다.

물론 케인을 향해서!

케인은 시선을 피했다. 지금 팀 블루의 플레이어들이 저렇게 빤히 쳐다보는 이유는 하나밖에 없었으니까!

'난 모르는 일이야, 난 모르는 일이라고! 김태현 개××야!'

도전 정신으로 가득한 팀 블루의 눈빛!

해설자들도 무대에서 일어난 일을 눈치챈 것 같았다.

"아, 팀 블루! 한국 팀을 노려보네요. 보기 좋아요! 패기 넘치네요!"

"그런데 한 명만 노려보는 거 같은데요? 저기 케인 선수만 노려보고 있지 않나요? 어떻게 된 거죠?"

"지금 저희 쪽에 정보가 살짝 들어왔는데, 시작하기 전에 케인 선수가 선전포고를 했다는 소문이 있네요."

"네?! 선전포고요!?"

케인의 얼굴이 창백하게 질렸다. 아예 빼도 박도 못하게 방송으로 나가버린 것이다.

"와, 케인 선수. 그렇게 안 보이는데 정말 대단하네요."

"저렇게 시작 전에 도발하는 선수가 많은 편인가요?"

"저희 때도 없지는 않았죠. 그런데 저렇게 대담하게 가서 선전포고하는 선수는 드물었습니다. 어지간히 자신감이 없으면 못 하는 일이거든요! 지면 진짜 개망신 아닙니까?"

"케인 선수의 자신감을 느낄 수 있네요! 어떻게 보면 이런 게 또 대회의 재미 아니겠습니까! 경기 내에서 싸우는 게 아닌 경기 밖에서도 싸우는!"

"팀 블루는 절대 지고 싶지 않겠군요. 아차. 너무 길게 이야기했나요? 자세한 건 인터뷰 때 다시 물어보도록 하겠습니다!"

탁탁-

태현은 케인의 어깨를 두드렸다.

"파이팅!"

"#!!#^&^_^!!"

참가한 팀들이 모두 공을 뽑고 대진표가 작성되었다. 이틀 간격으로 경기가 있었고, 하루에 네 팀이 경기를 치렀다.

하루가 지나갈 때마다 두 팀씩 떨어져 나가는 구조!

그러나 케인은 대진표를 보고 어떤 팀이 어떻게 올라올지 생각할 여유가 없었다. 바로 선수 인터뷰가 시작된 것이다.

꿀꺽- 덜덜덜덜-

침을 삼키고, 다리를 떨고…… 누가 봐도 '내가 여기서 가장 긴장했어!'라고 말하는 것 같은 케인이었다.

인터뷰하기 위해 온 김수아가 당황할 정도!

"너무 긴장하지 않으셔도 괜찮아요. 케인 선수."

"네, 네, 넵! 긴장 안 했습니다!"

판온 내에서의 거친 모습과는 전혀 정반대되는 모습!

그 모습에 관중석에서도 수군거리는 소리가 들려왔다.

-저게 케인이야?

-난 떡대일 줄 알았는데…….

-되게 곱상하게 생겼잖아? 파리 하나 못 잡을 것 같은데…….
-김태현하고 같이 있으니까 형하고 동생 같다.

"야. 정신 차려."
"컥!"
태현이 카메라에 보이지 않게 옆구리를 찌르자 케인은 쿨럭거리며 기침했다.
"이, 이 새……."
"카메라 있다."
"……생각이 깊은 자식…… 살살 좀……."
훈훈한 둘의 대화에 김수아도 웃었다.
"두 분 정말 친하신가 봐요."
"네. 엄청 친하죠."
태현은 웃으며 케인의 어깨에 팔을 올렸다. 원래라면 동네 깡패가 '야, 웃어. 웃으라고'하는 비주얼이었겠지만, 메이크업의 힘은 위대했다. 정말 친해 보이는 것 같은 마술!
관중석에서도 '오오' 같은 반응이 튀어나왔다.
"사실 두 분이 만나게 된 게 그렇게 좋은 상황이 아니었잖아요? 그런데 이렇게 친해지다니 좀 신기하네요."
"네? 그걸 어떻게 아세요?"
"태현 선수. 태현 선수 특집 방송한 게 저였는데……."
태현을 제외한, 자리에 앉아 있던 팀원 전부가 태현을 빤히 쳐다보았다.

-아무리 그래도 이건 좀 아니지!
-맞아! 너무했어!

그러나 태현은 흔들리지 않았다.
"아, 그래요? 제가 제 방송은 잘 안 봐서."
절대 흔들리지 않는 멘탈!
김수아는 속으로 웃었다. 다른 건 몰라도 김태현은 확실하게 캐릭터가 있었다.
"뭐, 싸우다 정들면 친해지는 거죠. 사실 케인이 좀 많이 호전적이긴 해요."
"그래요?"
케인은 당황한 눈빛으로 태현을 쳐다보았다.
대체 무슨 소리를 하려고?
"네. 대화하다가 마음에 안 들면 바로 깃발 꽂으라고 하고…… 저희 팀에서 가장 호전적인 선수죠."
"전혀 그렇게 안 보이는데요?"
"그러니까 더 놀라운 거죠. 게임에만 접속하면 사람이 확 달라진다니까요. 사실 제가 게임 내에서 마찰 붙은 일들 대부분은 케인 때문이에요. 저는 그냥 좋게좋게 넘어가려고 하는데 케인이 워낙 싸움으로 해결하는 걸 좋아해서……."
케인은 입을 떡 벌렸다. 이 자식이 지금 누구한테 책임 전가를?! 태현은 지금 만약을 대비해서 케인에게 덤터기를 씌우고 있었다.

봐라! 판온 2의 김태현은 평화를 좋아하는 사람이다! 판온 1의 김태현과는 전혀 다른 사람이다! 너희들이 들은 소문은 다 헛소문이다!

물론 케인 입장에서는 기가 막힌 소리였다.

"아, 아닙니다! 전……."

"괜찮아요, 케인 선수!"

"맞아요. 케인 선수. 실력만 있다면 프로게이머한테 그런 호전성은 단점이 아니에요. 좋아하는 팬들도 많거든요."

두 형제 해설가들도 옆에서 괜찮다는 듯이 말을 덧붙였다.

케인은 더 환장할 지경이었다. 반박하지 못하고 끙끙 앓는 동안 질문은 다음 사람한테로 넘어갔다.

김수아는 이세연, 김철수, 도동수에게 차례대로 질문을 던졌다. 간단한 자기소개와 어떤 타입의 플레이어인지 묻는 쉬운 질문이었다.

이세연은 방송에 이골이 났으니 완벽하게 해냈고, 김철수나 도동수도 이런 질문에 대해 대답할 능력은 충분했다. 사전에 예습하기도 했고.

"자, 그러면 이번에는 좀 곤란한 질문을 해보겠습니다. 이번 대회에서 가장 상대하기 쉬워 보이는 팀은?"

"이거 좀 곤란한 질문인가요? 하하하!"

짓궂은 질문을 던졌다는 듯이 해설가가 웃었다. 그러나 태현은 이 질문이 짓궂다는 것 자체를 이해하지 못했다.

"별로 안 곤란한…… 읍읍!"

1초도 고민하지 않고 말하려고 하자 이세연이 재빨리 태현의 옆구리를 찔렀다. 카메라의 사각을 이용한 완벽한 공격!

그걸 본 케인은 감동했다. 아, 아직 세상에 정의는 있구나!

"상대하기 쉬워 보이는 팀은 없습니다. 본선에 진출했다는 건 다 잠재력이 있고 능력이 있는 팀이란 증거니까요. 하나하나 전부 최선을 다해 싸울 생각입니다."

모범 그 자체. 이세연은 조금도 흔들리지 않고 정석인 대답을 했다.

애초에 이세연은 왜 이런 질문을 하는지 알고 있었다.

'분량을 만들기 위해서지. 괜히 여기서 나서봤자 손해야. 그냥 다들 가만히 있어!'

참가한 플레이어들끼리 서로 견제하고 도발한다면 그것만으로도 화제가 됐다. 방송국 측에서 기대하는 게 바로 그것!

적극적이고 화끈한 플레이어가 나와서 재밌는 상황을 만들어주기를 기대하는 것이다. 그러나 이세연이 보기에 이런 건 잘해봐야 본전이었다.

괜히 '내가 최고다', '다른 놈들은 다 약해 보인다', 같은 식으로 입을 털었다가 지기라도 한다면?

망신 중의 망신이었다. 건방지다고 생기는 안티팬은 덤!

그냥 겸손한 척하면서 넘어가는 게 최선이었다. 그게 가장 무난했다.

"에이, 너무 무난하지 않아요? 사람인 이상 생각하는 팀이 있을 텐데?”

“정말로 없네요.”

이세연은 살포시 웃으며 대답했다. 그 모습에서 이세연은 흔들 수 없다고 깨달은 해설가가 물러섰다.

그리고 타깃을 바꿨다.

‘그렇다면……. 역시 가장 호전적인…….’

‘케인!’

형제답게 해설가들은 눈빛만 봐도 서로의 생각을 알았다.

“자, 그러면 케인 선수는 어떻게 생각하죠?”

“예, 예? 저요? 어…….”

케인은 힐끗 태현을 쳐다보았다. 태현은 이렇게 말하는 것 같았다.

-팍팍 질러! 어차피 넌 이미 선전포고 한 놈이잖아! 그러면 캐릭터 확실하게 가야지!

‘……미친…….’

케인은 고개를 돌려 이세연을 쳐다보았다.

-아직 안 늦었어! 그냥 무난하게 처리하고 넘어가!

마치 천사와 악마! 케인은 고민하다가 말했다.

“……저, 저도 비슷하게 생각합니다.”

"음? 정말요?"
"네!"
"그러면 팀 블루에게 선전포고한 건 어떻게 된 거죠?"
"맞아요. 다들 떠들썩하던데요. 당당하게 찾아가서 선전포고를 했다면서요?"
"그, 그렇게까지는 안 했……."
"하긴 했다는 거군요!"
"아니…… 그게……."
케인은 진땀을 흘리며 손을 흔들었다. 그러나 이미 외통수에 몰린 상황.
방송에 있어서는 아마추어인 케인이 두 사람을 상대해서 빠져나갈 방법은 없었다.

-도와줘!

케인은 결국 태현을 쳐다보며 간절하게 눈빛으로 신호를 보냈다.
"뭐, 케인이 이러는 것도 당연하죠."
"오. 그게 무슨 뜻인가요, 김태현 선수?"
"원래 케인은 돗자리 깔아주면 좀 쑥스러워하는 성격이라…… 그냥 내버려 두면 알아서 경기에서 보여줄 겁니다. 아주 짐승 같은 놈이에요. 사실 그냥 짐승……."
"야! 야!! 야!!"

방송이라는 것도 잊고 케인은 태현의 입을 막기 위해 덤벼들었다. 도와달라고 했더니 사람을 절벽으로 밀어버리는 태현! 관중석에서 둘의 모습을 보고 웃음이 터져 나왔다.

-하하하하!
-둘이 미리 준비한 건가? 너무 잘 맞는데?
-맞아. 인터뷰 때 보여주려고 준비했나 봐.

이다비는 복잡한 표정으로 주변의 말을 들었다. 저건 딱히 준비해 온 대본이 아니었으니까!

"언니, 진짜 저 사람들 준비한 거야?"

"아니…… 저 사람들은 원래 저러고 놀아."

어쨌든 효과는 확실했다. 옆에서 대기하고 있던 플레이어들이 혀를 차거나 불만스러운 표정을 지었으니까.

'젠장. 스포트라이트는 다 받아가는군.'

'김태현이 이세연하고 MBS 판온 프로그램을 먹여 살린다고는 하지만 이건 좀 심하지 않나? 너무 챙겨주네.'

방송에 문외한인 플레이어들은 속으로 'MBS가 사전에 미리 준비를 시켰나 보다' 하고 생각했다. 그만큼 태현의 모습은 자연스러웠던 것이다.

그렇지만 플레이어들은 알지 못했다. 지금 만들어지는 방송 분량들은 MBS가 사전에 챙겨줘서가 아닌, 순전히 태현의 힘이라는 것을!

대본도 제대로 안 읽고 온 태현이 사전에 준비 같은 걸 했을 리 없었던 것이다.

"하하…… 그러면 다음 질문으로 넘어갈까요?"

태현과 케인 덕분에 웃음꽃이 피자 해설가들도 기분이 좋아진 것 같았다. 화기애애한 분위기!

"다음 질문은…… 나는 솔직하게, 팀원 중에 누구는 마음에 안 든다! 와, 이거 좀 세네요!"

"대회 시작하기도 전에 내분 생기는 거 아니에요?"

질문이 떨어지자마자 이세연은 태현에게 신호를 보냈다.

-제발 입 다물고 있어!!

다른 팀이었다면 농담으로 누군가를 말할 수도 있었겠지만 태현은 아니었다. 도동수는 절대로 농담으로 받지 못할 테니까! 물론 가만히 있으라고 태현이 가만히 있을 사람은 아니었다.

바로 손을 들고 말하려 했다.

"저요! 저는 도……."

"저는 김태현이 싫습니다!"

태현의 말을 끊은 건 케인이었다. 이세연은 속으로 안도의 한숨을 내쉬었다.

'잘한다, 케인! 이대로 질문을 흐지부지하게 만들어 버려!'

"오, 케인 선수! 왜 싫은지 물어봐도 될까요?"

"이유야 엄청나게 많죠! 처음부터 시작하면……."

줄줄 흘러나오는 이유들!

그런데 듣고 있던 해설가들의 표정이 묘하게 변했다.

이유들이 정말…… 쪼잔하고 자잘한 이유들이었던 것이다.

'넘어갈까?'

'넘어가야지! 이걸 다 듣고 있게?'

"자! 그러면 다음 질문으로!"

"네?! 아직 많이 남았는데?!"

케인은 아쉽다는 듯이 말했지만 해설가들은 냉정했다.

"이건 아까 질문보다는 좀 쉬운 질문이네요. 이번 대회에서 가장 경계되는 선수는?"

"이세연이요."

"……김, 김태현 선수. 이세연 선수는 같은 팀이잖아요."

"아, 같은 팀이면 안 되나요?"

'당연히 안 되지!!'

자리에 있던 모두와 관중석에 있던 모든 사람들이 속으로 외쳤다. 그러나 태현은 정말 몰랐다는 표정이었다.

"안 되는구나. 저야 몰랐죠."

"그런데 왜 이세연 선수를 경계하는 건가요? 실력 때문에?"

"아뇨, 실력보다는……."

실력보다는 배배 꼬인 사악한 성격 때문에 경계한다고 말하려던 태현은 멈칫했다. 이세연이 눈빛으로 말하고 있었다.

'판온 1 김태현인 거 알려지고 싶으면 그렇게 한번 해봐!'

"……실력밖에 생각할 수 없죠!"

"역시!"

"이세연 선수라면 그럴 법하죠. 판온 1때부터 1위를 유지한 선수니까요."

해설가들은 공감한다는 듯이 고개를 끄덕였다. 그만큼 이세연이란 이름은 확실했던 것이다.

그 뒤로 또 몇 개의 질문이 지나갔다. 대본에 있던 질문이었기에 김철수나 도동수도 쉽고 모범적으로 대답했다.

물론 재미는 없었지만!

사람들은 언제나 교과서적인 말보다 즉석에서 나온 것 같은 생생한 말을 좋아하는 법이었다. 진행하고 있는 사람들도 그 분위기를 느끼고 있었다.

관중석에서 느껴지는 분위기!

-김태현하고 케인에게 말을 걸어봐!

-아까처럼 또 재미있는 걸 좀 보여줘!

그런 분위기가 느껴지자 해설가들도 망설여졌다. 인터뷰인 이상 5명에게 모두 다 질문을 돌려서 대답을 끌어내는 게 당연했다. 그렇지만 그건 재미와는 별개!

솔직히 그들도 케인이나 태현에게 몇 개 질문을 집중적으로 던져보고 싶을 정도였다. 그만큼 오늘 그들은 빵빵 터졌던 것.

'슬슬 다음으로 넘어가죠?'

'그럴까?'

"자, 그러면 지금부터 팬 여러분들이 참여하는 시간입니다. 추첨에 뽑히신 분들은 원하는 질문을 하시면 됩니다!"

다들 살짝 놀란 얼굴이었다. 이건 듣지 못했던 것이다.

팬들을 위한 이벤트! 이건 미리 준비할 수 없는 곤란한 질문이 나올 수도 있었다.

'아. 불안해…….'

이세연은 초조해지는 기분으로 태현을 쳐다보았다. 누가 사고를 치지 않을까 조마조마하게 대비하는 이 기분. 마치…….

'무슨 조별과제도 아니고!'

생각하다 보니 억울해지는 이세연이었다. 그녀가 무슨 안 좋은 걸 시키는 것도 아니고, 남들은 나가고 싶어도 못 나가는 대회에 같이 나가자고 말한 거였는데, 태현은 그걸 싫다고 저렇게 깽판을 치고 있었으니…….

까놓고 말해서 우승하면 태현에게도 좋은 일 아닌가!

"17번, 17번을 뽑은 분은 손을 들어주세요!"

번쩍!

좌석에 앉아 있던 사람 중 한 명이 손을 들었다.

수줍어 보이는 여학생이었다.

"오, 누구에게 묻고 싶나요?"

"김, 김태현 선수요!"

태현은 고개를 갸웃거렸다. 뭘 물으려고?

"어떤 질문을 하실 건가요? 김태현 선수는 어떤 질문이든 대답할 겁니다!"

"그, 그…… 그……."

여학생의 얼굴이 수줍음으로 붉어졌다. 그걸 본 이세연이나 이다비는 대충 눈치챘다. 어떤 종류의 질문을 할 건지!

'하긴, 김태현은 팬이 없으면 이상하지. 게임에서 저 정도인데 실제 얼굴도 잘생겼으니…… 그보다 저 메이크업은 진짜 누가 해준 거야?'

'앗, 설마?'

그러나 케인이나 태현은 전혀 눈치를 채지 못했다.

'왜 얼굴이 붉어졌지?'

'좌석이 더운 거 아닐까?'

"김, 김태현 선수가 어떤 타입의 사람을 좋아하는지 궁금해요!"

휘익! 우우~

휘파람 소리와 태현을 놀리는 야유 소리가 주변에서 나왔다. 수줍은 여학생 팬의 사심 가득한 질문!

당연히 저런 반응이 나올 수밖에 없었다.

스튜디오 안의 모두가 태현에게 시선을 집중했다. 오늘 오프닝 방송을 주도하듯이 끌고 간 태현이었다. 과연 어떤 재치 있는 대답을 해줄까?

"케인 같은 타입?"

주변의 분위기가 얼음을 끼얹은 것처럼 싸늘해졌다.

"네, 네?"

"케인 같은 타입이 좋죠. 써먹기 좋잖아요."

태현은 써먹기 좋다는 뜻으로 말한 것이었다. 물론 다른 사람들에게는 전혀 그렇게 들리지 않았지만!

"와하하하! 김태현 선수! 상상을 뛰어넘는 대답이 나왔어요! 그런 걸 물어본 게 아니었는데!"

그걸 보고 있던 직원들의 평가는 더욱 올라갔다.

"이야, 재치있게 대답 잘하네요."

"괜히 어설프게 말하는 것보단 저렇게 넘기는 게 좋죠. 진짜 잘하는데요?"

태현이 흘려 넘기기 위해서 저런 대답을 했다고 오해하는 직원들!

"다음은…… 109번! 109번을 뽑으신 분 손 들어주세요!"

번쩍!

익숙한 얼굴의 사람이 손을 들었다. 이다비였다.

잠깐 동안의 침묵!

"묻고 싶으신 걸 물어봐 주세요! 설마 묻고 싶은 게 없지는 않겠죠? 하하하!"

이다비의 침묵을 당황해서라고 오해했는지 해설가들이 웃었다.

-왜 네가 그런 걸 뽑고 그래?

-어, 어쩌죠?

-그냥 아무거나 물어.

-그냥 돈 받고 질문권을 팔면 안 될까요?

-미쳤니?

이다비는 빠르게 머리를 굴렸다. 딱히 질문을 생각해 놓은 게 없었다. 다른 사람들이야 두근거리며 뭘 질문할까 기대했다지만, 이다비는 그냥 물어보면 됐으니까!

결국 떠오르는 게 없어서 이다비는 생각나는 대로 말했다.

"어, 어, 어…… 판온에서 가장 좋아하는 길드는요?!"

태현은 어이가 없다는 듯이 이다비를 쳐다보았다. 얼굴을 알아본 이세연도 황당하다는 듯이 이다비를 쳐다보았다. 그러나 어떻게 된 건지 모르는 해설가들은 흥미진진해했다.

"좋아하는 길드라니. 이거 예상치 못한 질문인데요?"

"그만큼 판온에는 길드들이 많죠. 사실 오늘 출전한 팀의 선수들은 거의 다 소속된 길드들이 있어요. 길드 소속이 아닌 플레이어가 희귀한 거죠. 김태현 선수는 드물게 솔로 플레이어죠?"

"그렇죠. 그러니 좋아하는 길드를 물어볼 수도 있겠어요."

"다른 선수들은 자기 길드 이름이 나오지 않을까 기대하고 있는 거 같은데요? 나오면 스카우트도 할 수 있겠어요!"

태현은 잠시 생각했다. 이다비가 아무 생각 없이 가만히 있다가 질문을 받아서 당황한 건 뻔히 보였다.

뭐라고 대답하는 게 좋을까?

'쑤닝 길드라고 해버릴까?'

쑤닝도 이 방송을 볼 테니, 태현이 '쑤닝 길드가 가장 좋아요!'라고 하는 걸 보면 뒷목 좀 잡을 것이다.

'아니다. 굳이 그래 줄 필요 없지.'

"파워 워리어 길드를 가장 좋아합니다."

"파워……."

"워리어……?"

"파워 워리어?"

웅성웅성!

주변에 있던 사람들이 파워 워리어 길드의 이름을 듣고 의아해하고 있었다.

"파워 워리어요? 그 길드 맞죠? 광고로 유명한……."

해설가 형제들도 판온은 플레이하고 있었다. 전성기 때처럼 열심히 하지는 않지만 파워 워리어가 어떤 길드인지는 알고 있었다. 유명한 걸로 유명한 길드!

"그러고 보니 김태현 선수는 파워 워리어 길드원들하고 같이 다닌다는 말이 있었죠. 김태현 선수, 파워 워리어를 왜 좋아하나요?"

태현은 딱히 고를 길드가 없어서 파워 워리어 길드를 골라서 말했다. 그렇지만 '딱히 고를 길드가 없어서 골랐어요~'라고는 할 수 없었다. 아무리 그래도 그건 좀 아니니까!

태현은 머리를 짜냈다. 파워 워리어의 장점은 뭐가 있을까?

"파워 워리어가 정말 좋은 길드니까 좋아하죠."

주변에 있던 다른 팀 선수들도 놀랐고, 관중석에 있던 사람들도 놀랐고, 이다비도 놀랐다.

길마도 처음 듣는 파워 워리어 좋은 길드 설!

모두가 놀라는 걸 봤지만 태현은 멈추지 않았다. 이미 말한 이상 어떻게든 생각해내보자!

'에라, 나도 모르겠다.'

"우선 파워 워리어는 자유롭습니다. 다른 길드처럼 들어올 때 자격 테스트하거나 그런 거 없어요. 오면 받아줍니다."

"오, 그건 정말 대단한데요? 보통 길드들은 인원 좀 까다롭게 해서 받을 텐데요?"

파워 워리어는 들어오는 데 아무런 조건이 필요 없었다. 들어오고 싶다면 바로 가입!

이유는 간단했다. 가입 조건이 있다면 아무도 파워 워리어 같은 길드에 들어오지 않을 테니까!

그러나 태현은 이런 걸 멋지게 포장했다.

"게다가 길드원들에게 뭘 받거나 하는 것도 없어요."

대형 길드에서는 길드원들에게 매달 일정량의 골드를 받기도 했다. '길드의 사냥터를 이용하거나 특혜를 받는 당연한 대가'라는 이유였다. 그러나 파워 워리어 길드는 그런 게 없었다. 줄 게 없었으니까!

"거기에 숨겨진 실력자들도 있고……."

숨겨진 실력자들. 정확히 말하자면 레벨이 높은 게 아니라, 이상한 방식으로 사람을 괴롭힐 줄 아는 실력자들이었다.

저번에 쑤닝 길드 상대로 사기를 쳤던 것처럼!

그러나 다른 사람들에게는 '파워 워리어 길드에는 숨겨진 고렙 랭커들이 있다'로 들렸다.

"정말인가요, 그게?!"

"물론이죠."

-정말인가?

-허세 아냐?

-아니, 김태현이 저런 걸로 거짓말할 사람은 아니지 않아? 김태현이잖아.

"이야, 파워 워리어가 그렇게 좋은 길드인 줄은 몰랐네요. 소문은 믿을 게 안 되는데요?"

해설가가 말하는 걸 들으며 태현은 이다비에게 시선을 돌렸다. 이 정도면 충분히 포장해서 말해준 셈이겠지?

'자, 이다비! 고마워해라!'

태현은 이다비가 웃으면서 몰래 엄지손가락을 들 거라고 생각했다. 그러나 이다비는 얼굴이 새빨개져서 고개를 숙이고 있었다.

그다음 질문은 이세연, 그 다음 질문도 이세연, 그 다음 질문은 케인이었다. 태현은 도동수에게 몰래 속삭였다.

"괜찮아. 네가 인기 없는 건 네 잘못이 아니잖아."

"닥쳐……!"

둘이 떠드는 사이 다음 번호를 뽑은 팬이 손을 들었다.

"김태현 선수에게 묻고 싶은 게 있어요!"

"?"

"이런저런 말이 많아서 궁금했는데, 판온 1의 김태현과는 어떤 관계인가요?"

태현은 눈을 빛냈다. 이런 질문이 오다니. 좋은 기회였다. 이번 기회에 판온 1의 원한을 돌려 버리는 거다!

"판온 1의 김태현 팬이었죠. 이름도 같잖아요? 그래서 여러모로 벤치마킹을 했습니다. 전투 방식이나 캐릭터 스타일 같은 거요."

"아, 그러니까 판온 1의 김태현과는 아무 상관이 없는 거네요?"

"그렇죠!"

태현은 가려운 곳을 긁어주는 팬의 모습에 신이 나서 대답했다.

"과연 그럴까?"

거기에 초를 친 건 도동수였다.

"내가 보기엔 김태현은 판온 1 김태현하고 엄청 비슷한데. 그냥 팬이 따라 한 거라고 보기에는 너무 비슷하지 않나……."

중얼거리듯이 말했지만 모두가 들을 수 있었다. 태현보다 이세연이 당황했다. 도동수가 뭘 하려는지 깨달은 것이다.

그나마 유일한 태현의 약점!

'어떻게 하지?'

그러나 태현은 도동수에게 밀릴 정도로 호락호락한 사람이 아니었다.

"하하. 동수의 말도 이해는 가요. 얘는 판온 1의 김태현한테

진 거 가지고 아직도 꽁해 있거든요."

"뭔 개소…… 윽!"

태현은 도동수에게 다가가서 어깨에 팔을 둘렀다. 남들이 보면 친한 사이여서 저러는 것 같았지만 도동수는 고통으로 얼굴을 찡그렸다. 치사하게 힘으로 말을 못 하게 하다니!

"판온 1의 김태현한테 졌는데 김태현이 사라지니 아무나 붙잡고 너 김태현이지! 김태현이지! 이러고 다니더라고요."

태현의 말에 관중석에서 웃음이 터져 나왔다. 도동수는 반박하고 싶었지만 어깨의 통증이 장난이 아니었다.

식은땀이 나올 정도!

"어휴, 진짜 곤란한 게…… 도동수뿐만 아니라 판온 1 때 랭커들이 이름 같고 스타일 비슷하다고 닥치는 대로 찾아와서 시비를 걸어대니…… 괜히 이렇게 지었나 후회 될 정도예요."

이세연은 질렸다는 듯이 고개를 흔들었다. 저 공격을 저렇게 받다니. 도동수뿐만 아니라 제카스 같은 다른 플레이어들의 공격도 무효화시켜 버리는 강력한 반격!

웃음이 잦아들고 김수아가 정리를 하자 태현은 도동수의 어깨를 놨다.

"이 자식……!"

아픈 어깨를 부여잡고 도동수는 태현을 노려보았다. 이미 지나간 데다가 카메라가 있어서 따질 수도 없는 상황!

태현에게 제대로 한 방 먹었지만, 그래서 오히려 도동수는 더욱 확신했다. 100%에서 120%로. 저건 진짜 판온 1의 김태현이라고!

"후. 이제 진짜 끝이지?"

그 이후로 오프닝 방송의 온갖 이벤트들을 다 참고 해낸 태현.

'아, 그냥 집에 가서 게임이나 하고 싶다!'고 몇 번이나 생각했는지 몰랐다.

클로징 멘트가 떨어지고 조명이 꺼지기 시작하자 태현은 안도의 한숨을 내쉬었다.

"조금만 참아. 하나 더 남았어."

"뭐 남았는데?"

"사진 이벤트. 당첨된 팬하고 같이 사진 찍는 거야. 그것만 하면 집에 가도 돼."

"케인하고 사진을 찍고 싶어 하는 사람이 있을까?"

"왜 거기서 꼭 케인을…… 아니다, 됐다."

이세연은 말하려다가 포기했다. 저렇게 말하는 것치고 태현은 오늘 오프닝을 정말 잘 해낸 것이다.

스스로는 안 해, 귀찮아, 지겨워, 언제 끝나, 계속 이래도 말할 때마다 사람들의 관심을 한 몸에 끌어모았다. 긴장하지도 않고 자연스럽게 해내는 저 모습은 분명 방송에 재능이 있었다.

"109번, 한국 팀과 같이 사진을 찍을 수 있는 기회를 받을 행운의 주인공은 109번입니다!"

"109번? 잠깐, 109번은……."

아까 들었던 번호. 이다비였다. 태현은 황당해했다.

"재는 왜 저런 데에서 쓸데없이 운이 좋아?!"

"네가 할 소리야? 그보다 옆의 분들이 말 거는데?"
이세연은 이다비의 옆을 가리켰다. 옆에 앉은 팬분들이 이다비에게 소곤소곤 말을 걸고 있었다.
"뭐야. 시비 거는 건가?"
"저게 어떻게 봐야 시비 거는 걸로 보이는데……? 그런 게 아니라 아마 번호 양도해 달라는 거 같아."
"힘으로?"
"돈이겠지! 여기가 판온이야?!"
최고 인기 팀인 한국 팀과 사진을 찍을 기회. 그 기회를 놓친 다른 팬들이 돈을 주고서라도 사고 싶어 하는 건 당연한 일이었다. 그리고 이다비라면…….
'팔겠네.'
안 봐도 분명했다.
그러나 이다비는 고개를 숙이더니 제안을 거절했다. 그리고 손을 들어 앞으로 나왔다. 사진을 찍기 위해 한국 팀과 이다비는 같이 섰다.
태현이 물었다.
"어떻게 된 거야?"
"네?"
"팔라고 한 거 아니었어? 그냥 다른 소리 한 건가?"
"어떻게 알았어요?!"
"역시 맞았군. 근데 왜 안 팔았어?"
"……조금 아쉬워서요."

태현은 고개를 갸웃거렸다.

"뭐가?"

"저는 팀에 참가하지 않으니까 이렇게 사진 찍을 기회가 없잖아요."

"그냥 내가 다른 사람들한테 부탁하면 되는 일인데?"

"……그냥 찍기나 하죠!"

이다비는 태현의 등을 '짝'하고 쳤다. 뭔가 감정이 섞인 동작에 태현은 입을 다물었다.

이다비는 속으로 생각했다. 방금 한 말은 핑계였다. 사실은 다른 사람에게 이런 기회를 주고 싶지 않아서였다. 이유는 그녀 스스로도 알 수 없었다. 가족의 빚을 생각한다면 한 푼이라도 더 모아야 했지만, 이다비는 그러지 않기로 했다.

'이 정도는 괜찮겠지?'

이다비 옆에 선 태현이 낮은 목소리로 말했다.

"내가 줄게."

"네?"

"아까 너한테 팔라고 한 사람 있잖아. 제안한 거 두 배로 내가 준다고."

"태현 님이 왜요?"

"네가 거절한 게 나 때문인 거 같으니까. 앞으로는 그냥 신경 안 쓰고 팔아도 괜찮아. 돈이 최고잖아."

이다비는 속에서 뭔가 울컥하고 올라오는 걸 느꼈다. 아까의 이유처럼 정체를 알 수 없는 무언가!

"사실 그 사람들이 얼마나 제안했냐면요……."

"그렇다고 가격 속이지는 말자. 이따 가서 물어본다."

"……네."

MBS는 즐거운 비명을 지르고 있었다. 투기장 대회 오프닝이 최고 시청률을 돌파한 것이다.

배장욱은 후배 차수한과 하이파이브를 하며 축하했다.

"좋았어! 바로 이거야!"

"선배님 덕분입니다!"

모두가 성공을 확신하고 있었기에 둘은 더 긴장하고 있었다. 기대를 받는 만큼 그만한 성공을 거둬야 했던 것이다.

"아직 시작도 전인데 이 정도의 관심이라니……."

"경기가 시작되면 어떨지 상상도 안 갑니다."

"대회 스폰서도 스폰서지만 팀을 후원하겠다는 연락도 많이 오가고 있다고?"

"네. 저희가 아는 것만 해도 이 정도니 저희가 모르는 곳에서는 더 제안이 많이 오가고 있을 겁니다."

"대회 끝나기 전에 공식적으로 몇 팀 정도는 생기겠네."

본선에 진출한 플레이어 팀들을 상대로 몇몇 기업들이 발 빠르게 움직이고 있었다.

앞으로 생길 판온 프로 리그를 대비한 정식 프로게임단!

지금처럼 아마추어들끼리 뭉쳐서 대회가 나가는 게 아닌, 기업의 후원을 받으며 숙소에서 체계적인 훈련과 연습을 한다. 플레이어들이라면 누구나 환영할 소리였다.

“아마 몇 경기 진행되고 나면 발표가 날 거 같습니다.”

“간을 보는 건가?”

“아마 그렇겠죠?”

벌써 접촉한 곳도 있는가 하면, 경기의 결과를 보려고 기다리고 있는 곳도 있었다. 가능하면 이긴 팀에게 접촉하는 게 이득이었으니까.

처음 열리는 대회인 만큼 누가 강자이고 누가 약자인지 아무도 확신하지 못했다.

“그렇지만 하나 예외가 있습니다. 한국 팀이요. 선배님이 모은 이세연과 김태현이 있는 팀 말이에요.”

“그게 왜?”

“다른 팀과 달리 한국 팀은 딱히 ‘팀’이 아니잖습니까. 우리가 화제를 만들기 위해 각자를 따로 부른 거였죠.”

“그랬지.”

“그런 주제에 거의 확실하게 우승 후보 대우를 받고 있으니…… 스카우트 하는 입장에서는 군침을 흘릴 만하죠.”

다른 팀은 섭외하려면 팀 전체를 고민해야 했다.

팀원들끼리 모여서 구성한 팀. 험난한 예선을 뚫고 올라온 팀들은 모두 팀원들끼리 엄청난 팀워크를 자랑하는 팀들이었다.

거기서 한 명만 빼 온다거나 한다면 이야기가 잘될 리 없었다. 그러나 하나 예외가 있었으니, 바로 한국 팀이었다. 서로에 대한 동료 의식이라고는 눈곱만큼도 없는 팀!

"저한테 무슨 질문이 왔는지 아십니까? '한국 팀 선수들은 사이가 안 좋아서 한 명만 섭외해도 별 상관 안 한다는 소문이 있던데 그게 진짜냐' 하는 질문이 왔습니다. 너무 노골적인 거 아닙니까?"

"솔직해서 좋군. 차라리 그게 나을지도 몰라. 그만큼 데리고 가고 싶은 선수들이란 거잖아. 대우는 확실히 받겠네."

"선배, 선배는 아쉽지 않습니까? 이런 팀이……."

"아쉽긴 한데…… 그렇다고 해서 이 팀이 계속 갈 팀은 아니니까. 이번 대회까지만이라고 봐야겠지."

이세연, 김태현. 그리고 다른 플레이어들. 모두 다 새로 만들어질 프로게임단에는 매우 필요한 인재들이었다.

특히 이세연과 김태현 둘은 더더욱!

그렇기에 배장욱은 이번 대회가 끝나면 이 팀은 찢어질 거라고 예상하고 있었다. 아쉬웠지만 어쩔 수 없었다.

덜컥-

"아, 국장님!"

"무슨 얘기들을 그렇게 하고 있었나?"

"하하, 이번 오프닝에 대해 이야기하고 있었습니다."

"고생들 많았네. 다 자네들 덕분이지."

국장의 칭찬에 배장욱과 차수한은 쑥스러워했다. 나이 먹은 아저씨들이 쑥스러워하는 건 흔히 볼 수 있는 모습이 아니었다.

"아, 아닙니다. 저희가 뭘 한 게 있다고……."

"김태현 그 친구는 또 활약했다고 들었는데?"

"네. 국장님이 제대로 보신 것 같습니다. 뭘 해도 눈에 띄는 친구더군요."

"그 정도였나?"

"그렇다니까요. 다른 친구들은 다 긴장해서 굳어 있는데 혼자 여유롭게 대답하고…… 게다가 마스크가 되지 않습니까?"

차수한이 얼굴을 위아래로 훑으며 말했다.

"마스크?"

"얼굴 말입니다. 얼굴."

국장은 고개를 갸웃거렸다. 아직 방송을 직접 보지는 않은 국장이었다. 저번에 봤던 태현의 사진은 분명 잘생겼다기보다는…… 무서운 인상!

"얼굴이 잘생겼다고?"

"네. 못 보셨습니까? 기사 리플만 봐도 외모 말하는 게 절반인데……."

"흠…… 그러면 사진이 잘못 나왔나 보군. 사진빨을 좀 못 받는 거였나?"

"이, 이건 사기야!"

김태산은 방송을 보고 어이가 없어서 말을 잇지 못했다.

태현이 저렇게 나오다니!

[형님, 방송 보셨습니까? 태현이가 진짜 잘생기게 나왔네요.]
[누가 보면 형님 아들 아닌 줄 알겠어요.]
[태현이가 저렇게 잘생겼었나요? 제 딸애가 놀라던데요?]
[태현이 맞아요?]

우르르 쏟아지는 문자들! 김태산이 어이없었던 만큼 어렸을 때부터 태현을 봤던 김태산의 친구들도 놀라고 있었다.

아무리 봐도 김태현이 아니다! 김태현을 닮은 무언가다!

김태산은 기사를 읽으며 가슴을 쳤다.

"아이고, 아이고! 세상 사람들이 다 속고 있다니! 이게 말이 되나!"

리플을 보니 더 어이가 없었다.

-와 김태현 연예인인 줄.
-게임 캐릭터는 일부러 무섭게 만든 건가?
-김태현이랑 케인이랑 사귀나요?
-김태현 진짜 잘생기지 않았냐? 김태현 얼굴만 보이더라.
-김태현 실제로 보면 못생겼다고 한 놈 나와라.

"후……."

김태산은 복잡한 표정을 지으며 방송을 다시 한번 쳐다보았다. 그래도 기분이 나쁘지는 않았다.

아들놈이 자기가 좋아하는 걸로 길을 만들고 있는 것이다. 분명 뿌듯했다.

'그렇지만 외모 칭찬은…… 도저히 납득할 수가…….'

태현의 실력은 칭찬해도 외모를 칭찬하는 건 도저히 받아들일 수 없었다. 김태산이 험상궂다는 소리를 평생 들으며 살아왔는데, 태현 혼자서 잘생겼다는 소리를 듣게 되다니!

[그런데 형님, 태현이는 앞으로 프로게이머로 뛰는 겁니까? 혹시 초대받은 곳이라도 있습니까?]

[그런 말은 못 들었는데?]

[네? 다른 팀들은 벌써 제안받은 곳이 있는데 태현이가 못 받았을 리는 없잖습니까.]

[그…… 그러네?]

[혹시 태현이가 말 안 해주는 거 아닙니까?]

[……이런 못된 놈의 시키!]

김태산은 울컥했다. 물론 그가 태현을 속여서 방송의 구렁텅이로 빠뜨리기는 했지만, 그에게 이런 중요한 걸 말해주지도 않다니.

공은 공, 사는 사! 이런 인생에 관련된 중요한 일은 아버지에게 말해야 하는 것 아니겠는가!

"이놈!!"

막 캡슐에 들어가려던 태현은 갑자기 뛰어들어온 김태산을 보고 황당하다는 듯이 쳐다보았다.

"뭐 하세요?"

"너무한 거 아니냐! 감히 아버지를 속이고 넘어가려고 하다니!"

"……잠깐. 하도 속이고 넘어간 게 많아서 뭘 말하는지 잘 모르겠는데요. 뭐 말하는 거죠?"

김태산은 순간 발끈하려다가 참았다. 여기서 발끈하면 또 태현에게 휘말리게 되어 있었다.

참아야 한다!

"프로게임단의 초대를 받았다면서? 숨기려고 하지 마라! 못 받았을 리 없어! 넌 분명 받았다!"

태현은 정말 뭔 소린지 모르겠다는 표정을 지었다.

"뭔 소리예요?"

"……아니냐?"

표정을 읽은 김태산이 머쓱해져서 뒤통수를 긁적였다.

"그런 거 받은 적 없는데요."

"그, 그러냐? 이상하네…… 다른 놈들도 받았는데 왜 네가 못 받았지……."

"아, 그러고 보니까 요즘 전화가 걸려오기는 했는데……."

"뭐라고? 어디에서?!"

"자기네들이 ST, KG라고 해서 핸드폰 광고인 줄 알았죠."

ST, KG. 둘 다 유명한 기업이었다. 프로게임단 운영을 적극적으로 하는 기업이기도 했고. 문제는 둘 다 통신사를 운영하고 있었기에, 전화를 받은 태현은 '아 안 바꿔요 안 바꿔' 하고 끊어버린 다음 차단한 것이다.

"얌마!!"

"아. 스팸일 거예요. 그런 전화 한두 번 받으세요?"

태현은 귀를 후비며 태연하게 말했다. 그 모습에 김태산은 다시 한번 답답해지는 걸 느꼈다.

'흔들리지 말자, 흔들리지 말자…….'

"뭐라고 했는데?"

"뭐라고 했더라…… 자기네들이 ST 파이브인데 혹시 김태현 씨 맞냐고 하던데……."

ST 파이브. ST에서 운영하는 프로게임단 이름이 ST 파이브였다.

"야, 인마! 세상에 어떤 놈이 그런 이름으로 광고를 해?! 핸드폰 바꾸라는 거면 다른 회사 이름을 댔겠지!!"

"아, 그런가요? ST만 듣고 그냥 스팸이라고 생각해서……."

"이놈 자식이 아버지 혈압을 올리네. KG는? KG 쪽에서 온 전화는?"

김태산은 의자에 털썩 앉으며 물었다. KG에서 온 전화는 정말 스팸일 수도 있었으니까.

"그러고 보니 걔네도 자기네들이 KG 위자드라고 했던 거 같은데."

"너 일부러 이러는 거지?!"

김태산은 태현의 멱살을 잡고 앞뒤로 흔들었다. KG 위자드. ST 파이브처럼 KG에서 운영하는 프로게임단. 누가 들어도 프로게임단에서 온 제안!

태현이 멍청한 아들이었다면 김태산도 '아 그랬구나' 하고 넘어갔을 것이다. 그런데 다른 곳에서는 머리가 팽팽하게 돌아가는 놈이 이런 부분에서만 이러니 더 속이 탔다.

마치 그를 놀리려고 일부러 저러는 것 같은 모습!

"아니, 그러면 둘 다 스팸이 아니란 말입니까?"

"그래 인마!! 다시 전화해봐!"

"음…… 근데 꼭 그래야 하나요?"

"……뭐라고?"

"지금 꼭 프로게임단에 들어갈 필요가 없잖아요."

김태산은 멈칫했다. 듣고 보니 그 말도 맞았다.

열이 올라서 연락하라고 했지만, 생각해 보니 지금 그의 아들은 아쉬운 게 없었다.

기업의 전폭적인 지원과 후원? 그런 게 없어도 태현은 잘 먹고 잘살 수 있었다.

느긋하게 있다가 대회에서 좋은 성적을 거둔다. 그게 더 좋은 조건에서 이야기할 수 있는 방법일지도 몰랐다.

"그렇죠?"

"그렇죠…… 는 무슨! 뭘 당당한 얼굴로 말하는 거냐! 차단이나 풀어라!"

ST 파이브와 KG 위저드는 E-스포츠계에서도 오래된 라이벌이었다. 판온 이전 게임부터 계속 맞부딪혀 온 두 팀!

그만큼 안의 라이벌 의식도 팽팽했다.

-다른 팀한테는 져도 KG 위저드한테는 지지 마라!

-ST 파이브한테지면 모두 각오해라!

보통 이런 경쟁의식은 선수단이나 감독에게만 있는데, 이 두 회사는 프런트나 일반 직원들에게까지 이런 라이벌 의식이 퍼져 있었다. 물론 스카우터들에게도 마찬가지였다.

"판온 붐은 온다. 이번 대회는 시작일 뿐. 분명 프로 리그가 열리게 되어 있어. 남들에게 뒤처지지 않으려면 먼저 선수를 모아야 한다."

"경기 결과를 봐야 알 수 있는 건 멍청한 놈이다. 똑똑한 놈은 경기 전에 먼저 움직이지. 게임 캐릭터를 보지 말고 사람을 봐라. 그러면 답이 나온다!"

두 회사의 스카우터들은 뜨겁게 타올랐다. 곧 프로 리그가 열리면 그들뿐만이 아닌 전 세계의 큰손들이 움직일 것이다.

그들도 대기업이었지만 중국 같은 해외의 큰손들의 머니 파워는 장난이 아니었다. 그런 싸움에서 살아남기 위해서는 먼저 인재를 찾아보고 잡아 오는 능력이 필수!

"그렇다면 지금 가장 우선적으로 잡아야 할 선수는 바로……."

"……이세연, 김태현이다!"

두 회사의 생각은 일치했다. 그러나 이세연은 냉정했다.

-이번 대회 끝나기 전에는 딱히 생각이 없네요. 끝나고 나서 고민해 보겠습니다.

아쉬운 게 없는 이세연이었기에 서둘러서 프로게임단에 들어갈 이유가 없었던 것이다. 스카우터들은 아쉬움에 가슴을 쳤지만 어쩔 수 없었다.

그렇다면 김태현이다! 김태현은 반드시!

"안녕하십니까! 저는 ST 파이브의……."

-아, 핸드폰 안 바꿔요.

뚝- 끊어지는 전화!

스카우터는 순간 잘못 들은 줄 알았다. 그러나 다시 전화를 걸어도 결과는 마찬가지였다.

-지금은 고객님이 전화를 받을 수 없어…….

방금 전화를 받았던 놈이 이러는 건, 차단했다는 것!

"핸드폰 아니라고……!"

스카우터들은 억울하게 외칠 수밖에 없었다.

"깼다! 깼다고!! 으흑흑! 내가 깼다고!!"

태현은 앞에 케인이 울부짖으며 뛰어다니는 걸 보고 깜짝 놀랐다. 프로즈란드로 간 놈이 벌써 영지로 돌아오다니!

"너 어떻게 왔냐?"

"스킬 써서!"

대가를 지불해야 했지만 케인은 망설이지 않고 스킬을 사용했다. 그만큼 갈락파드에게서 벗어나고 싶었던 것이다.

태현보다 더 꼬장꼬장한 NPC라니. 다시 생각해도 끔찍.

"그렇다는 건 던전을 깼다는 거냐?"

"당연하지. 거기에다가 권능까지 갖고 왔다!"

케인은 뿌듯하게 아이템을 꺼냈다. 다시 생각해도 정말 힘들었던 던전 공략이었다. 갈락파드와 정체불명의 동료들의 구박을 받으며 앞으로 앞으로!

온갖 함정들이 쏟아지는 걸 몸으로 막고, 온갖 몬스터들의 공격도 몸으로 막았다. 갖고 있던 아이템들의 내구도가 거의 최하로 떨어졌을 정도였으니……

그럼에도 죽지 않은 건 케인의 방어력과 체력, 그리고 뒤에서 걸어주는 버프 덕분이었다.

[<아키서스의 노예> 직업을 갖고 있습니다. 추가 효과를 받습니다.]

직업 덕분에 뒤에서 걸어주는 아키서스 관련 신성 마법의 추가 버프를 받았다. 물론 고마운 마음은 조금도 들지 않았다.

보통 파티 플레이를 하면 힐러에게 고마운 마음이 들었지만 그들은 아니었다. 정말 심하게 징글징글했던 것!

"그럼 투기장 가도 되는 거지? 투기장 가자! 투기장 가서 연습 좀 하자고!"

팀 블루와의 첫 대결이 며칠 남지 않았기에 케인은 필사적이었다. 오프닝이 나가고 나서 케인은 방송에 달린 리플, 기사에 달린 리플을 다 찾아서 읽어보았다. 그리고 좌절했다.

-케인 너무 깝치는 거 아니냐?

-저런 선수도 있어야 재밌지. 그리고 실력이 되잖아.

-흥. 저러다 지면 개망신이지.

-이길 자신이 있으니까 하는 거겠지. 니들은 케인하고 붙으면 1초 컷임.

-팀 블루가 그렇게 만만해 보이냐? 난 솔직히 팀 블루가 이길 거 같다.

-개소리도 작작 좀.

-네 다음 팀 블루.

케인에게 호의적인 의견, 케인에게 부정적인 의견으로 갈렸지만 하나는 확실했다.

'지면 ×된다……!'

이겨야 해!

필사적인 케인과 달리 태현은 여유로웠다.

"잠깐만. 권능 스킬 좀 확인하고."

"투기장 가서 해도 되잖아……!"

"안 돼. 영지가 안전해."

태현은 옆에서 방방 뛰는 케인을 무시하고 스킬 두루마리를 확인했다. 낡고 헤진 두루마리에서 강력한 기운이 느껴졌다.

<아키서스의 아티팩트 제작>

아키서스의 힘이 담긴 아티팩트를 제작할 수 있습니다. 제작하는 데 걸린 시간과 사용한 재료에 따라 아티팩트의 힘이 달라집니다. 결과물은 랜덤입니다.

결과물은 랜덤입니다. 결과물은 랜덤입니다……?

아티팩트 제작이라는 원하던 권능을 찾은 건 기뻤지만, 마지막 줄이 이상했다. 누가 행운의 신 아니랄까 봐 이런 부분에서 엿을 먹이다니!

"아니, 뭔…… 아니다. 됐다."

태현은 어이가 없었지만 일단 배우려고 했다. 아키서스와 관련된 일이 황당한 게 이게 처음은 아니었으니까.

[권능을 얻었습니다.]

…….

[화신으로서의 힘이 강해지고 있습니다. 앞으로는 힘을 숨기기 어려워질 수도 있습니다.]

"그런데 케인, 갈락파드는 어떻게 한대?"

"영지로 온다던데?"

"어떻게? 언제?"

"몰라. 대답 안 듣고 튀었거든……."

정확히 말하자면 이런 식이었다.

-갈락파드 님. 어떻게 하실 겁니까?

-영지로 가서 태현 님을 뵐 생각이다. 노예를 어떻게 다뤄야 하는지 충언을 올려야겠지. 암.

-그렇군요, 그러면, 전, 먼저, 가보겠습니다!

그리고 바로 스킬 사용!

숨 돌아갈 정도로 급하게 말하고 도망친 케인이었다.

"아쉽게 됐네. 투기장 가야 해서 못 만날 거 같은데."

"잘된 거지! 네가 겪어봐야 그 미친놈이……."

말하던 케인은 멈칫했다. 왠지 모르게 갈락파드와 태현이 잘 어울릴 것 같은 불길한 느낌을 받았던 것이다.

둘이 손을 잡고 그를 갈군다면?

"……빨, 빨리 투기장이나 가자!"

"음. 권능 스킬 좀 확인해 보고 싶은데. 그보다 케인. 묻는 걸 잊었는데…… 너 연락 온 거 있냐?"

"뭔 연락? 아. 방송 보고? 친구들한테 연락 온 거 있다."

케인은 쑥스러워하며 말했다.

"방송 잘 봤다고 하더라고. 별로 안 친하던 놈들한테도 연락이 왔다니까."

"뭐라디?"

"너랑 행복하게 살라던데?"

"뭐지? 우승하란 뜻인가?"

둘의 대화를 듣던 이다비는 작게 뿜었다.

"근데 내가 말한 연락은 그 연락이 아니고……."

"?"

"혹시 ST나 KG에서 연락 온 거 없냐?"

"어…… 아. 핸드폰 바꾸라고 광고 전화를 받았던 거 같은데. 끊었지. 그건 왜?"

태현은 웃으며 말했다.

"아니, 아무것도 아니야."

다른 권능 스킬과 달리, 아티팩트 제작 스킬은 직접 사용을 해봐야 어떤 아이템이 나올지 알 수 있었다. 문제는 이게 들어가는 시간과 재료도 상관이 있는 데다가, 결과물이 랜덤이라는 것이었다.

좀처럼 파악하기 힘든 스킬! 그래도 한 가지는 알 수 있었다.

'대박 노렸다가는 피 볼 스킬이다.'

강력한 아티팩트 만들겠다고 재산을 탕진했다가는 뒤통수를 세게 맞을 기운이 풀풀 풍겼다.

태현은 일단 한 번 써보기로 했다. 지금 만들 수 있는 아이템 중 가장 간단하고 손쉽게 만들 수 있고, 효과를 빠르게 볼 수 있는 건?

'역시 포션인가?'

아티팩트 포션. 신성 관련 직업을 가진 사람이 듣는다면 '세상에 그런 게 어디 있어?'하며 기겁할 소리였다. 귀하고 귀한 아티팩트를 일회용으로 만드는 놈이 어디 있단 말인가!

그러나 아키서스 교단은 언제나 저렴하고 괴상한 교단. 이런 시도도 눈치 안 보고 할 수 있다는 게 장점이었다.

태현은 분수대로 가서 물을 좀 뜬 다음 냄비에 부어서 끓이기 시작했다. 재료는 아무것도 넣지 않고, 시간만 한 몇 시간 투자할 생각이었다.

[아티서스의 아티팩트를 제작합니다. 아키서스의 신성한 맹물 물약이 만들어집니다. 제작하는 데 걸린 시간과 사용한 재료가 결과물에 영향을 미칩니다. 실수할 경우 결과물에 영향을 미칩니다.]

'이런 냄비 젓는 걸 실수할 일은 없고.'

다른 어려운 아이템이면 모를까, 맹물 부어다가 끓인 다음 병에 담는 동작을 태현이 실수할 리는 없었다.

휘적휘적-

몇 시간이 지났을까. 태현은 슬슬 그만두고 결과를 보기로 마음먹었다.

[제작이 완료되었습니다. 아키서스의 신성한 맹물 물약을 얻었습니다.]

아키서스의 신성한 맹물 물약:

아키서스의 힘이 담겨 있는 아티팩트입니다. 겉으로는 그냥 맹물 같지만 여기에는 분명히 아키서스의 힘이 담겨 있습니다. 복용 시 일정 시간 동안 <신의 예지> 스킬을 사용합니다. 복용 시 일정 시간 동안 행운이 폭발적으로 증가합니다.

"흠…… 쓰레기군."

태현은 어깨를 으쓱거리며 결론을 내렸다.

현재 태현은 복용해도 별 이득을 볼 게 없었던 것이다.

'쿨타임만 날렸네. 다음에는 좀 투자를 해야겠군. 경기 사이에 시간을 낼 수 있으려나…….'

제작을 한두 번 해보는 것도 아니고, 실망스러운 결과물을 처음 보는 것도 아니었다. 그래서 별로 실망하지도 않았다. 애초에 큰 기대 없이 어떤 식으로 나오나 싶어서 만든 것이었으니까.

태현은 다음에는 좀 더 제대로 된 걸 만들어보기로 마음먹었다.

'불운 없애주는 아티팩트 같은 거 하나 나오면 에반젤린한테 반지 뜯어낼 수 있을 텐데…….'

사악한 속마음!

태현이 그렇게 생각하는 동안 옆의 플레이어 한 명이 말을 걸었다.

"저, 저기. 그 냄비 제가 좀 써도 될까요?"

태현은 플레이어의 위아래를 훑어보았다. 딱 보니 레벨이 50도 안 되는 것 같은 초보자 플레이어였다. 보통 이런 제작을 하는 플레이어들은 자기 냄비를 갖고 있었다. 제작 직업에게 냄비나 모루, 망치 같은 제작 관련 아이템은 무기와 같은 것!

당연히 가장 투자를 해야 하는 장비였다.

그런데 냄비를 빌려달라니.

'쯧쯧. 쫄딱 망했군.'

이런 플레이어들이 종종 있었다. 수준에 안 맞는 아이템을 만들려고 갖고 있던 걸 탈탈 털어서 덤비는 플레이어들!

갖고 있는 골드로는 모자라니 아이템도 팔고, 장비도 팔고…….

태현은 안쓰러운 눈으로 상대를 쳐다보았다.

초보자한테는 나름 친절한 태현이었다.

"쓰시죠."

"감사합니다!"

상대 플레이어는 고개를 꾸벅 숙이더니 냄비에 재료를 붓기 시작했다.

"연금술사?"

"네? 아. 연금술사입니다. 어떻게 아셨죠?"

"지금 넣는 재료가 연금술 재료인데……."

"아직 넣지도 않았는데요?!"

연금술사 플레이어는 태현이 냄비에 붓지도 않은 재료로 직업을 맞추는 걸 보고 깜짝 놀랐다. 그의 상식에서는 도저히 이해할 수 없는 일!

그러나 판온 랭커 중에서는 일반 플레이어들의 상식으로는 이해할 수 없는 능력을 가진 이들이 꽤 있었다. 옷감의 색만 보고 RGB 값을 맞추는 사람이나, 요리 재료만 보고 제한 시간이 얼마 남았는지 맞추는 사람이나, 사흘 내내 정확히 똑같은 부분에 망치질을 하는 사람이나…….

태현도 그중 하나!

"뭐, 별거 아니죠."

"그…… 그렇군요."

태현은 보통 자기 영지를 돌아다닐 때에도 가면으로 얼굴을 바꾸고 돌아다녔다. 적들이 많아서기도 했지만, 영지에서 태현을 보면 광란에 빠지는 플레이어들이 많아서기도 했다.

-김태현! 김태현! 김태현!

-한 번만 만지게 해줘……! 한 번만……! 널 만지면 뜰 거 같은 기분이 들어! 이번엔 뜬다!

-히힉! 히히힉!

아무리 산전수전 다 겪은 태현이라지만, 재산을 꼬라박은 플레이어들의 광기는 솔직히 좀 무서웠다. 어쨌든 얼굴을 바꿔서인지 상대는 태현을 알아보지 못하고 있었다.

"여기는 무슨 일로?"

"예? 아. 제작 때문에요."

"제작은 꼭 여기서 해야 할 필요가……."

태현은 상대를 위해 조언을 해주려고 했다. 사실, 절망과 슬픔의 골짜기는 초보 플레이어를 위해 좋은 곳이 아니었다.

어디까지나 유 회장처럼 원하는 걸 뽑아낼 때까지 마음껏 골드를 퍼부을 능력이 있는 사람을 위한 곳! 초보 플레이어는 대도시로 가서 여러 퀘스트를 깨고 캐릭을 키우는 게 나았다.

그러나 상대는 단호했다.

"아닙니다!"

"그, 그래요?"

"아! 제작 직업이 아니셔서 잘 모르시는구나. 제작 직업은 이 <행운의 골짜기>에서 제작을 하는 게 정석이거든요. 요즘 다들 여기서 해요."

"……뭔 골짜기?"

태현은 순간 귀를 의심했다. 절망과 슬픔은 어디로 갔지?

"행운의 골짜기요. 여기 영지 이름도 모르시면 어떡해요. 참! 하하하."

"하하…… 하?"

웃는 연금술사 플레이어를 보고 태현은 귀신에 홀린 기분이었다. 영주도 모르는 사이에 이름이 바뀐 영지라니!

"그보다 정석이라니, 뭔 정석이요?"

"제작 직업 플레이어들끼리는 정보를 공유하거든요. 판온 게시판 공략이나 유명한 제작 직업 플레이어들이 방송에서 정보를 공유하는데…… 이거 보세요.”

[아키서스 교단 영지에서 〈매우 만들기 어려운 각성의 물약〉 제작 성공!]

[행운의 골짜기에서 제작 직업이 들려야 할 곳 다섯 군데!]

[행운의 골짜기에서 받을 수 있는 행운 관련 버프 정리.]

“……그, 그렇군요.”

자기네들끼리 북 치고 장구 치다 영지 이름까지 바꿔 부르다니. 어이가 없었지만 굳이 지적하지는 않았다. 솔직히 <절망과 슬픔의 골짜기>보다는 <행운의 골짜기>가 나았으니까!

“게다가 제가 만들려는 건 제작 확률이 1% 미만이라서…….”

“설마 제작 확률이 1% 미만인 아이템을 만들려고 갖고 있던 장비를 다 팔아치우고 재료를 산 건 아니겠죠?”

“헉. 어떻게 아신 거죠?”

태현의 눈빛이 한심한 놈을 보는 눈빛으로 변했다.

에라이!

그러는 사이 접속한 유 회장이 태현을 발견하고 다가왔다. 뒷모습만 보고서도 태현을 알아본 유 회장. 이미 어엿한 판온 플레이어였다.

“여기서 뭐 하나?”

“이 사람 만드는 거 구경 좀 하고 있었습니다.”

“뭐 만드는데?”

"경험치 증가의 물약이요."

유 회장과 태현의 눈빛이 돌변했다.

방금 뭐라고?

"경, 경험치 증가의 물약? 그런 게 있었나? 경매장에 없었는데?"

유 회장은 벌써 지갑을 꺼내려고 하고 있었다.

"워낙 만들기 힘드니까 보통 경매장에 안 보이죠. 나오면 다들 바로 사가고."

"그…… 그렇군. 얼마면 되나?"

"예?"

"얼마면 되냐고!"

"어르신, 아직 만들지도 않았습니다. 그리고 저거 제작 확률이 1% 미만이라고요."

날뛰는 유 회장을 제압하고서 태현은 흥미진진한 눈빛으로 연금술사 플레이어를 쳐다보았다.

경험치 증가의 물약. 연금술사의 물약 중 가장 잘 팔리는 아이템 중 하나였다.

문제는…….

'경험치 보너스를 많이 주는 물약일수록 만들기 힘들어진다는 거지.'

경험치 2배의 물약만 해도 거의 경매장에서 구경하기 힘든 수준이었다. 나오는 순간 대형 길드부터 시작해서 랭커들까지 전부 입찰을 시도하는 것이다.

태현처럼 골드 쓸 일 많고 현질 안 하는 플레이어는 거의 볼

일 없는 물약!

'연금술도 키워보고 싶긴 했는데 영 시간이…….'

생각에 잠겼던 태현에게 유 회장이 물었다.

"아까 보니 네 친구라는 케인은 돌아왔던데."

"예. 돌아왔죠."

"근데 김 전무는 어디 있냐?"

태현은 놀랐다. 잊고 있었던 것이다.

-야, 케인.

-왜?

-그 같이 갔던 아저씨는 어디 있냐?

-……두고 왔는데.

케인은 매우 양심에 찔리는 목소리로 변명을 시작했다.

그랬다. 두고 온 것이다. 김 전무까지 챙겨서 올 수는 없었다. 그랬다가는 갈락파드와 같이 움직여야 했을 테니까. 거기에 투기장 대회에 늦을 수도 있고!

태현은 케인의 말을 귓등으로 흘리며 유 회장에게 말했다.

"두고 왔다네요."

"그래? 그래. 알겠네."

동네에서 돌아다니는 들개가 사라져도 이것보다는 더 나은 반응을 보였을 것 같았다.

"뭐…… 갈락파드라는 고렘 NPC가 같이 있으니 목숨은 괜찮을 겁니다. 같이 돌아올 겁니다."

"알겠다니깐?"

"……걱정 안 되십니까?"

"어? 아. 김 전무? 아아. 걱정되지! 물론 걱정되네!"

그는 그제야 태현의 말뜻을 눈치채고 급히 걱정하는 척을 했다. 자기 일에 정신이 팔려서 김 전무가 어디서 얼어 죽든 말든 전혀 신경 쓰지 않고 있었던 유 회장이었다.

"그보다 투기장은 언제 가나? 응?"

"……어르신은 역시 친구가 없을 만한……."

"뭐라고?"

"아무것도 아닙니다."

대회에 대한 기대감으로 잔뜩 신이 난 유 회장이었다. 태현한테 말하지는 않았지만, MBS에서 한 방송도 몇 번이고 돌려 봤었다. 거기에서 멈추지 않고, 실제로 MBS 사장과 은근슬쩍 만나는 자리까지 만든 그였다.

최대 광고주 중 하나인 유 회장이 만나자는데 거절할 사람은 아무도 없었다. 물론 일은 생각처럼 풀리지 않았지만.

"회장님. 이렇게 뵙게 되어서 영광입니다! 저번 광고는 저희가 봐도 정말 완벽한 광고였습니다. 저희가 방송하게 되어서 영광일 정도로요!"

"그, 그래. 그런데 혹시 저 프로는……."

유 회장은 말하면서 은근슬쩍 벽에 걸린 투기장 대회 포스터를 가리켰다. 어떻게 말을 꺼내야 할까 고민했었는데, 다행히 화제를 꺼낼 만한 물건이 가까이 있었다.

그러나 그걸 본 MBS 사장은 당황해서 말했다.

"아, 판온 대회…… 죄송합니다! 회장님 같은 분이 보시기에는 애들 장난이나 마찬가지인데! 이봐! 어서 이 포스터를 치우게!"

"아, 아니. 그, 그게……."

직원들이 황급히 달려와서 포스터를 떼어 가지고 갔다.

MBS 사장은 손수건으로 이마의 땀을 닦으며 웃었다.

"죄송합니다, 회장님. 젊은 친구들은 저런 걸 좋아해서…… 아, 저희가 생각하고 있는 프로 중에 가상현실게임에서 낚시를 하는 프로가 있는데……."

유성 그룹이 예전에 E스포츠 게임단에 투자를 했다가 치욕만 겪고 물러선 일은 유명했다. 당연히 MBS 사장도 알고 있었다. 그래서 한 배려!

괜히 유 회장이 저 포스터를 보고 쓰라린 기억을 떠올릴까 봐 한 행동이었다. 물론 전혀 도움이 안 되었지만.

"골프도 되고 낚시도 되고, 회장님 정도 되는 분에게 딱 어울리는 품격 있는 프로그램 아니겠습니까? 어떠십니까?"

"나를 지금 무슨 늙은이로 아나! 이만 가보겠네!"

"예, 예?! 회장님?! 회장님?!"

유 회장이 늙어서가 아니라, 유 회장이 좋아해서 말한 건데 저런 반응을 보이니 이해할 수 없었다. 그런 일이 있고 나니 더 더욱 MBS 쪽에 말을 꺼낼 수가 없었다.

MBS 쪽에서 '뭘 잘못했는지는 모르겠지만 저희가 잘못했습니다' 하고 사과를 해오니 더욱 마음이 아팠다. 관련 방송을 특별석에서 보는 것도, 관객석에서 보는 것도 불가능!

보다가 MBS 쪽에 발견이라도 되면 그만한 망신도 없었다. 이제 유 회장에게 남은 건 판온 내 VIP석에서 대회를 보는 것뿐이었다.

♣

"그래서 언제 출발하냐니깐?"

"아니, 케인도 아니고 왜 이렇게 재촉을 하세요? 좀 준비하고 갈 겁니다. 거기 한 번 가면 그 근처에 있어야 할 테니 제작 스킬 좀 올리려고요."

태현은 치밀하게 계획을 세울 생각이었다. 그 근처에서 바로 할 수 있는 건 역시 제작 스킬이었다.

'대장장이 기술, 기계공학, 요리도 이번에 좀 더 올려놓고. 동시에 아키서스 아티팩트도 한 번 더 만들어봐야지. 대회 시작하는 날에 쿨타임이 돌아올 테니…….'

물약 같은 쓰레기 아이템을 만들어서 그런지 쿨타임이 그렇게 길지 않았다. 대회 시작 시간에 맞춰서 한 번 더 쓸 수 있는 수준!

"저기…… 구경하시려고요? 이거 별로 재미없을 텐데요."

연금술사는 안 떠나고 붙어 있는 둘이 이상한지 고개를 갸웃거렸다. 제일 재미없는 게 제작 직업의 제작을 구경하는 것! 전투 직업이면 모를까, 제작 직업의 스킬은 보는 맛이 별로 없었다.

"뭐, 저희도 이만 가죠? 이거 받으시고 열심히 해보세요."

"어? 감사합니다!"

태현이 주는 아이템을 받은 연금술사는 고개를 꾸벅 숙였다. 뭐든 간에 이런 친절은 고마운 것!

"저는 케빈입니다! 나중에 물약 좋은 거 나오면 드릴게요!"

"아. 예."

태현은 가볍게 대답했다. 별로 기대는 가지 않았다. 저런 식으로 플레이하는 플레이어는 패가망신하게 마련!

유 회장과 같이 걸어가는데 저 뒤에서 괴성이 들렸다.

"왜 저러지?"

"보나 마나 망한 게 분명하네요. 쯔쯔. 초보자가 저런 것부터 만들려고 하면 망하는데……."

"저건 그런 목소리가 아닌 거 같은데……?"

유 회장은 의아해했다. 저 뒤에서 들리는 괴성은 뭔가 기쁨과 당황과 놀라움과…… 그런 부류의 괴성이었던 것이다.

"저런 놈이 중요한 게 아니라, 지금 중요한 건 대회죠."

"그렇지! 대회! 대회!"

"……어르신 너무 신나신 거 아닙니까?"

"커, 커험. 내가 그랬나? 아니야. 그냥…… 됐네."

"어쨌든 이제 바로 출발할 생각인데, 어르신도 필요한 건 미리 챙겨놓으세요. 구경하면서 가만히 놀 수는 없으니까."

"나는 남는 시간에는 낚시할 생각인데."

"뭐…… 어르신은 부족한 거 현질로 처리하시면 되니 다른 스킬은 필요 없을지도 모르겠네요."

낚시꾼들은 낚시 미끼 제작 같은 걸 위해 요리나 연금술 같은 스킬도 좀 배워놓는 경우가 있었다. 그러나 유 회장에게는 이야기가 달랐다. 그냥 돈으로 사면 되니까!

"네 생각에는 어떠냐? 다른 스킬도 익혀놓는 게 좋을까?"

"마음대로 하세요. 뭘 그런 걸 물어요."

"아니…… 더 강해지려면……."

"낚시만 하시겠다고 하던 어르신은 어디로 가시고……."

유 회장은 부끄러운 얼굴로 시선을 피했다. 태현은 그만 괴롭히기로 했다. 괜히 더 괴롭히면 화만 낼 테니까.

"더 강해지려면 스킬은 다양하게 익히는 게 좋죠."

"그, 그래?"

"네. 스킬은 무조건 다다익선이거든요. 옛날부터 주요 스킬 몇 개만 파고드는 게 정석처럼 여겨지는데, 그건 틀렸습니다."

"그런가?"

유 회장은 고개를 갸웃거렸다. 그가 생각하기에도 주요 스킬 몇 개만 익히는 게 맞지 않나 싶었던 것이다.

"그 몇 개 파고드는 것만큼 다른 것도 익히면 되잖습니까."

"……그게 말이 쉽지!"

"회장님 어차피 시간도 많으실 텐데 뭘."

이미 일선에서 물러나 중요한 사항만 보고 받는 유 회장이었다. 그렇지만 왠지 모르게 분한 기분이 들었다.

"이, 이놈아. 내가 시간이 많은 게 아니라……."

"어쨌든 출발하죠. 케인! 뭐 하냐! 빨리 와라!"

"지금 간다! 지금 가!"

오토바이를 꺼내던 케인은 멈칫했다.

"야, 잠깐만. 이거 저번에 순간이동했었잖아!"

"뭐 네 팔자지. 난 분명 다른 거 추천했었는데."

생각해 보니 그랬다. 분명 태현은 다른 걸 추천했었던 것!

"이, 이 자식…… 설마 내가 바꿔 달라고 할 걸 예상하고 함정을 판 거였냐……?"

'뭔 소리를 하는 거야?'

태현은 어이없다는 듯이 케인을 쳐다보았지만 케인은 이미 자신의 논리를 믿고 있는 표정이었다.

"이 자식! 다음부터는 절대 속지 않을 거다!"

부아앙!

케인은 먼저 탈것에 올라타 출발해 버렸다.

뒤늦게 온 이다비가 고개를 갸웃거렸다.

"케인 씨는요?"

"먼저 갔어."

To Be Continued